Impression : BoD – Books on Demand,
12/14 rond-point des Champs-Élysées, 75008 PARIS
Imprimé par BoD – Books on Demand, Norderstedt

ISBN broché : 978-2-3220197-8-6
Dépôt légal : juillet 2019
Première édition : juillet 2019

****

Couverture : 99 Design – Sheila
Correction : Florence Clerfeuille

Sangs éternels

Tome 2 – L'Eveil

Florence Barnaud

À tous les créateurs de leur vie.

« La sagesse consiste à ne pas transformer les gens
en ce qu'ils ne sont pas,
mais accepter ce qu'ils sont
et à comprendre leur expérience de vie. »

Fun-Chang

Playlist by Ismérie

Vous pouvez accompagner la lecture du tome 2 de Sangs Éternels par la sélection d'Ismérie.

- Diva Faune - Get Up
- Janis Joplin - Little Blue Girl
- Sia - Fire meet Gasoline
- Chrisette Michele - Out of Control
- Oasis - Stop Crying Your Heart Out
- PNL - Le Monde ou Rien
- David Guetta - Sun Goes Down
- Aventura - Obsession
- Sina Vodjani - Request to Tsonggkhapa
- Xxxtentacion - Whoa
- Alex Hepburn - If You Stay
- Antony & the Johnsons - Fistful Of Love
- Curtis Harding - Lead Me On
- Indila - Dernière Danse
- Slade - Cum On Feel The Noise
- Leon Bridges - Bet Ain't Worth The Hand
- Iron Maiden - Wasting Love
- Michael Kiwanuka - Love And Hate
- Michael Kiwanuka - Cold Little Heart

Vous trouverez cette playlist sur ma chaine Youtube ou sur Deezer.

1 – La soif

Mon corps était devenu ma geôle. Pas de barreaux, pas de murs, j'étais libre comme l'air. Et pourtant, mes maudites fourmis m'enchaînaient.

Accoudée à la fenêtre de ma chambre, j'admirais les eaux scintillantes de la Seine sous le soleil d'automne. La musique rythmait mes réflexions et *Get Up*(1) résonnait curieusement à mes oreilles. Moi aussi, je rêvais de m'enfuir, de jeter les chaînes emprisonnant mon sang.

J'avais enfin intégré un clan de vampires dans lequel j'étais totalement acceptée. Mes différences n'étaient plus une curiosité pour ma nouvelle famille. Ces derniers mois avaient été très riches en aventures et en émotions.

Après avoir fui mon ancienne vie à Genève, chassée par trois vampires, j'avais profité de ce hasard pour accepter une offre d'emploi du clan Duroy. Finalement, tout avait été organisé par l'entreprise Merconi, s'acharnant à discréditer les buveurs de sang pour retrouver son monopole sur la place de l'industrie agroalimentaire. Heureusement, les vampires étaient rusés. Tous obéissaient au grand samouraï, leur Senseï, Eiirin Kinoshita.

Eiirin... La cause de mes tourments, les chaînes de mon sang, le supplice de mes désirs. Nous avions tellement échangé de sang que nous ressentions la présence physique de l'autre où que nous soyons. Je ressentais chacune de ses émotions. Je savais dans quel état d'âme il était. Et son attitude de grand samouraï ne reflétait pas toujours ses émois.

J'avais cédé à cette attirance physique pour boire son sang aussi souvent que possible. Il était devenu comme une drogue pour moi, sous la forme de fourmis qui vivaient dans mon enveloppe charnelle, indépendamment de moi. Et mes maudites fourmis n'avaient jamais assez d'Eiirin. Elles en voulaient toujours plus, plus de sang, plus d'Eiirin, plus de tout. Et moi, je luttais, autant que possible, l'âme en peine, pour rester maîtresse de mes pensées et de mes émotions.

Malgré tout, j'avais la belle vie, à Paris. J'habitais l'hôtel de Lauzun. J'exécutais un tas de missions diverses et variées pour notre Senseï, magnifique vampire, mais je l'évitais autant que possible pour ne pas lui sauter à la gorge.

À côté de ça, je sortais souvent avec ce charmant Léo, le second d'Eiirin. Ce boute-en-train m'emmenait danser dans un club parisien où nous étions très appréciés. J'avais pu y reprendre mes activités de danseuse sur une barre de pole dance dès que mon travail me le permettait. Mon esprit de synthèse faisait que l'on me confiait pas mal d'études car je n'étais pas vraiment une femme de terrain.

Mais là, je rêvais simplement de briser mes chaînes pour m'envoler très haut dans le ciel, échapper à mes fourmis, retrouver mon entière liberté de choix. Le comble ! J'étais la seule vampire qui ne pouvait pas se transformer en chauve-souris et s'envoler à tire-d'aile.

En parallèle, je me posais de plus en plus de questions sur ma descendance.

La rencontre avec Lucien, ce sorcier maléfique, m'avait fait basculer dans mon passé. Si Claudine, ma sœur, avait eu une descendance, sans doute que moi aussi.

Toute à mes réflexions, je sentis la main de Léo se poser délicatement sur mon épaule. Je n'avais pas vu que le crépuscule tombait. L'automne était bien là et les nuits plus longues l'accompagnaient.

— Ça y est, te voilà réveillé, Léo ?

— Oui, et je te trouve bien songeuse, ce soir. Ton sang joue une mélancolie bien triste. Tu étais beaucoup plus gaie la nuit dernière, à danser autant de rocks endiablés que possible et t'enivrer du sang de Maxence.

Je fronçai les sourcils, piteuse.

Maxence... Un des majordomes humains de l'hôtel de Lauzun. Il était délicieux, physiquement et sanguinement. Eiirin avait eu du mal à accepter que Maxence devienne mon donneur, sans qu'il devienne mon familier. Mais notre arrangement nous convenait parfaitement, au grand dam de notre Senseï. Je me tournai vers Léo.

— C'est vrai ! As-tu une descendance, Léo ?

— Non, toute ma famille est morte. Je ne dois ma survie qu'à un vampire m'ayant kidnappé pendant les heures sombres de la Révolution française.

J'écarquillai les yeux, surprise.

— Ah bon ?

— Eh oui. Tu sais, Isie, c'est assez récent que les humains se proposent d'intégrer un clan en tant que vampire. Bien sûr, il y a toujours eu des alliances secrètes, mais exceptionnelles. Pour les autres, c'est comme pour toi, sans leur consentement.

— Qui a tué ta famille ?

— Je suis issu d'une famille noble dans le Bordelais. J'ai eu une enfance dorée, deux parents aimants, une sœur plus jeune. J'ai grandi dans un château à Margaux et couru dans les vignobles autant que je pouvais. J'étais un grand gaillard, intelligent mais un peu empoté, dit-il en rigolant. Mon père me préparait à lui succéder.

J'observai Léo. J'avais du mal à l'imaginer empoté avec son look de surfeur, tous ses muscles qui débordaient sous ses vêtements, ses boucles blondes et ses magnifiques yeux bleus. Il dansait comme un dieu et se battait comme un lion.

— Oui, tu peux être surprise, poursuivit Léo. Je ne paraissais pas aussi sûr de moi que maintenant. Les gènes de vampire et l'expérience y sont pour beaucoup. Mais là n'est pas la question. Le peuple se soulevait de plus en plus et même dans le Bordelais, tout a mal tourné. Mon père n'a pas voulu que nous quittions notre château. Alors que son jeune frère s'est exilé dès qu'il a pu, pour tenter sa chance ailleurs... J'ai fait des recherches, je sais qu'il est mort en Afrique, sans descendance. J'avais vingt-trois ans quand j'ai vu ma mère et ma sœur être violées, puis assassinées par des révolutionnaires, mon père pendu. Je devais subir le même sort. J'étais prisonnier, avec d'autres jeunes hommes comme moi, quand nous avons été attaqués par le clan de vampires de Rakoûl. Je ne pense pas que c'était son vrai nom, mais difficile d'en savoir plus car il fallait se soumettre sans condition.

Mmmm... Peut-être fallait-il se soumettre aux maîtres vampires, alors ?

Ça ne m'arrangeait pas du tout. Je faisais une très mauvaise soumise, ayant été élevée dans la liberté et la méthode de la découverte de mes dons de sorcière.

— Je vois ton cheminement de pensées, Isie, ajouta Léo en rigolant. Je peux t'assurer qu'Eiirin est très ouvert d'esprit et à la négociation.

Je commençais à faire non de la tête quand Léo fronça les sourcils, choqué par ma réaction.

— Tu ne te rends pas compte de tout ce qu'il t'a laissée faire, et à toi seulement ! Les autres vampires l'ont accepté car nous avons tous senti que vous aviez un lien particulier tous les deux. Pour en revenir à mon histoire, Rakoûl était un vrai tyran. Va savoir pourquoi il m'a choisi ? Tous les autres ont été tués et moi, vampirisé. J'ai intégré son clan d'une dizaine de mâles. Nous étions dirigés à la baguette et la moindre incartade était réglée par des coups ou des prises de sang. À la moindre erreur, nous étions laissés sur le carreau et tu avais intérêt à te motiver pour guérir vite et suivre le mouvement. Il nous obligeait à beaucoup de missions suicide pour kidnapper des humaines, voler de l'argent, des bijoux, des habitations... C'était le règne de la terreur. Je comprends que ton lien avec Eiirin soit difficile. J'entends la mélodie de vos sangs s'emballer quand vous vous rapprochez. Rakoûl nous pompait souvent du sang pour nous maintenir sous sa coupe. Il faisait beaucoup d'exercice physique pour rester plus fort que nous, pendant que nous faisions le sale boulot. Quand un de ses vampires essayait de fuir, notre maître le retrouvait très rapidement et l'éliminait de ses propres mains devant nous.

L'histoire terrible de Léo m'amenait à bien réfléchir. Finalement, j'avais un lien très fort avec Eiirin mais il n'essayait pas d'en abuser. Nous avions soif l'un de l'autre en permanence, mais chacun de nous deux restait respectueux de l'autre autant que possible, autant que nos crocs nous le permettaient. Des fois, ça dérapait et nos canines s'enfonçaient dans une de nos veines palpitantes. Du coup, un accord implicite nous tenait à l'écart l'un de l'autre.

— C'est vrai qu'Eiirin n'a jamais abusé de notre lien de sang. Et moi non plus, d'ailleurs. Je sens bien que j'ai une certaine emprise sur lui maintenant. Je ne voulais pas y croire quand tu me l'as dit.

— Peut-être qu'il faudrait vous laisser aller un peu plus loin ?!

J'étais choquée.

— Léo, que me proposes-tu exactement ? Je n'ose pas imaginer qu'aller plus loin puisse régler notre problème d'emprise.

Léo sourit, les mains en l'air en signe d'apaisement.

— Penses-y bien, Isie. Je sais qu'Eiirin n'attend qu'un signe de ta part.

— J'ai davantage envie de le boire jusqu'à plus soif. Mais je ne peux pas le réduire à devenir ma bouteille de sang ! Il me met souvent dans une rage folle et me fait perdre mes moyens.

Ce n'était pas tout à fait vrai. Une attirance sexuelle était née qui relevait de l'instinct bestial des vampires.

— Comme tu voudras, Isie.

— Mais alors, comment as-tu rencontré Eiirin ?

— Après soixante-dix ans passés avec ce train de vie, une mission sanguinaire a très mal tourné. Rakoûl m'a abandonné. J'étais mortellement blessé. Il devait penser que les premiers rayons de soleil feraient le nettoyage pour les vampires incapables de se cacher. Eiirin passait par là. Je me rappellerai toujours son arrivée dans cette scène tragique… Il était majestueux. Une force inimaginable irradiait de lui. Il nous a tous inspectés puis il m'a emmené. Uniquement moi, alors que nous étions quatre vampires gravement blessés.

Je n'étais pas surprise. Léo dégageait une aura particulière avec une grande bonté. Il avait dû vivre un vrai cauchemar avec son maître. Et moi qui me plaignais de mon lien avec Eiirin ! Je me trouvai tout à coup bien ingrate. J'attendis que Léo poursuive.

— Il m'a donné beaucoup de son sang pour que je guérisse. Je lui dois la vie. Nous avons rapidement été proches et confidents. Je le respecte énormément et lui suis totalement dévoué. Il représente mon père et mon frère à la fois. J'ai trouvé une famille avec le clan Duroy.

Je ferais tout pour lui. J'espère sincèrement que vous trouverez un arrangement qui vous conviendra à tous les deux.

Alors, comme ça, leur lien était bien plus fort que je ne l'avais pensé. J'étais très heureuse pour eux qu'ils puissent connaître une si belle relation. Quant à moi, quelle était ma place avec eux ?

— Mmmm... Pour l'instant, je suis très sceptique quant à notre attachement. Je me sens privée de mon libre arbitre et je n'aime pas ça, dis-je, troublée dès qu'Eiirin surgissait dans mon esprit.

Léo m'observait, songeur. Je savais qu'il écoutait avec grande attention la mélodie que jouait mon sang. Puis il passa à tout autre chose :

— Eiirin nous attend pour une réunion !

Je fis la moue : je faisais tout pour l'éviter, justement. Alors, cette convocation ne m'arrangeait pas trop.

— À quel sujet ?

— L'ouverture de notre nouveau restaurant Aux Mets Verts à Biarritz... Tu ne peux pas toujours l'éviter !

Léo rigolait, très fier de pouvoir se moquer un peu de moi. Je soupirai.

— C'est bien dommage.

— Si tu le lui demandes gentiment, tu pourras peut-être boire son sang.

Mmmm... Rien qu'à cette évocation, mes crocs descendirent et ma langue passa sur mes lèvres. Surprise, je mis une main devant ma bouche. Léo éclata de rire et moi, j'eus honte de mes instincts bestiaux et de mes maudites fourmis qui se mettaient à trépigner d'impatience.

— Vous êtes en manque tous les deux ! Et vous commencez à choquer mes oreilles avec vos cymbales qui résonnent partout ! Il va être temps de faire quelque chose, dit Léo, complètement hilare.

Ce dernier avait ce don tout particulier d'entendre le sang. Pour lui, nous jouions tous une symphonie, des instruments, des styles tout à fait différents. Et même s'il reconnaissait nos signatures musicales, il ressentait nos états d'âme en fonction de ce que nous émettions.

— Est-ce que Maxence est là ? demandai-je subitement.

Je pouvais peut-être m'en tirer plus honorablement et faire taire mes prédispositions animales avec un petit don de sang humain.

— Oui, Isie. Mais tu ne t'en tireras pas comme ça ! Et tu le sais très bien. Dans vingt minutes, tu dois être dans le bureau d'Eiirin.

Telle une biche aux abois, je dégainai mon portable pour appeler Maxence. Léo me regarda en tournant la tête d'un côté à l'autre, perplexe, pauvre fille que j'étais. Puis il sortit de ma chambre.

Maxence arriva dans la foulée. Il avait compris l'urgence de la situation. Il était devenu un très bon ami, comme Léo, et connaissait mon désarroi face à mon lien avec notre Senseï. Notre majordome s'assit immédiatement dans un des fauteuils de ma chambre et me tendit les bras pour que je m'installe sur ses genoux.

— Allez, viens, Ismérie, Eiirin t'attend. Nous n'avons que très peu de temps.

Je ne me fis pas prier. Je sautai sur ses genoux, envoyant mes vagues de magie blanche pour l'ensorceler. Je posai ma joue contre la sienne en nous enrobant d'une aura de lumière blanche. Maxence se détendit immédiatement dans mes bras. Mes messages de béatitude lui permettaient d'accéder à un autre niveau d'ondes cérébrales pendant que je plongeais mes crocs dans son cou. Je ne connaissais pas les pensées de mes donneurs. Mais ils étaient tellement conquis par le moment passé qu'ils en redemandaient systématiquement. Maxence était un de mes donneurs attitrés, tout comme Bastien, un beau danseur, très athlétique, que je croquais régulièrement au club où nous avions nos habitudes. Mais pour l'heure, j'avalais à grandes goulées le sang de Maxence pour apaiser mes fourmis et ma faim d'Eiirin. Je sentais tout le bonheur émanant de Maxence, ce qui me permettait très facilement de l'entretenir et de l'accroître si cela était encore possible. La plénitude m'avait totalement envahie quand je décidai de retirer mes crocs. Je léchai les deux petits trous dans son cou. J'embrassai Maxence sur la joue et contemplai la béatitude sur son visage. Je devais malheureusement rompre le charme.

— Je dois y aller, Maxence.

Il ouvrit difficilement les yeux.

— Vas-y.

— Prends le temps de récupérer. N'oublie pas de fermer la porte.

Je partis comme une furie.

J'arrivai en trombe au bureau d'Eiirin tandis que la porte se fermait devant moi. Je la poussai fermement. Léo, surpris, ouvrit.

— Ah ! Isie, j'étais en train de dire à Eiirin que tu arrivais.

Eiirin m'observa et la colère l'envahit immédiatement. Léo fronça les sourcils, se gratta l'oreille.

Les joues rouges, le sang de Maxence bouillonnant dans les veines et les fourmis en émoi, je me faufilai pour aller m'asseoir à côté de Miguel. Ce dernier souriait devant mon comportement.

Tous les vampires Duroy savaient que mes agissements laissaient à désirer. J'avais longtemps dormi avec Léo, encore quelquefois à l'occasion. Je buvais Maxence à l'hôtel de Lauzun, alors que le règlement de notre Senseï nous l'interdisait. Et j'étais la seule à échanger régulièrement du sang avec notre maître à tous.

Mmmm... Pour l'heure, passer inaperçue était la meilleure des options.

Eiirin se gratta la gorge, s'exhorta au calme et prit immédiatement la parole. J'étais devenue son défi de sérénité. Finalement, je préférais voir ça comme une opportunité pour son évolution personnelle.

— Bien. Nous allons évoquer l'ouverture des Mets Verts à Biarritz. Miguel, tu pars bien après-demain ?

— Oui, Senseï. Tout est prêt. Le mobilier est arrivé. L'équipe en place l'a réceptionné et l'installe en ce moment. Quand je suis parti avant-hier, tous les travaux étaient terminés. Notre hôtel particulier est totalement sécurisé. Les marchés avec les fournisseurs locaux sont en place. Ils commencent les livraisons après-demain. Toute la trésorerie est prête. La comm a bien marché et nous sommes très attendus. Nous espérons autant de succès que pour les précédents.

Trois restaurants Aux Mets Verts étaient ouverts : deux à Paris et un à Lyon. Ces restaurants servaient aux humains de la nourriture bio, locale et de saison, dans un environnement gothique nature. Nous avions trouvé un style de décoration plutôt baroque avec des matériaux et couleurs qui rappelaient davantage la nature. Cela représentait totalement l'esprit du clan Duroy, qui alliait le style rococo au travail politique fait en France pour asseoir une agriculture biologique. Des humains bien nourris nous assuraient un sang bien plus goûtu !

— C'est parfait, Miguel. Je te félicite pour ce bon travail. Nous organiserons une fête demain soir en ton honneur et pour fêter ta promotion.

Miguel baissa la tête en signe de soumission et de

reconnaissance.

— Miguel, tu vas emmener Natacha, déclara Léo.

Eiirin acquiesça. Miguel semblait surpris d'une telle requête. Léo n'ajoutant rien, Eiirin expliqua.

— Nous devons éloigner Natacha de Léo.

Miguel et moi nous tournâmes vers Léo, qui soupira.

— Oui, elle a trop d'attentes envers moi. J'aurais dû mieux tenir mes distances et ne rien lui donner du tout. Cependant, elle est très belle. La nuit qu'on a passée ensemble m'a suffi, mais pas à elle. Elle est devenue trop pressante et je n'ai rien à lui offrir de plus. L'éloigner l'aidera à ne plus souffrir. Je ne voulais pas lui faire de mal. Pourtant, j'avais été très clair.

Mes fourmis se réveillèrent et je tournai la tête de nouveau. Eiirin m'observait. J'étais mal à l'aise.

J'avais d'un seul coup très envie de changer de place pour aller m'asseoir à côté de lui, passer ma langue sur son cou. Je fixais d'ailleurs l'endroit où mes crocs rêvaient de se planter. Je remontai mon regard sur son visage et découvris qu'il souriait. D'un grand sourire jusqu'aux oreilles. Je ne m'étais pas rendu compte que je m'étais avancée vers lui à ce point et que mes fesses ne touchaient quasiment plus le fauteuil. Eiirin était télépathe et vu son expression, il n'avait pas dû bloquer mes pensées. Mmmm... Maudites fourmis ! Maudite cervelle !

— C'est d'accord, dit précipitamment Miguel.

— Alors, allons-y, Miguel, dit Léo.

Je sursautai et me surpris à grogner. Ils s'étaient tous les deux envolés, comme des chauves-souris. La porte se referma d'un seul coup et je me retrouvai seule avec Eiirin.

— Alors, comment vas-tu, Ismérie ? Cela fait un moment que je ne t'ai pas vue.

Et pour cause. Je faisais tout pour l'éviter. Je

m'accrochai à mon pendentif d'amarante comme à une bouée de sauvetage. Je me ressaisis.

— C'est vrai, Eiirin. J'ai été très occupée avec tout le travail que tu m'avais donné.

En même temps, ce n'était pas faux. J'avais participé à l'enquête pour découvrir le réseau de la société Merconi et l'ampleur des dégâts à notre encontre. Les éléments trouvés nous invitaient à une grande prudence. Du coup, j'avais fait une grande étude sur toute la famille de ce requin pour compléter nos dossiers, qui étaient pourtant déjà bien remplis.

L'attaque étant la meilleure des stratégies, je décidai de diriger la conversation vers un de mes tracas du moment.

— Eiirin, j'ai été très surprise de tous les éléments qui se trouvaient dans mon contrat de travail. Comment as-tu fait pour trouver mon nom et ma date de naissance ? Tu as dû découvrir bien d'autres choses ?

Eiirin acquiesça.

— Bien sûr, Ismérie. J'ai une équipe très qualifiée pour trouver toutes sortes d'informations et remonter le temps. Je ne peux pas me permettre de recruter quelqu'un et de l'intégrer au clan Duroy sans connaître une grande partie de ses secrets. Mais en ce qui te concerne, j'étais loin du compte.

Bingo ! Alors, il devait pouvoir m'informer sur mon éventuelle lignée.

— Si tu as pu remonter aussi loin, as-tu recherché ma descendance ? demandai-je avec espoir.

Eiirin tiqua. Je devinais qu'il ne voulait pas aller sur ce terrain.

— Pourquoi t'intéresses-tu à ta descendance, Ismérie ?

Je haussai les épaules.

— Ma rencontre avec Lucien m'a amenée à me poser beaucoup de questions sur mes filles.

— Le passé doit rester où il est. Ismérie, tu dois poursuivre ta vie. Tu as une famille maintenant. N'es-tu pas satisfaite ?

Bah, mes maudites fourmis ne l'étaient pas du tout. Mais ça, je préférais le taire.

— Bien sûr, Eiirin, tu m'as donné une famille. J'en suis très heureuse. Mais j'ai des particularités, mes dons de sorcière, dont il me reste très peu. Je pourrais en apprendre davantage si je retrouvais ma descendance.

Eiirin réfléchissait. J'eus la conviction qu'il me cachait quelque chose. Je n'étais pas télépathe comme lui, mais je ressentais ses émotions au travers de mes fourmis. Il restait muet, gardant tous mes secrets. J'insistai.

— Eiirin, révèle-moi s'il te plaît ce que tu as trouvé.

J'attendais, tendue comme un arc, prête à bondir s'il le fallait.

— Et que feras-tu de ce que je pourrais te dévoiler ?

Très bonne question. À quel point souhaiterais-je savoir ? Eiirin avait raison, renouer avec mon passé n'était pas une excellente idée. Mais qu'étaient devenues Louise, Angélique et Mireille, mes petites filles, que j'avais abandonnées malgré moi ? Eiirin avait déployé toutes ses antennes afin de capter mes pensées. Il était prêt à bondir lui aussi. Un combat mental pouvait vite dégénérer si nous n'y prenions pas garde.

— Tu enquêtes toujours sur la famille de tes futures recrues ?

— Oui, Ismérie. Le danger ne vient pas forcément du vampire en lui-même mais parfois de son entourage. Et comme nous avons pu débusquer ta date de naissance sur le registre des baptêmes de ta paroisse, ainsi que d'autres informations bien utiles, nous avons pu suivre ta descendance.

— Alors ? Dis-moi, Eiirin !

— Mais que feras-tu de ces informations ?

— Je ne sais pas. Tu as raison, le passé est le passé. J'ai mis très longtemps à tourner la page. Cependant, j'aimerais savoir si ma famille de sorcières va bien.

Eiirin soupira. Je sentais bien qu'il avait peur des conséquences de ses révélations. Mes fourmis tourbillonnaient d'inquiétude. Et je sentis qu'il avait peur de me perdre. J'écarquillai les yeux, surprise, totalement désemparée. Eiirin eut un rictus à la lecture de mes pensées.

— Eh oui, Ismérie. Je ne souhaite pas que tu quittes le clan. Je sais que notre lien de sang est très difficile pour toi. Il l'est pour moi aussi. Cependant, si tu acceptais de te rapprocher, peut-être que nous pourrions trouver des accommodations qui nous conviendraient à tous les deux.

— Je ne sais pas, Eiirin, je ne sais pas.

J'étais très perplexe. Ce lien était déjà tellement fort. Il me contraignait tellement de bien des façons que j'avais peur de m'oublier. Je n'avais pas besoin d'exprimer tout cela. Eiirin lisait directement à la source de mes pensées. Il soupira, abaissant les épaules. Il me montrait qu'il me cédait une fois de plus. J'attendis, impatiente et curieuse.

— Il te reste très peu de famille humaine. Seule la descendance de Mireille a survécu. J'ai un dossier. Je vais te le donner. Mais avant, fais-moi la promesse que tu ne quitteras pas le clan.

Mes yeux bleu glacier plantés dans ses yeux noirs, je lui montrai toute ma sincérité.

— Je te promets de ne pas quitter le clan Duroy.

Eiirin hocha la tête et me tendit la main pour me relever et m'inviter à le suivre. Il prit un dossier parmi tant d'autres et me le tendit.

— Ismérie, je compte sur toi pour faire des photocopies de ce que tu veux et me rendre l'intégralité du dossier.

J'acceptai en tendant la main, impatiente de m'en emparer. Je le pris et commençai à le tirer vers moi, mais Eiirin ne le lâchait pas. Mmmm... Quel têtu, ce Senseï.

— N'oublie pas que je suis télépathe, Ismérie. Et grâce à notre lien de sang, je lis en toi comme dans un livre ouvert.

Son sourire carnassier m'amena à plus de prudence.

— Ta descendance est à Biarritz, Ismérie.

Je faillis tomber par terre. Eiirin lâcha le dossier pour me rattraper par le bras.

(1) Chanson de Diva Faune.

2 – La découverte

Je sortis en trombe du bureau d'Eiirin et fonçai vers la photocopieuse.

— Rapporte-moi ce dossier immédiatement, Ismérie !

Je criai un « oui » dans le couloir, mais j'étais déjà loin. Mes fourmis m'indiquaient qu'Eiirin était content. Je photocopiai l'intégralité du dossier et lui rapportai. Il était assis à son bureau. Son sourire me mit d'humeur enjouée. J'étais sous le charme. Mes fourmis papillonnaient alors qu'elles m'entravaient pour m'empêcher de trop m'éloigner. J'avais cependant une grande mission à mener : découvrir ma descendance. Je leur bottai les fesses et repartis en courant.

Je me réfugiai dans ma chambre.

J'avais été surprise de trouver toutes mes photos de Genève. Eiirin les avait en effet conservées. Je commençai par mettre de la musique pour revenir au calme avant d'ouvrir la boîte de Pandore. *Little Girl Blue*(1) réveillait ma nostalgie, la voix rauque et langoureuse de Janis Joplin me rappelant qu'il fallait aller de l'avant.

La vie des vampires était rythmée par les différentes époques. Elles nous marquaient toutes d'une manière particulière. Nous devenions intemporels, finalement. Chaque période était identifiée par une sorte d'empreinte. Les nouvelles créations des hommes, la musique, les courants artistiques, maintenant les films, la technologie, mais aussi les guerres, les épidémies, les scandales sanitaires, le terrorisme... Les faits marquants étaient nombreux et tout s'accélérait. Pour moi, la musique restait un repère essentiel et je prenais garde à suivre le mouvement, découvrir de nouveaux styles, de nouveaux artistes.

Je m'exhortai au calme. Et ce fut après une grande respiration que j'enlevai le paquet de photos et lus.

Les informations sur ma lignée étaient peu nombreuses. Les descendances de Louise et Angélique s'étaient éteintes au cours du siècle dernier. Au vu des dates de naissance et de décès, mes héritiers ne vivaient pas très longtemps. J'en étais très surprise car je venais plutôt d'une lignée de sorcières robustes. Je craignais que le charme que j'avais posé sur mes filles pour les éloigner de la magie noire ait été néfaste. Tout comme la malédiction provoquée par ma sœur Claudine, après ma vampirisation, pour se venger de mes soi-disant méfaits. Tout cela avait dû créer un déséquilibre dans leurs gènes ou leur énergie vitale.

Il restait donc la descendance de Mireille : Aveline, trente-huit ans, qui tenait une herboristerie nommée « La botanique enchantée ». Je la soupçonnai de faire aussi des soins de guérison si elle avait le don. Et sa fille Emma, une ado de dix-sept ans.

Je restai songeuse, me laissant imprégner de ces informations. Finalement, j'étais éblouie de pouvoir les rencontrer. Je repris mon dossier sous le bras, courus jusqu'au bureau d'Eiirin et toquai à la porte. J'attendis patiemment qu'il daigne répondre, en piaffant d'impatience. Ça n'allait pas assez vite. Mes fourmis me le rappelaient bien. Elles sentaient la puissance du sang de leur maître de l'autre côté.

Finalement, il entrouvrit enfin la porte et soupira dès

qu'il me vit. Mince, ça commençait mal pour ce que j'avais à lui demander. Il finit par ouvrir la porte en grand et j'écarquillai les yeux devant Etsuko, sa geisha, assise confortablement sur son canapé. Eiirin pouvait bien se plaindre de ma relation avec Maxence, elle n'allait pas aussi loin que celle qu'il entretenait avec Etsuko. Il lui fit signe de sortir. Cette dernière se leva dignement et s'exécuta après m'avoir saluée. Sa geisha était vraiment bizarre. Sa soumission envers Eiirin et ces temps anciens était très surprenante pour une vampire aussi âgée. Elle ne me parlait que rarement. Je ne cherchais pas non plus à me rapprocher d'elle.

J'entrai et Eiirin ferma la porte.

— Que puis-je faire pour toi ? demanda-t-il, maussade.

— Je veux aller à Biarritz, Eiirin.

— Je n'en doute pas. Mais pour quoi faire ?

Il fallait que je la joue fine si je voulais arriver à mes fins.

— Je pourrais aider Aux Mets Verts. Je connais bien tes affaires, maintenant. Je pense pouvoir être d'une grande utilité.

Eiirin pencha la tête, m'observa, me sonda. En quoi allais-je me transformer ? Je me recentrai, apaisai mon excitation envers ma lignée et la frayeur qu'il puisse me refuser mon départ. Je ne devais pas me mettre en colère. Ça finissait toujours mal.

— Et c'est tout ce que tu veux faire là-bas, Ismérie ?

Je n'aimais pas mentir. Évidemment que non. Ce n'était pas ma première motivation. Je me jetai à l'eau, caressant mon optimisme pour que tout se passât pour le mieux. Et si je tentais de le charmer pour aboutir à mes fins ? Je n'avais jamais testé mon pouvoir vampirique sur lui. Cependant, une petite voix m'indiquait qu'il ne valait mieux pas jouer à ça.

— Eiirin, tu te doutes bien que je souhaite découvrir ma descendance.

J'attendis, la plus inexpressive possible. Avoir affaire à un télépathe était un défi redoutable à relever. Eiirin avait déployé toutes ses antennes et mes fourmis pétillaient de sa présence.

— Découvrir à quel point ?

— Je ne sais pas... Je pourrais peut-être simplement les observer et puis voir si je vais plus loin ?

Je sentais Eiirin très réticent face à mes projets. Je ne savais pas ce qu'il redoutait.

— Je te laisse y aller uniquement si tu n'entres pas en contact avec elles.

Mmmm... Je réfléchis encore. Étais-je capable de les voir et de ne pas leur parler ? L'agacement commençait à m'envahir. Ce n'était pas bon, ça. Comment pouvait-il m'en empêcher ? En avait-il le droit ?

— Ismérie, tu es mon employée. J'ai le droit de te donner certaines directives.

— Mais je pourrais démissionner !

Eiirin fut outré. Je sentais bien que c'était un total manque de respect envers lui. Ce grand Senseï était commandé par l'honneur. Je décidai de l'apaiser.

— De quoi as-tu peur, Eiirin ?

Il soupira et céda.

— Je ne souhaite pas que tu quittes le clan, Ismérie. Nous avons un lien de sang très fort et j'ai besoin de toi, maintenant. Biarritz est très loin.

— C'est vrai. Ça nous ferait peut-être du bien de nous éloigner pour faire le point sur ce lien de sang ?

— Je n'ai pas besoin d'éloignement, Ismérie !

Okkaayyy, mais moi, si. Je me sentais entravée auprès de lui. Découvrir ma descendance me redonnait des ailes.

— Et si je te promets d'y aller uniquement deux ou

trois mois pour faire le point ? J'ai pu me rendre efficace à plusieurs reprises ici. Je peux être une plus-value là-bas. S'il te plaît, laisse-moi y aller.

— Tu as bien pris de l'assurance, Ismérie. Tu n'es plus la vampire ratée que tu pensais être il y a quelques mois en arrivant dans mon bureau.

— C'est vrai et c'est grâce à toi, Eiirin. Tu as su me montrer une partie de mon potentiel.

Je soupçonnais Eiirin d'être excédé par ma requête. Je le laissai à ses pensées.

— C'est d'accord pour deux mois, et tu reviens à l'hôtel de Lauzun.

— Reçu, Senseï, lui fis-je avec un salut militaire.

Ce fut le geste de trop, il devint horripilé. Mes fourmis s'agitèrent, ressentant l'exaspération d'Eiirin. Je n'étais plus à ça près, je tentai donc le tout pour le tout.

— Puis-je emmener Maxence ?

Eiirin grogna comme une bête féroce, me montrant ses crocs.

— Tu sais que je n'aime pas les poches de sang, insistai-je, ça m'éviterait de devoir trouver un autre donneur.

— C'est hors de question, Ismérie !

Mes maudites fourmis saturaient de la colère d'Eiirin. Il était outré que j'envisage une autre veine que la sienne. Mais je ne pouvais pas rester deux mois sans boire de sang.

— Et si je faisais une mauvaise rencontre en cherchant un nouveau donneur ?

— Tu n'emmèneras pas Maxence à Biarritz. Je t'interdis les échanges avec lui puisque tu me les refuses à moi !

J'étais sidérée par ses paroles et ses sentiments.

— Mais que fais-tu, toi, avec Etsuko ?

— Ce n'est pas pareil, je suis son Danna, m'affirma

Eiirin, se redressant, tout fier de lui.

— Et c'est quoi, un Danna ?

— Je suis son protecteur, je dois subvenir à ses besoins. En échange, elle m'offre toutes sortes de privilèges à chaque fois que je la sollicite. Je suis allé la chercher au Japon. J'ai remboursé toutes les dettes de la maison qui l'éduquait. Je l'ai transformée pour qu'elle m'appartienne et qu'elle aille là où je la voulais. Elle est restée telle que je la désirais. Je lui offre tout ce qu'elle désire en échange de ses services et ma foi, elle est très raisonnable.

— Mmmm... Si je comprends bien, Etsuko est ton objet de divertissement comme tu l'entends et en échange, tu la couvres de cadeaux.

— Je n'aime pas comment cela résonne dans ta bouche. Ce n'est pas une vulgaire prostituée.

— Ose me dire que vous n'avez jamais de relations sexuelles ?

Eiirin haussa les épaules.

— Avoir une geisha ne m'empêche pas d'avoir une compagne ! Mais je ne l'abandonnerai pas.

Et là, c'était moi qui feulais comme un chat, mes poils se hérissant sur mes bras.

— Très bien, je partirai sans Maxence, capitulai-je.

J'étais accablée. Mon corps s'affaissa, résigné.

— Ismérie, tu as survécu cent vingt-deux ans en charmant tes donneurs. Je ne doute pas que tu aies conservé la main, malgré tes deux donneurs attitrés à Paris, dit-il, dédaigneux.

Comment savait-il que j'avais Bastien aussi ? Peu importait. J'avais ce que je voulais, j'allais à Biarritz.

— Ce sera tout ? me demanda Eiirin, coincé dans sa superbe.

— Oui, Senseï !

Je lui fis une courbette et partis en marmonnant mon

mécontentement.

— Je t'entends, Ismérie, tonna-t-il.

Je claquai la porte.

Je me couchai de mauvaise humeur. Au réveil, je ferais mes sacs, prête à partir après la fête en l'honneur de Miguel.

À mon réveil, les vampires dormaient encore. Normal, il faisait jour. J'étais la seule vampire, à ma connaissance à me réveiller après huit heures de sommeil, quelle que soit l'heure du jour ou de la nuit, et pouvoir sortir sous le soleil. C'était le calme complet. Le champ électromagnétique que dégageaient les vampires quand ils étaient éveillés était éteint. Ce silence était vraiment apaisant.

J'ouvris ma fenêtre en grand, respirai. Allez, hop, un peu de yoga et de méditation me ferait le plus grand bien pour affronter ma dernière soirée à l'hôtel de Lauzun.

Je préparai deux sacs de voyage. Mon petit roadster « eternal red » ne me permettait pas d'emporter grand-chose. Mais ce serait une joie de pouvoir le conduire à nouveau, faire un grand trajet sous le soleil. Depuis que j'étais à Paris, je ne conduisais plus. J'avais un chauffeur et un garde du corps pour m'éviter toute mésaventure.

Il était temps de me préparer pour la soirée. Je mis de la musique, pour me redonner un peu d'entrain. Au milieu de ma playlist, *Fire Meet Gasoline*(2) s'éleva dans les airs, m'apportant l'image de ma relation explosive avec Eiirin. Courage, fuyons... M'éloigner me ferait le plus grand bien.

J'enfilai mon unique robe de soirée : un fourreau noir, étincelant d'or, que m'avait offert Eiirin. Il rehaussait la couleur de mes yeux bleu glacier et s'accordait magnifiquement avec ma chevelure flamboyante de lionne et mes taches de rousseur. Des escarpins de douze centimètres me permettraient de prendre de la hauteur et mieux affronter la situation.

Il était temps de descendre. Je passai par la porte mitoyenne de Léo, pour voir s'il était prêt. Ce dernier attachait ses boutons de manchette. Il était magnifique dans son smoking, avec son sourire ravageur, ses boucles blondes, ses yeux bleus étincelants. Je n'étais pas surprise que Natacha ait craqué pour lui. Dommage que Léo ne souhaitât pas s'assagir un peu.

— Tu es prêt, Léo ?

— Bien sûr. Tu es magnifique, Isie, comme d'habitude. Prête à faire des ravages et bousculer le cœur de notre Senseï ?

Je pinçai les lèvres.

— Je te l'ai déjà dit, Léo, il est avec Etsuko.

Léo m'observait, l'air sceptique.

— Tu te trompes, Isie ! Peu importe, allons-y. Tu as intérêt à me garder la plupart de tes danses, car je ne te reverrai pas avant un moment, dit-il tristement.

— Je note ton nom dans mon carnet de bal, dis-je en rigolant. Léo, ce n'est rien, deux mois. Qu'est-ce que c'est sur toute une éternité ? Je vais vite revenir t'enquiquiner.

— Je l'espère bien, répondit-il en éclatant de rire.

La salle des festivités de l'hôtel de Lauzun était prête à nous accueillir. Les dorures brillaient sous les luminaires en cristal. Au-dessus de nous, des femmes dévêtues se prélassaient sur des nuages, observant distraitement notre assemblée au milieu des dorures et des boiseries.

Je restai proche de Léo. Nous étions tous présents, attendant notre Senseï. Eiirin fit son entrée, majestueux, comme toujours, dans son smoking nippon, ses longs cheveux détachés. Etsuko le suivait, trois mètres derrière. Cela me fit soupirer de les voir tous les deux comme ça et mes fourmis s'emballèrent en la présence d'Eiirin. Cela faisait trop longtemps que je n'avais pas bu son sang. Léo pressa mon bras, sentant sûrement un changement dans ma mélodie sanguine.

J'écoutai d'une oreille distraite le discours de notre chef. Il félicita Miguel, mais aussi l'ensemble du clan pour toutes nos avancées, notre intégration parmi les humains et l'ouverture d'un nouveau restaurant.

Je restais concentrée sur mes fourmis pour les exhorter à plus de calme. Une fois le discours terminé, je sautai sur une coupe de sang pour calmer ma soif d'Eiirin. Évidemment, ça ne comblait rien. Être dans la même pièce était devenu une véritable torture. Trois semaines que je n'avais pas bu à sa veine et j'étais à cran. Lui aussi était au supplice. Je le voyais aux regards qu'il me jetait sans arrêt, essayant pourtant de se détourner autant que possible. Mes maudites fourmis m'enlaçaient dans de redoutables tourments. Nous nous buvions le moins possible. Cependant, il était inévitable au bout d'un moment de plonger. Nous nous étions adaptés à ce comportement de junkie. J'essayais de repousser au maximum la prochaine dose et Eiirin attendait patiemment que je craque. Il était plus fort que moi à ce jeu-là. Encore une nuit à tenir et après, je filerais loin d'ici.

Léo me fit danser une bonne partie de la nuit. La danse et sa gaieté permettaient de tromper mon supplice. Ce charmeur était très fort en divertissement. Je sentais malgré tout Eiirin rôder autour de sa proie, attendant le meilleur moment.

Et ce fut avec la complicité de Léo que cet instant arriva. La musique changea pour un tempo beaucoup plus langoureux. Je me reposais tranquillement dans les bras de Léo quand tout à coup, il me fit faire un tour et demi sur moi-même et je me retrouvai contre Eiirin. Léo me lâcha et les bras de notre Senseï m'enveloppèrent. Un frémissement parcourut le champ électromagnétique des vampires, troublant l'assistance. L'alchimie de nos sangs envoyait des arcs électriques. Nos deux empreintes changeaient pour n'en former plus qu'une. Tout s'arrêta, sauf la musique. Je restai interdite pendant qu'Eiirin se collait à moi devant l'assistance de tous ses vampires. Il ne dansait que très, très rarement. La chanson *Out of Control*(3) résonnait curieusement en moi. J'étais foutue.

— Tu ne vas pas t'en tirer comme ça, me glissa Eiirin à l'oreille.

Je me lovai contre lui. À quoi bon, la soif était plus forte. Autant en profiter, j'allais être séparée deux mois de lui. C'était énorme. Je n'étais jamais restée aussi longtemps sans le boire. Je sentis un poids soudain sur mes épaules. Oui, j'avais voulu faire la brave, mais ça allait être très long, peut-être même trop long. Je levai mon regard pour plonger mes yeux dans les siens. Il me caressa le dos, comme pour me consoler. Il comprenait mes fourmis qui pleuraient notre prochaine séparation. Et comme par magie, la musique passée nous permit de rester dans les bras l'un de l'autre. Il était fort, ce Senseï, tenace pour arriver à ses fins. Il savait qu'il me fallait du temps pour me laisser aller ou alors que je lui saute dessus pour échanger nos sangs. Nos cœurs s'accordaient pour n'en former plus qu'un. Un seul battement résonnait dans nos poitrines. Mes fourmis dansaient maintenant la rumba, attendant patiemment que son sang arrive à flots. Je ne savais même pas s'il y avait encore des vampires autour de nous. J'étais tellement absorbée par la présence de ce magnifique samouraï que je ne voyais plus rien, ne sentais rien d'autre que lui, sa puissance, le nectar divin qui coulait dans ses veines. Sans nous concerter, nous quittâmes la salle main dans la main, les doigts mêlés, pour nous diriger vers ses appartements, sans un mot.

À peine la porte fermée, je balançai mes escarpins à coup de pied et m'allongeai au milieu de son lit, les bras en croix. Je me sentais totalement groggy. Eiirin éclata de rire et s'assit au bord du lit pour retirer ses chaussures. Il s'allongea sur moi. J'étais très heureuse de sentir son poids, sa présence dans mon sang, la future délectation qui ne tarderait plus à venir. Eiirin m'observait, accoudé sur ses avant-bras, me caressant les cheveux. Je laissai libre cours à mes pensées. Je savais qu'il les lisait. Nous n'avions pas besoin de parler. Mes fourmis me racontaient tout ce que j'avais besoin de savoir. Tout était simple. Eiirin roula sur le côté, nous mettant dans une position où nous pourrions nous boire mutuellement très confortablement, ses yeux sombres plongés dans les miens très clairs, tentant de décrypter tous mes secrets.

— Reste avec moi cette nuit, Ismérie. Juste rester, je ne t'en demande pas plus.

Juste rester ? Ça m'allait. Je hochai la tête et nos crocs plongèrent à la source de ce qu'ils quémandaient. Son sang envahit enfin ma bouche. Toute cette attente ne rendait les choses que meilleures. Sa vitalité coulait dans ma gorge. Mes crocs sortis à leur maximum pénétraient au plus profond de sa veine. Mes fourmis se précipitaient dans ma bouche, ma tête, attentant ce divin breuvage. Mes papilles étaient excitées par l'essence d'Eiirin. En même temps, je sentais mon sang me quitter pour filer rejoindre le sien au plus profond de lui-même, dans son être tout entier. Mes fourmis s'éparpillèrent dans tout mon être au fur et à mesure que nos sangs se mélangeaient. Tout était exquis. Le parfum asiatique d'Eiirin aux fragrances subtiles de mangue, ce mets succulent dans ma bouche, la morsure dans mon cou. Mon corps s'enflammait telle une torche. Mes fourmis allaient et venaient entre nous au comble du bonheur. Allais-je toutes les récupérer ? Au fur et à mesure que nous nous dévorions, je sentais toute la puissance d'Eiirin augmenter en moi. J'avais la sensation de fusionner avec lui, pour ne faire plus qu'un seul et unique vampire. Petit à petit, nous buvions moins vite mais avec plus de délectation. J'avais l'impression de le savourer tout doucement, me refusant d'arrêter de boire. Je désirais profiter maintenant au maximum et jusqu'à la dernière goutte. Mon digne samouraï m'envoya la pensée qu'il fallait arrêter maintenant. Je sentis tout le regret contenu dans son ordre mental. Mais sa grande sagesse était toujours là pour nous ramener à la raison. Il avait lui-même déjà arrêté de me boire. Cela me déchira le cœur. Je retirai mes crocs de son cou. Puis l'embrassai sur la bouche. Nous échangeâmes un baiser. Je sentis le goût de nos sangs. Nos langues se caressaient tendrement. Puis, repus, nous nous lovâmes l'un contre l'autre, nous respirant, nous ressentant, profitant de la communion de nos êtres, suspendus dans le temps. Nos cœurs pétillaient en harmonie. Bien nichée au creux de ses bras, je sentais la léthargie m'envahir doucement, m'emmenant vers l'inconscience régénératrice.

Je sentais Eiirin tomber dans la torpeur, son nez dans mes cheveux, sa tête se posant de plus en plus lourdement sur la mienne, son grand corps épousant parfaitement le mien.

Quand je me réveillai, il faisait encore jour. Eiirin était toujours dans l'inconscience. La tristesse m'envahit. Nous avions eu toute une nuit de sensations quasi mystiques. Je regrettais maintenant de partir. La leçon était difficile à avaler. Mes fourmis avaient le cafard. Je me levai à regret, l'embrassai sur la bouche, lui caressai la joue et filai dans ma chambre. Je saluai le garde devant la porte de sa chambre. Il referma à clé derrière moi.

Déstabilisée, je ne pouvais m'en prendre qu'à moi-même. Il m'avait déconseillé de partir.

Après ma douche, je fis le tour de ma chambre. Tout était en ordre. Je n'avais plus qu'à prendre mes deux sacs. En descendant l'escalier, je croisai Maxence.

— Tu as l'air toute triste, Ismérie. Finalement, tu n'es pas si heureuse de partir ?

— Eh non ! Tu sais que j'ai cassé les pieds à Eiirin pour t'emmener ?

— Oui, je sais, rigola-t-il. Il m'a convoqué en début de soirée dernière pour m'interdire de partir avec toi.

J'étais ahurie par son comportement dominateur et son manque de confiance. J'avais pourtant accepté toutes ses exigences : deux mois seulement et sans Maxence. Ce dernier riait toujours, en m'observant.

— Tu sais, Ismérie, Eiirin tient vraiment à toi. Il ne veut pas te partager. Il n'a accepté que je sois ton donneur que pour que tu ne partes pas de l'hôtel de Lauzun.

Je soupirai encore. Il fallait que je me rende à l'évidence.

— Oui, je m'en doute.

— As-tu besoin de sang avant de partir ?

Rien que d'y penser, mon estomac se contracta.

— Non merci, je suis repue.

— Bien, j'imagine que tu as passé un merveilleux moment avec Eiirin.

— Toute la nuit, avouai-je avec un clin d'œil.

— Toute la nuit ! siffla Maxence en rigolant. Votre

relation aurait-elle enfin évolué ?

— Non, au grand dam d'Eiirin. Je sais maintenant qu'il m'attend.

— Oui, depuis le premier jour, je crois ! Je le connais bien et tu l'émerveilles.

— Ah oui ?! Bah, je ne m'en suis rendu compte que dernièrement. Mais dans l'ensemble, c'est plutôt sa colère que je nourris.

Maxence m'observait. Pour couper court à ses réflexions, je le taquinai.

— Eh bien, n'hésite pas à venir me voir, Maxence, si ton employeur te donne des vacances.

— Mort de rire ! Ce n'est même pas la peine que je demande des vacances dans ces deux mois à venir. J'ai déjà vu qu'il avait changé mon service. J'ai des congés plus souvent, mais beaucoup moins longs. Je n'ai même pas deux jours d'affilée. Je crois qu'il s'est arrangé pour je n'aie pas le temps de faire un aller-retour. Ces deux prochains mois vont être fatigants.

Je haussai les épaules.

— J'en suis bien désolée. Mais ce n'est pas étonnant : il veut me contrôler, ainsi que mes relations, pendant qu'il va se distraire avec sa geisha.

Maxence pencha la tête, hésitant.

— Tu sais, Ismérie, je sais beaucoup de choses de ce qu'il se passe ici ou de ce qu'il ne se passe pas. Depuis que je suis à son service, je peux t'assurer que tu as passé plus de nuits avec Eiirin qu'il n'en a passées avec Etsuko.

J'étais perplexe.

— Je les vois passer beaucoup de temps ensemble, insistai-je.

— J'ai cru comprendre qu'il ne lui avait jamais demandé beaucoup de faveurs sexuelles et que ce temps est révolu depuis longtemps. Sans doute qu'il se nourrit d'elle de temps en temps. Surtout quand tu te refuses trop longtemps à lui, ricana-t-il. Etsuko l'aide à s'apaiser et entretenir les valeurs des samouraïs qu'il chérit tant.

J'étais désarçonnée. Je devais avancer.

— Bon, je dois y aller. Biarritz n'est pas à côté.

— Fais bonne route, Ismérie, écris-moi quand tu arrives et donne-moi de tes nouvelles. Je sais que tu as mis beaucoup d'espoir là-bas. Je t'accompagne jusqu'à ta voiture, donne-moi tes sacs.

— Merci, Maxence.

Nous continuâmes à parler de choses et d'autres jusqu'au parking de ma voiture. Il chargea mes bagages.

Nous nous fîmes la bise. Je réglai mon GPS sur Biarritz. Juste avant de partir, je lui ordonnai :

— Prends bien soin d'Eiirin et de Léo !

— Le plus grand soin.

Et c'est l'âme en peine que je roulai vers Biarritz. Vers quoi exactement ? Je ne savais plus.

(1) Chanson de Janis Joplin.

(2) Chanson de Sia.

(3) Chanson de Chrisette Michele.

3 – Vagues à l'âme

Après quelques heures, je bordais la côte lumineuse du soleil couchant. J'arrivais tranquillement par l'avenue Beau Rivage, tentant de semer la tristesse qui s'était emparée de moi.

Le clan Duroy possédait une splendide villa basque, avec une façade rose néo-gothique. Un parking privé m'attendait après avoir traversé les emplacements pour la clientèle.

Mes vampires ne seraient pas encore réveillés. C'était l'occasion de découvrir notre équipe d'humains. Pablo et Amir m'accueillirent, surpris de voir une vampire de jour. Ils m'expliquèrent qu'ils étaient vraiment sceptiques et avaient eu du mal à croire Miguel. Je faisais toujours un effet bœuf. Ils se demandaient tout de même à quel point j'étais vampire et suggérèrent qu'il me restait probablement beaucoup trop d'humanité. Cette dernière remarque me fit éclater de rire et je les rassurai immédiatement sur mon régime alimentaire.

Pablo était le chef de la sécurité et Amir le gérant, secondant Miguel, assurant la gestion de jour.

Amir éveilla immédiatement mes papilles. Il sentait les épices indiennes. Dans les jours prochains, j'évaluerais son potentiel de donneur.

Je posai mes bagages et fis le tour du restaurant. Il prenait tout le rez-de-chaussée et donnait sur de grandes baies vitrées face à l'océan en contrebas. La vue était grandiose. Il faisait quasiment nuit maintenant. La côte était déjà illuminée.

C'était le jour de l'ouverture. Les clients étaient déjà attablés, prêts à déguster nos recettes basques. La carte de chaque établissement Aux Mets Verts était unique. Elle reprenait les spécialités locales et suivait les saisons. Cela nous garantissait un bon accueil de la région à chaque ouverture de restaurant. Évidemment, nous employions des vampires du clan Duroy, mais aussi des humains. Le recrutement local était exigeant afin de garantir la sécurité de mes congénères.

Miguel fit son apparition. Très souriant, comme à son habitude, il m'accueillit à bras ouverts.

— Tu as fait bonne route, Ismérie ?

— Oui, c'est toujours un plaisir de rouler dans mon petit coupé. La région est splendide, j'ai hâte de la découvrir.

— Oui, tu verras, c'est une ville magnifique. J'y viens depuis quelques mois et je l'apprécie énormément.

— Est-ce que tout se passe bien, Miguel ?

Il prit le temps de la réflexion avant de me répondre.

— Notre équipe d'humains a l'air sûre. Nos contrats avec les fournisseurs marchent bien. Tu vois, la salle est pleine. Pour l'instant, tout roule. Par contre, il faudra aider Natacha à se remettre de la distance installée par Léo. Elle a encore beaucoup d'espoir.

Je hochai la tête en signe de compréhension. Les émotions n'étaient jamais simples à dompter. Natacha vint nous saluer. Nous étions aussi timides l'une que l'autre, moi avec mon complexe d'infériorité vampire et elle, eh bien, je ne savais pas trop pourquoi car je la voyais comme une très belle vampire blonde, élancée, très classe.

— Natacha, veux-tu montrer sa chambre à Ismérie, s'il te plaît ? Je vais faire le tour du restaurant pour m'assurer que tout se passe bien.

Elle hocha simplement la tête et m'invita à la suivre.

La villa s'organisait sur plusieurs étages. Le premier était réservé à la gestion, avec un niveau de sécurité permettant à peu d'humains d'y accéder. Les étages suivants ne s'ouvraient que sur présentation d'une rétine de vampire déclaré comme pouvant entrer.

— Présente ton œil droit, Ismérie. Normalement, tu es reconnue par le système.

Je me souvenais vaguement que la sécurité de l'hôtel de Lauzun avait pris mes empreintes de doigts, de rétines, des échantillons de cheveux et de sang. Avec tout le sang d'Eiirin bu, je doutais que le mien fût le même qu'en arrivant à Paris il y avait quelques mois.

Je mis mon œil en face du scanner et la porte s'ouvrit. Nous nous sourîmes toutes les deux devant tant de technologie.

— Tu as des yeux magnifiques, m'avoua Natacha.

Surprise, je l'observai. Elle ne devait pas voir toute la beauté qu'elle dégageait, finalement.

— Merci, répondis-je.

— Viens, tu es au dernier étage avec vue sur mer, veinarde !

— Où es-tu installée, Natacha ?

— Je suis au deuxième étage. Si je me penche, je vois un coin d'océan.

Elle avait tout de même l'air contente.

— Senseï a demandé que tu sois bien logée. Comme tu ne viens que temporairement, ta chambre lui servira aussi.

Quoi ? Comment ça ? Nous avions une chambre pour deux, maintenant ? Je fis la moue. OK, j'adorais son sang et j'avais dormi avec lui deux fois, mais quand même. J'aurais aimé être sollicitée avant une telle décision. Devant mon air perplexe et mes cogitations,

Natacha réagit :

— Désolée, je croyais que tu étais au courant. Ah ! Ces vampires...

Je sentis toute la tristesse contenue dans ces paroles.

— Oui, Natacha, ces vampires ! Et Eiirin a prévu de venir prochainement ?

Natacha fronça les sourcils : elle n'appelait jamais son maître par son prénom, elle semblait avoir un profond respect pour lui.

— Je ne sais pas. Je ne connais plus son emploi du temps depuis que je suis reléguée ici. Ce qui est sûr, c'est qu'on ne verra pas Léo.

Nous arrivâmes à ma chambre. Natacha avait les larmes aux yeux. J'étais navrée pour elle. Ce charmeur de Léo était très attachant et foncièrement bon. Il était malheureux qu'il ait passé une nuit avec Natacha alors qu'ils n'étaient pas du tout sur la même longueur d'onde.

— Tu sais, Natacha, nous sommes ici un peu pour les mêmes raisons : prendre de la distance. Nous pouvons nous entraider.

— Ismérie, la différence, c'est que c'est ton choix ! Pas le mien !

Sur ces paroles, elle ferma doucement la porte en sortant.

Évidemment, vu comme ça, c'était plus compliqué.

Je déballai mes bagages. J'avais une très belle chambre. Plusieurs fenêtres étroites donnaient sur l'océan. Je l'apercevais scintiller sous la lumière de la lune, le ciel étant dégagé. J'avais hâte de voir la vue sous le soleil le lendemain. C'était une chance inespérée de toujours profiter de la lumière du soleil et de toutes ces couleurs étincelantes.

J'envoyai un texto à Léo et Maxence pour les rassurer. Je n'avais pas le numéro de portable d'Eiirin, mais je savais que Léo le préviendrait. Ils me répondirent tous les deux instantanément. Maxence en me rassurant sur le fait qu'il veillait sur mes deux vampires préférés et Léo en me demandant si j'avais déjà repéré un humain à croquer. « Ouiiiii ! » fut mon unique réponse, en pensant à Amir. En retour, sa réponse contenait un tas de smileys et un avertissement : « N'oublie pas notre Senseï, le grand, beau, magnifique, vénérable et valeureux Eiirin Kinoshita, si tu ne veux pas que je te botte les fesses ». Mmmm... Je rangeai mon téléphone en râlant après ce collabo de Léo.

Je redescendis voir Miguel : après tout, j'étais là pour travailler.

Je fis un tour dans la cuisine, humai les plats. Le piment d'Espelette sentait très bon. L'axoa, à base de viande de veau, de poivrons, d'oignons et piment avait l'air d'être bien relevé. Ça paraissait succulent. Malheureusement, je ne mangeais plus d'alimentation humaine. Par contre, les vampires percevaient toutes les saveurs au travers du sang. J'allais me plaire, ici. Il fallait que je débusque les humains qui mangeaient ces plats.

Je participai au service ce soir-là. J'en profitai pour sonder les humains. J'avais toujours préféré boire les hommes. Je ne savais pas trop pourquoi. En même temps, c'était finalement plus discret d'être enlacé avec le sexe opposé quand on était dans un lieu public.

En fin de service, Miguel s'approcha de moi pour me glisser à l'oreille :

— Tu fais ton marché, Ismérie ?

Je lui répondis simplement d'un clin d'œil accompagné d'un grand sourire. Il fallait bien manger.

Fatiguée du trajet, je ne me couchai pas très tard cette nuit-là. Mes fourmis semblaient très calmes, voire absentes. Sensation curieuse qui me fit du bien. Je pouvais lâcher prise.

Le lendemain, le soleil était déjà haut dans le ciel quand je me réveillai. Je découvris la splendide côte de mes fenêtres. La villa surplombait la mer et la vue d'ensemble était vraiment fabuleuse. Je pris une douche vite fait. Ma chambre était équipée d'un petit cabinet toilette-douche. Ce n'était pas grand mais bien pratique. Je devais aller explorer la ville et trouver l'herboristerie d'Aveline. Je n'avais pas de temps à perdre, je n'avais que deux mois.

Comme nous n'étions pas très loin du centre-ville, je partis à pied. La force physique des vampires me permettait de marcher vite et d'être endurante.

J'avais attaché ma chevelure rousse bouclée pour passer davantage inaperçue. Mes lunettes rondes en verre teinté rose me permettaient de dissimuler mes yeux flamboyants. Pour parfaire ma discrétion, je m'enveloppai d'un voile de transparence. Tous les humains que je croiserais m'apercevraient sans me voir vraiment. Ils s'écarteraient sur mon passage et détourneraient les yeux. Cela dit, je ne savais pas à quel point cela fonctionnerait sur ma descendance.

J'arrivai dans la rue commerçante de l'herboristerie.

Plus je m'approchais, plus mon cœur accélérait, plus je ralentissais mes pas. Qu'allais-je trouver ?

Le commerce d'Aveline était là, devant moi. Des boiseries vertes encadraient deux grandes vitrines et la porte d'entrée au milieu. L'enseigne indiquait « La botanique enchantée ». Sur les vitres, des soins et des herbes étaient proposés en lettres anciennes et dorées. J'observai, curieuse d'en découvrir davantage.

Puis, je la vis derrière son comptoir. Je sus immédiatement que c'était Aveline. Ses cheveux blonds vénitiens avaient perdu de mon roux éclatant. Ses yeux bleus étaient plus foncés que les miens. Son visage était parsemé de taches de rousseur, comme le mien. Je fus estomaquée de sentir mon sang couler dans ses veines. Je détectai aussi mon ancienne magie. Cependant, son don était différent du mien.

Je continuai de sonder l'héritière de mes dons pour deviner sa nature. J'envoyai mes ondes pour la cerner, en douceur, afin de ne pas éveiller ses soupçons. Elle semblait totalement bienveillante. Cette fois-ci, j'étais assurée de ne courir aucun danger avec la descendance familiale.

Je regardai autour de moi : il y avait un petit café qui me permettrait de l'épier sans rester plantée là.

Je m'assis sur la terrasse extérieure et commandai une tisane. C'était le truc qui me ferait le moins de mal possible. Et puis, je n'avais pas besoin de boire.

Je passai le reste de l'après-midi à la regarder vivre. J'étais très heureuse de découvrir ma descendance. Mon sang pétillait dans mon corps. Les clients entraient et sortaient régulièrement. Son activité semblait bien marcher.

D'un seul coup, elle sortit et ferma la porte à clé. Mince ! Quelle heure était-il ? 19 h. Je n'avais pas vu le temps passer. Aveline passa devant moi, sans me jeter un coup d'œil. Je respirai à nouveau.

Je me dépêchai de rentrer. Miguel m'attrapa immédiatement.

— Ismérie, tu es en retard. Je comprends tes motivations. Mais tu comprends bien que tu travailles pour moi, ici.

— Oui, chef, dis-je, l'air penaud. N'en parle pas à Eiirin, s'il te plaît.

— Alors, fais des efforts pour être à l'heure et je n'aurai pas besoin de cafter.

Je me préparai et filai en salle donner un coup de main pour le service.

Notre restaurant avait déjà beaucoup de succès. Tout était réservé pour la soirée. Nous avions deux services à faire. Nous fermâmes à peu près vers 1 h du matin. Puis nous nettoyâmes et rangeâmes avant d'être libérés.

Je ne vis pas la soirée passer. Par contre, je détectais le sang d'Amir à chaque fois qu'il était à moins de cinq mètres de moi. Je pouvais attendre plusieurs jours pour boire du sang, gavée que j'étais d'Eiirin. Malgré tout, son sang était appétissant. Je salivais quand il était dans mon sillage et je devais rester concentrée pour calmer mes crocs. J'en profitai pour sonder sa qualité. Son hygiène de vie était tout à fait acceptable. Je n'avais plus qu'à calculer un rapprochement stratégique pour savoir à quel point il serait consentant.

Le lendemain après-midi, je filai directement à l'herboristerie. Ma table de café m'attendait. Je continuai d'observer Aveline, le plus loin possible. Évidemment, je commençais à me demander si j'allais pouvoir obéir à l'ordre d'Eiirin : pas de contact avec ma descendance ! Mmmm... Ça me paraissait de plus en plus compliqué de l'avoir si près et de ne pas lui parler.

Une jeune fille sortit de l'herboristerie avec une planche de surf sous le bras. Emma. Elle était le portrait craché de sa mère.

— Mais oui, maman ! cria-t-elle en râlant.

L'adolescence semblait compliquée. Je n'avais malheureusement pas vécu suffisamment longtemps avec mes filles pour m'en rendre compte.

Soudain, Aveline s'approcha de la porte vitrée et planta ses yeux dans les miens, me sondant. Mince ! J'étais repérée. Je tournai la tête, faisant semblant de m'intéresser à autre chose. Je devais partir immédiatement. Consternée, je laissai de l'argent pour ma tisane et m'en allai.

Je décidai de retrouver Emma pour faire connaissance de loin. Avec une planche de surf sous le bras, elle allait forcément à la plage. Mon petit guide touristique m'indiqua les deux spots de surf les plus proches.

Je rejoignis la grande plage. Je scrutai de mes yeux acérés le sable et les vagues pour la repérer. Peu de monde bravait l'océan à cette saison. Je déployai ma magie vampirique et évaluai le sang des surfeurs attendant LA vague au milieu de la mer. Je la trouverais forcément, on ne pouvait pas me cacher ma lignée. Mais Emma n'était pas là.

Je remontai la côte par le rocher de la Vierge et me dirigeai vers la plage des Basques qui était sous notre villa. Le guide touristique indiquait qu'il ne fallait pas surfer sur ce spot à marée haute car à ce moment-là, l'océan s'encastrait dans les rochers. Je ne m'étais pas encore intéressée à l'heure des marées.

J'arrivais déjà à la villa Belza. Cette construction était vraiment insolite avec son avancée moyenâgeuse. En la dépassant, j'eus une vue dégagée sur les vagues.

Je la sentis immédiatement. Emma était là, en combinaison intégrale, avec ses copains. Ils avançaient dans l'eau en rigolant. Je me posai finalement sur les rochers et restai là à la découvrir.

Emma était très jolie. Bien plus souriante avec ses amis qu'avec sa mère. Elle semblait dans son élément avec sa planche à survoler les vagues en zigzaguant. Elle était vraiment douée. Cette ado était impressionnante. Égoïstement, j'espérais qu'elle y passerait une bonne partie de ses après-midi. Je devais m'acheter des jumelles. Ma chambre était au-dessus de moi. Elle me ferait une magnifique tour de guet.

Je sondai Emma pour l'évaluer. Elle semblait avoir moins de magie que sa maman.

Mon téléphone sonna. L'alarme m'indiquait qu'il était

temps de rentrer si je ne voulais pas me faire tirer les oreilles et être rapatriée à Paris.

Ma semaine passa comme ça. Selon l'heure de mon réveil, je commençais par observer Emma ou Aveline. Je prenais beaucoup de précautions quand j'allais voir Aveline, m'enveloppant d'un maximum de discrétion magique.

Et pourtant, presque tous les jours, Aveline plantait son regard dans le mien. Je sentais qu'elle était intriguée et qu'elle m'avait devinée. Elle avait modifié son charme de protection afin que je sente bien son sang de sorcière. Elle savait donc que j'étais vampire.

À ces moments, je partais contrariée, indécise sur la marche à suivre. À quel point avait-elle deviné ma vraie nature ?

En revanche, l'insouciance d'Emma l'empêchait de me détecter.

Arrivée au week-end, je décidai de laisser ma descendance tranquille.

Je devais résoudre mon problème d'alimentation. J'avais discuté un peu avec Amir, mais il ne manifestait pas la moindre envie d'une expérience avec un vampire. Certains humains recherchaient les sensations fortes, les nouvelles expériences. Amir semblait plutôt sage et posé.

J'allai me promener sur la côte, espérant faire une rencontre alimentaire. Un artiste peintre s'était posé dans les jardins en contrebas du phare. Il avait installé son matériel au-dessus des falaises et peignait les vagues qui scintillaient sous le soleil d'automne. Sa toile était un peu terne.

Je m'installai à côté de lui pour l'observer, sondant son sang. Il pouvait constituer mon casse-croûte en attendant mieux.

Alors, j'enveloppai ce peintre de ma magie blanche pour l'envoûter. Il vint s'asseoir à côté de moi nonchalamment. Je redoublai mes ondes pour qu'il se laissât aller totalement. Je me nichai au creux de son cou et plantai mes crocs dans sa veine. Il se laissait totalement aller contre moi, détendu. Je lui envoyai mentalement toute une palette de couleurs. La variation allait du plus sombre au plus lumineux. L'harmonie était totale. Son sang coulait dans ma bouche, divertissant mes papilles, comblant mes besoins. Au fur et à mesure que toutes ces nuances lui arrivaient, je sentais son bonheur augmenter. J'avais assez bu. Je retirai mes crocs, passai ma langue sur la morsure et ma main sur ses yeux pour qu'il m'oublie totalement. Je savais que son inconscient avait imprimé un nouveau kaléidoscope de lumières. Je reviendrais voir prochainement son travail.

Je retournai tranquillement vers notre villa. J'étais très loin du sang d'Eiirin. Le vide dans mes fourmis n'était pas si agréable que ça, finalement. J'étais dégoûtée de ne pas me sentir soulagée. La nature ayant horreur du vide, rien n'avait pour l'instant comblé ce manque. Il me fallait ma dose.

C'était un comble.

J'étais partie pour ne plus être tentée de lui sauter dessus.

Et finalement, quand j'étais à plusieurs centaines de kilomètres, mes fourmis erraient lamentablement, l'âme en peine. Que cherchaient-elles ? Elles étaient totalement déboussolées.

De retour dans ma chambre, je sortis mes jumelles pour scruter les vagues à la recherche d'Emma. Une playlist tournait. Quand *Stop Crying Your Heart Out*(1) s'éleva dans les airs, ma mélancolie monta à son paroxysme.

Je posai les jumelles et m'assis tranquillement pour écouter cette magnifique chanson, laissant libre cours à ma tristesse quelques minutes. J'avais pourtant tout ce que je désirais. Je m'étais éloignée d'Eiirin pour retrouver ma liberté et découvrir ma descendance. Il fallait croire qu'avoir ce qu'on voulait n'assurait pas forcément le bonheur.

Dès la fin de la chanson, je stoppai la musique. Je laissai un message vocal à Léo. Entendre sa voix sur son répondeur me fit chaud au cœur. Il avait toujours été un pilier solide pour moi depuis que j'étais à Paris. Il aurait mon message à son réveil.

Pour couper court à cette mélancolie, je me consacrai à mes rituels.

Léo ne manqua pas de me rappeler le dimanche soir pour avoir de mes nouvelles. Je fus surprise de constater tant de joie monter en moi. J'étais très heureuse de l'entendre. Je le rassurai sur le fait que les Mets Verts avaient beaucoup de succès. Il le savait car, avec Eiirin, ils recevaient notre chiffre d'affaires tous les jours. Évidemment, quelle idiote j'étais. Puis je lui racontai le peu que je savais sur ma descendance et le fait que j'étais persuadée qu'Aveline avait senti une vampire dans son sillage. Léo devint immédiatement hésitant. Il savait qu'Eiirin m'avait interdit de prendre contact.

— Tu dois être prudente, Isie, si tu ne veux pas être rapatriée immédiatement à Paris.

— Je sais, Léo. Je ne vais pas l'aborder, je l'ai promis à Eiirin. Mais je ne te cache pas que c'est une promesse difficile à tenir.

J'entendis Léo ricaner.

— Je ne te connais que trop bien. Je crains que ton impulsivité ne t'amène à déraper. Tu sais toujours te mettre dans de beaux draps !

Mmmm... Je devins grognon et ne le cachai pas dans le son de ma voix.

— C'est tout de même grâce au clan Duroy que Lucien m'a attirée dans une série de pièges.

— Ce n'est pas faux. Mais nous avons été là pour te sauver à chaque fois. Tu comptes beaucoup pour moi, Isie, et tu comptes encore plus pour Eiirin. Nous sommes loin de toi en ce moment. Fais attention qu'il ne t'arrive rien.

Je soupirai, mais le rassurai tout de même.

— Et Natacha, comment va-t-elle ? demanda Léo.

— Comme une vampire amoureuse évincée ! La tristesse ne la quitte pas. Elle va avoir du mal à t'oublier. Tu es sûr que tu ne veux pas te caser, Léo ? Elle est très belle et charmante.

— Oui, bien sûr, mais elle m'ennuie. Elle ne m'apportera jamais cette dose de piment et d'humour dont j'ai besoin. Nous sommes immortels, Isie. Je ne veux pas me caser trop rapidement pour finir dans une routine mortelle. J'ai le temps, je suis jeune encore !

En même temps, Léo n'avait que deux cent vingt-huit ans. Que représente cet âge face à l'éternité ?

— Oui ! Tu n'es qu'un bébé vampire.

Léo rigola.

— Et toi, Isie, tu es quoi, alors ?

Nous continuâmes sur le ton de la plaisanterie. Je lui demandai tout de même de saluer Eiirin avant de raccrocher.

Ce soir-là, c'était l'effervescence au restaurant. Je commençai à entendre un murmure parmi les vampires. J'avais tendu l'oreille avec mes superpouvoirs, un brouhaha terrible gênait ma perception. Les vampires étaient irrités. Le champ électromagnétique qu'ils émettaient était très désagréable. Les poils de mes bras étaient hérissés. Je sentais la gratouille m'envahir. Pourquoi étaient-ils irrités à ce point-là ? Au moment où Miguel passa à côté de moi, je l'arrêtai.

— Mais que se passe-t-il ce soir ? demandai-je à Miguel. Tu sens ce truc ?

— Oui, je sens ce truc, comme tu dis. Une sorcière dîne ici. Et comme ils n'ont pas l'habitude d'être en contact, ils sont tous affolés.

— Une sorcière ? Dans quelle salle ?

— La 3, dit-il en filant à ses occupations.

J'allai poser en cuisine toutes les assiettes que j'avais desservies et me dirigeai vers la salle 3. Je fus immédiatement alarmée, et posai une main devant ma bouche.

Aveline était assise à une table. D'un coup, elle fronça les sourcils et leva les yeux vers moi. Elle avait dû me poser un radar car elle me détecta immédiatement. Elle me fit signe de venir et de m'asseoir. Je regardai autour de moi, paniquée. J'allai tout de même à sa rencontre.

— Qui êtes-vous ? demanda-t-elle. Vous venez m'espionner tous les jours.

Je me repris. Après tout, je n'avais pas de raison d'avoir peur. Du moins, pas encore.

— Rassurez-vous, je ne vous veux pas de mal, lui dis-je avec un sourire, le plus bienveillant possible.

— Je sais ce que vous êtes.

Mmmm... Elle était forte, car je ne savais pas moi-même ce que j'étais. Une vampire pas tout à fait terminée ? Une sorcière de peu de pouvoir ?

— C'est-à-dire ? demandai-je, peu sûre de moi.

— Une vampire !

Je ne répondis pas.

— Mais vous êtes plus que ça. Vous n'êtes pas comme les autres, dit-elle en regardant les autres vampires autour de nous.

J'acquiesçai. Elle avait entièrement raison.

— Vous sentez autre chose ? demandai-je, curieuse de savoir si elle détectait un lien de sang.

Aveline m'observait. Elle détailla mes cheveux, mes yeux, mes taches de rousseur. Par certains côtés, nous nous ressemblions, même si ses cheveux plus clairs n'étaient pas frisés et que ses yeux étaient beaucoup plus sombres.

— Il y a bien une légende. Notre histoire raconte qu'une très belle sorcière, tellement puissante qu'elle savait cacher ses dons de tous, fut mordue par un vampire qui ignorait totalement ce qu'elle était. Elle a été transformée en vampire et s'est exilée très, très loin. Nous n'avons plus jamais eu de ses nouvelles. Mais cette terrible transformation nous a appris que les dangers avaient changé et qu'il ne fallait pas se cacher de tous.

Ébranlée par sa franchise, je me mis à mon tour à l'observer. Je lui envoyai une onde de magie pour ressentir son état d'esprit. Elle était sincère et ne me voulait aucun mal. Elle laissait d'ailleurs ses émotions transparaître, sentant ce que je faisais. L'exil dont elle parlait avait été forcé, mais ce n'était pas le moment d'en parler.

— Vous avez gardé beaucoup de pouvoirs comme ça ? demanda-t-elle.

— Peu, avouai-je. Mais en même temps, c'est difficile à dire car les pouvoirs de vampire peuvent être très puissants eux aussi.

Nous nous sourîmes, très heureuses de faire connaissance.

— Vous avez survécu toutes ces années, alors ? Ça s'est passé il y a combien de temps ?

— Cent vingt-deux ans.

Elle écarquilla les yeux.

— Vous avez l'air si jeune, c'est incroyable.

— C'est l'immoralité ! J'ai gardé l'aspect de mes vingt-huit printemps, dis-je, soulagée qu'elle prenne les choses aussi bien.

— Alors, tout était vrai ! Vous n'êtes pas une légende ?

Ou à peu près vrai. Le souvenir douloureux d'avoir abandonné mes petites filles malgré moi me pinçait le cœur. Je préférai néanmoins taire des détails du passé qui n'avaient plus d'importance maintenant. D'autres générations étaient nées, emportant une partie des secrets.

— Ismérie, je te cherchais !

Je sentis la main de Miguel se poser sur mon épaule. Je tournai la tête vers lui.

— Miguel, je te présente Aveline, ma descendante.

Miguel, abasourdi, ouvrit la bouche, puis la ferma, regarda Aveline, puis moi.

— La ressemblance est saisissante, affirma-t-il, ébahi.

Puis il plongea son regard dans le mien, me faisant passer mentalement « prudence » et « Eiirin ». Bah oui, évidemment ! Quel rabat-joie. J'avais tenu ma promesse. Cependant, je ne me voyais pas manipuler Aveline pour qu'elle m'oubliât. J'étais quand même venue pour la découvrir.

Miguel passa au scepticisme.

— Je ne veux pas vous déranger, mais j'ai besoin de toi, Ismérie.

— Bien sûr, Miguel, j'arrive tout de suite.

Il acquiesça et repartit.

— Aveline, je dois vous laisser.

— Je comprends. Vous reviendrez me voir demain après-midi ?

J'étais très heureuse qu'elle me le proposât.

— Avec plaisir.

— Venez directement à l'herboristerie. Pas besoin de

passer par le café, dit-elle, amusée.

Je lui fis un clin d'œil.

— Alors, à demain, Aveline. Je vous souhaite une belle soirée, ainsi qu'à Emma.

J'eus juste le temps de voir un éclair de surprise dans son regard en m'entendant révéler que je connaissais leur existence à toutes les deux. Je retournai travailler.

(1) Chanson d'Oasis.

4 - Aux sources de la magie

Le lendemain après-midi, je me réveillai tout excitée, pressée d'aller retrouver ma descendance. Je me préparai vite fait et partis presque en courant, impatiente. Tant pis pour mes rituels.

Aveline m'accueillit avec un grand sourire, pétillante de bonheur. Je n'osai pas la prendre dans mes bras, elle non plus. J'étais rassurée quant à sa nature bienfaitrice. La branche pourrie de ma sœur Claudine avait été sciée.

— Tu es mieux ici qu'en face, dit-elle, laissant tomber le « vous ».

Évidemment, mais j'avais fait une promesse à Eiirin. Je hochai simplement la tête.

— Comment se fait-il que tu aies pu être vampirisée, Ismérie ?

— Eh bien, nous avions développé des sortilèges au fil des générations pour cacher notre nature, afin de ne plus périr sur un bûcher ou au fond d'une rivière lestée par des pierres. Je savais que les vampires existaient. Mais je n'en avais jamais croisé. Je ne savais pas qu'ils ne détecteraient pas mon sang de sorcière, expliquai-je en haussant les épaules. Sinon, celui qui m'a bue ne l'aurait pas fait. Ça a été un sacré choc quand je me suis réveillée dans un fossé car il faisait grand jour. Je ne savais pas trop ce que j'étais devenue. Quand je suis retournée voir mon mari et mes filles, j'étais dans un sale état et il m'a demandé de partir car il avait compris que je n'étais plus la même. Je suis restée un moment dans les parages... Puis j'ai fini par m'en aller, bannie, le cœur brisé.

— Alors, tu n'as pas toutes les capacités des vampires ?

— Non ! Je ne me change pas en chauve-souris, par exemple. Mais je peux sortir de jour.

Aveline semblait interdite.

— C'est bien vrai ? Les vampires se transforment en chauve-souris ?

Je rigolai.

— Eh bien oui ! Les autres, pas moi.

— Tu les as déjà vus faire ?

Le souvenir d'Eiirin volant autour de moi quand j'étais séquestrée par Lucien me vint immédiatement. L'image d'après, quand il s'était transformé de nouveau en vampire était claire et nette dans mon esprit. Et pour cause, il était nu, magnifique... partout. Je me sentis rougir à ce souvenir.

— Oui.

— Ça a même l'air d'être un beau souvenir, dit-elle, captivée.

J'acquiesçai.

— Quel est ton régime alimentaire, Ismérie ?

— Uniquement du sang.

Aveline était maintenant sur la réserve, pensive. Je repris la parole immédiatement, pour la détendre.

— Tu sais, c'est tout à fait normal pour les vampires. Nous pouvons boire le sang des vampires, des humains, des animaux... Il y en a pour tous les goûts. Il y a même du sang en poche, maintenant, pour ceux qui ne souhaitent pas boire à la veine.

— Et toi, que consommes-tu ?

— Mmmm... Désolée, je n'aime pas le plastique. Les poches de sang, ce n'est pas pour moi. Mais je ne force personne. En général, nous avons des donneurs. Beaucoup d'humains sont friands de ce genre d'expérience.

Inutile d'apporter trop de détails. Il était trop tôt pour lui faire part de mes capacités de manipulation mentale. Je la sentais déjà suffisamment intriguée par mes propos.

Je changeai de sujet.

— Et toi, Aveline, que fais-tu de ta magie ? Je sens que tu as beaucoup de pouvoir.

— Oui, c'est vrai, dit-elle, épanouie. Je fais des potions et des soins de guérison. Mon herboristerie marche très bien.

— Ça me rappelle des souvenirs...

Je me sentais très heureuse pour elle.

— Je sens beaucoup de pouvoir aussi en toi, Ismérie. Qu'as-tu gardé exactement ?

— Je ne sais pas trop. J'ai des dons vampiriques similaires à ceux de mes congénères. Mais nous sommes tous différents, plus ou moins forts dans certains domaines. Il me reste très peu de mes dons de sorcière.

Ça m'attristait toujours de penser à ma puissance antérieure.

— C'est-à-dire ? Que te reste-t-il ?

Je me concentrai sur le bout de mon doigt pour faire apparaître une petite flamme d'allumette. Rien que ça m'avait demandé beaucoup d'efforts.

— Avant, j'allumais les feux de joie de la Saint-Jean, des brasiers énormes.

Je me sentais galvanisée par mes souvenirs.

— Tu sais, je sens pourtant beaucoup de magie en toi !

— Je fais encore quelques trucs, mais tout me demande énormément d'efforts.

— Peut-être que je pourrais t'aider. On pourrait tester où est la frontière entre tes pouvoirs de vampire et ceux de sorcière.

Et c'est comme ça que mon apprentissage de sorcière recommença.

Aveline m'emmena à l'arrière de sa boutique dans une salle de soin.

La pièce était extraordinaire, sentant les herbes et les épices. Des pierres de protection, des amulettes trônaient de-ci, de-là dans un agencement bien particulier. Moi aussi, je les avais beaucoup utilisées. J'avais même cousu des poches dans mes jupes de sorcière pour que ces fétiches me suivent partout.

Ses murs étaient recouverts d'informations pour travailler. Un calendrier lunaire, des runes, l'arbre de vie des hiérarchies angéliques, des herbiers... Symboles divers et variés étaient là pour l'assister. Cela faisait tellement longtemps que je n'avais pas vu tout ça. J'en étais très émue.

J'étais profondément attirée par la petite arrière-salle. Le rideau servant de porte était ouvert, m'invitant à y pénétrer.

Aveline me suivait, m'observait, attentive à mes émotions.

Des étagères pleines de bocaux renfermaient tout un tas d'ingrédients. J'étais ébahie et profondément ravie de renouer avec mes souvenirs.

— Tu ne fais que des guérisons, Aveline ?

— Oui. Je n'interfère pas dans les relations ou la météo.

J'étais troublée que le sort jeté sur ma descendance ait à ce point contraint son pouvoir.

Par le passé, j'avais moi-même modifié le temps quand nous avions besoin de pluie, de soleil. J'avais interféré dans les relations avec nos voisins quand ils étaient trop envahissants. Évidemment, je guérissais les personnes autour de moi, nos bêtes, nos cultures... Je nous avais créé un environnement où tout était facile. Nous vivions bien.

En poursuivant mon exploration, je tombai sur des poupées d'argile alignées sur du coton, entourées de plantes.

— Qu'est-ce que c'est ?

— Ces poupées me servent à pratiquer des envoûtements pour les maladies graves ou chroniques. Dès que les personnes sont en rémission ou que la pathologie est en sommeil, je les leur donne avec des consignes. C'est à eux d'en prendre soin après.

J'étais impressionnée par le nombre de malades qu'elle traitait.

— Allez, viens, Ismérie. Allons débloquer ta magie. Profitons de ce moment de calme dans la boutique.

Je m'allongeai sur sa table matelassée. En face de moi, une chouette, symbole de sagesse, m'observait. Je me sentais en sécurité et fermai les yeux, contente de redécouvrir ce qui avait été une petite partie de ma vie. J'étais totalement convaincue de pouvoir lui faire confiance.

Je sentais ses mains passer au-dessus de mon corps sans jamais me toucher. Ses marmonnements ressemblaient à un chant antique éveillant quelque chose enfoui au fond de moi.

Je sentais sa magie s'insinuer dans mon corps. Une onde verte d'une grande douceur pénétrait au plus profond de moi. Je m'ouvris à elle pour qu'elle pût œuvrer.

Une bille d'énergie se forma dans mon ventre. La chaleur augmentait en moi de plus en plus. Je commençai à transpirer. Une boule blanche envahissait maintenant mon abdomen. Mes fourmis s'emballaient, craintives. Une sourde colère montait en elles. Je les exhortai au calme, ayant confiance en Aveline et ma nature de sorcière cachée quelque part. Je me sentais à l'étroit dans mon corps, maintenant. Une sensation contenue depuis trop longtemps allait se libérer. Des larmes de bonheur coulaient aux coins de mes yeux. Je ne comprenais pas pourquoi mais je savais que la délivrance approchait.

Aveline psalmodiait de plus en plus vite. Son énergie augmentait. Je voyais une lumière blanche éblouissante traverser mes paupières.

D'un coup, j'eus très peur. La chaleur se répandait dans tout mon corps à une vitesse folle et m'embrasait comme si j'étais en pleine incandescence, installée sur un brasier.

J'allais hurler quand Aveline posa sa main sur ma bouche, en prononçant un sort de mutisme.

J'écarquillai les yeux pendant qu'elle m'observait d'un regard bienveillant, son sourire étant d'une grande bonté.

Soudain, tout céda. Je soupirai, fermai les yeux. Tout mon corps se détendit brusquement.

Avec des gestes d'une grande douceur, Aveline me passa un linge chaud sur le visage.

— Reste ici, tranquillement. Je dois retourner dans ma boutique. Le soin est terminé. Ta magie est débloquée.

Je respirai à nouveau, soulagée. Mes fourmis étaient un peu perdues. Je les rassurai. Eiirin apparut soudainement dans mes pensées. J'avais besoin de son sang.

Je me relevai au bout d'un moment, épuisée. Je regardai mes mains, mes bras. Quelque chose avait changé. Mon ventre entretenait un bûcher allumé. J'étais déconcertée.

Avant de partir, Aveline m'invita à acheter une vasque et des bougies flottantes pour m'entraîner.

Au retour, je m'arrêtai à la boutique qu'elle m'avait indiquée. Il était temps de passer à l'action.

Au travail, la soirée passa vite.

Je sentais Miguel me scruter régulièrement. Je savais qu'il allait me poser des questions. Pour l'instant, il rongeait son frein en attendant une accalmie. Elle ne vint qu'en fin de service. J'aidais à nettoyer pendant qu'il s'occupait de la comptabilité. Parfois, j'aidais Miguel. Mais là, le sentant mécontent, je me tenais loin.

Il me coinça quand nous montâmes vers nos appartements.

— Ismérie, je peux t'accompagner jusqu'à ta chambre ?

Je le regardai, embarrassée.

— Tu ne crains rien de moi, Ismérie. Tu le sais ? Tu es la chasse gardée de notre Senseï. Et il m'a chargé de te protéger. Je veux juste savoir où tu en es et m'assurer que tu vas bien.

Je lui souris timidement. J'étais heureuse de l'après-midi que j'avais passé. Je n'osais simplement pas le lui montrer.

— OK, répondis-je simplement.

Arrivé dans ma chambre, il inspecta ma vasque et mes bougies.

— Tu te lances dans la déco ?

— C'est un peu ça.

Je ne voulais pas lui dévoiler les expériences que je comptais réaliser.

— Alors, comment ça se passe avec ta descendance ?

— Très bien. Nous avons fait connaissance cet après-midi. Aveline est une belle sorcière blanche avec beaucoup de dons.

— Oui, j'ai senti qu'elle était puissante, répondit-il avec un petit sourire.

Il était vrai que Miguel, tout comme Adrien, notre historien, partageait une relation avec une sorcière de Paris et qu'ils avaient l'air de bien s'amuser.

— Nous avons simplement échangé.

Je ne donnai aucune précision afin de ne pas lui mentir. Je savais qu'il ferait son rapport à Eiirin. Miguel me sonda pour évaluer mes propos, puis hocha la tête.

— Ismérie, ta signature corporelle change. Je ne vais pas te forcer à parler, puisque tu ne veux rien me dire. Mais n'hésite pas si tu as le moindre souci.

À mon tour, je hochai la tête, puis il me laissa.

J'installai ma vasque, la remplis d'eau et déposai les bougies à la surface.

Okkaayyy. Je devais me concentrer pour rassembler ma magie. Une fois connectée, je la développai, puis la lâchai. Je fermais les yeux, prenant bien garde de rester centrée. Je me voyais exécuter les actions mentalement. Allumer le feu. Flamber la bougie. Respirer. Se détendre. Visualiser la flamme.

J'ouvris les yeux. La flamme était apparue sans effort. L'excitation monta soudainement en moi. Non, non, rester calme, rester connectée à ma magie. Je respirais sereinement à présent.

Je gardai les yeux ouverts, maintenant, découvrant au fur et à mesure mon pouvoir.

De mon doigt, je touchai les autres bougies flottantes pour les allumer. Facile. Un effleurement de chaque mèche et ma réussite brûla de mille feux. J'éteignis la lumière de ma chambre pour mieux observer ma réussite. Les flammes ondulaient des larmes de feu. Elles étaient hypnotiques. Une immense joie monta en moi. Eiirin. Il fallait que je montre ça à Eiirin. Il me manquait, d'un seul coup. Mes fourmis s'affolèrent, impatientes.

— Calmez-vous, on va le revoir bientôt !

Je sentis la frustration et l'impatience m'envahir.

Je décidai de me coucher au plus tôt afin de voir Aveline le plus longtemps possible le lendemain.

La léthargie tardait à venir. Alors, je me concentrai sur ma respiration pour apaiser mes fourmis qui m'envoyaient leur message de mécontentement en boucle. Au bout d'un moment, je tombai dans l'inconscience.

Je me réveillai beaucoup plus tôt.

M'approchant des bougies, j'allumai une flamme au bout de mon doigt et la lançai sur chaque mèche avec une aisance déconcertante. J'explosai de joie. J'étais impatiente d'aller voir Aveline pour lui raconter. Je me douchai et décampai rapidement après avoir éteint mes bougies.

Aveline était débordée cet après-midi-là. Beaucoup de clients lui demandaient des préparations ou des soins. Afin de l'aider, je lui proposai de m'installer avec elle derrière son comptoir. Je découvrais son travail au fur et à mesure. Elle semblait fatiguée, aujourd'hui. Elle m'avoua à demi-mot qu'il était plus difficile de travailler sur un vampire que sur un humain et qu'elle en ressentait le contrecoup.

Très rapidement, nous nous comprîmes sans parler. Et je finis par aller au-devant de ses besoins. Les clients attendaient leur tour en nous observant. Un papy, habitué de l'herboristerie, finit par nous dire :

— Aveline, vous avez de la famille pour vous aider, aujourd'hui. Mais je croyais que vous n'aviez plus personne à part votre fille ?

— Eh oui, mais parfois, des surprises surviennent !

Aveline semblait très heureuse de ma présence et c'était partagé.

La fin des cours ayant sonné, Emma entra dans la boutique, l'air boudeur, comme à chaque fois que je l'avais vue arriver. Sa mère pinça les lèvres, mais ne dit rien. Emma fit tout même l'effort d'embrasser sa mère et se tourna vers moi, curieuse.

— Je te présente Ismérie, Emma.

Cette dernière écarquilla les yeux et s'en alla dans l'arrière-boutique. Aveline soupira. Je posai une main apaisante sur elle pour la réconforter. J'en profitai pour lui envoyer toute la sérénité dont elle pouvait avoir besoin. Elle leva les yeux sur moi, ébahie, puis sourit de nouveau.

Emma repassa devant nous avec sa planche de surf et sa combinaison.

— Je vais vite surfer avant la nuit, maman.

— Fais bien attention à toi, ma chérie.

Je continuai d'aider Aveline jusqu'à mon départ forcé pour aller travailler.

J'avais eu le temps de lui raconter mes exploits entre deux clients. Elle m'encouragea à continuer à expérimenter. Elle avait vraiment débloqué quelque chose en moi.

Je la laissai à contrecœur et l'embrassai avant de partir, heureuse d'avoir retrouvé une si belle descendance. Je ressentais énormément de gratitude envers elle.

Je m'arrêtai de nouveau à la boutique des bougies. J'avais plusieurs meubles dans ma chambre où je pouvais poser des vasques. J'en achetai quatre de plus. J'allais me passer d'électricité !

J'allais voir Aveline tous les jours et je travaillais Aux Mets Verts tous les soirs. Je m'exerçais toutes les nuits après mon travail.

C'était parfois très fastidieux.

Certaines nuits, je n'accumulais que des échecs, ce qui augmentait mon mécontentement, me mettant au diapason de mes fourmis. Dans ces cas-là, j'étais obligée de méditer davantage pour prendre du recul.

D'autres fois, je me surprenais moi-même et mes réussites me galvanisaient.

J'étais maintenant capable d'allumer toutes mes bougies d'un seul coup en rentrant dans ma chambre, sans passer par ma flamme au bout du doigt. J'étais gonflée à bloc. Je devais passer à la vitesse supérieure.

Cette nuit-là, je repassai aux exercices de transformation de la matière. Rayonnante, je m'assis au milieu de toutes mes vasques illuminées posées sur le sol au centre de ma chambre. J'attachai ma chevelure flamboyante en queue de cheval afin de ne pas prendre feu. Mes cheveux ne couraient pas de danger. Même si j'en brûlais une partie, ils seraient régénérés avec le même volume à mon réveil. C'était le gros avantage d'être vampire. Ça et l'immortalité.

Okkaayyy. Concentration. Je soufflai les bougies flottantes de la vasque juste devant moi et les enlevai. Je voulais transformer l'eau en glace. Je tendis les mains au-dessus de l'eau, rassemblai mon pouvoir et le lâchai. Je sentis du froid de plus en plus intense sous mes mains. Les yeux fermés, je sentais mon sourire s'élargir de plus en plus. La joie devenant trop forte, mon pouvoir faiblissait. Mmmm… Ismérie, reprends-toi !

Bon, je ne devais pas me laisser submerger comme ça. Je sentis le froid revenir sous mes mains. J'ouvris les yeux au bout d'un moment pour voir le résultat. La vasque était tellement glacée que le verre était totalement givré. Mmmm... J'y étais allée trop fort, il fallait que je reprenne le contrôle. Le décor devant mes yeux était fantastique. La vasque glacée était illuminée par les bougies flottantes autour de moi. J'étais éblouie.

Je pris une grande inspiration, rassemblai ma

concentration et commençai à faire fondre l'eau.

Puis, tranquillement, je la menai à l'ébullition. Je chauffai encore et l'eau fit de gros bouillons comme dans mon ancien chaudron. Génial ! Je retrouvais mes facultés. Tout excitée, je continuai à la faire bouillir de plus en plus fort. Elle commençait à s'évaporer. J'étais subjuguée. D'un coup, la vasque explosa. L'eau se répandit et coula jusqu'à mes genoux. Sentant la brûlure, je me relevai immédiatement en grognant.

Ma porte s'ouvrit à la volée. Miguel apparut et alluma.

— Tu vas bien, Ismérie ?

Étonnée de le voir entrer, je ne pus que hocher la tête pour le rassurer. Miguel avait mis son habit de protecteur, prêt à combattre, tous crocs dehors. Il regarda autour de moi, visiblement inquiet. Puis s'approcha et examina le sol.

— Mais que fais-tu ?

— Rien. Je créais, disons... une ambiance chaleureuse.

Miguel fronça les sourcils, m'examinant d'un air désapprobateur.

— Tu me prends pour un imbécile ?

Okkaayyy. Cette stratégie n'était pas la bonne. Miguel était grand, fort, plus âgé que moi, aguerri au combat, expérimenté pour tout un tas de choses. Je le regardai l'air penaud.

— Tu sais que j'ai une certaine expérience des sorcières ? Je sentais des ondes de pouvoir circuler, qui n'étaient pas vampiriques. Alors, si tu es seule... C'est toi qui fais ça ?!

J'acquiesçai, mortifiée. Cela faisait un moment que je lui cachais des choses malgré sa mise en garde et mes secrets m'explosaient à la figure. Je préférais me faire petite, ce qui n'était pas difficile : j'atteignais péniblement un mètre soixante quand j'étais à fond. Donc l'heure était à la transparence. Je haussai les épaules.

— Oui.

— Ton pouvoir de sorcière augmente au contact de ta descendance, dit-il, songeur, en se frottant le menton. Tu te rends bien compte que je vais devoir en parler à notre Senseï ?

— Il n'y a pas d'urgence.

— Je n'en suis pas si sûr que toi. Je sens que des choses changent en toi.

— Et si je lui disais moi-même ?

— Ah, ça ! C'est sûr qu'il serait content de t'entendre. Il me demande souvent de tes nouvelles. Mais je suis sûr que tu ne lui diras que le quart de la vérité, rigola-t-il.

Ce n'était pas totalement faux. Eiirin m'avait interdit de prendre contact avec ma descendance. Et même si c'était Aveline qui avait fait le premier pas, c'était moi qui allais la voir tous les jours et l'aidais même dans son travail maintenant. Il risquait d'être furieux devant tant de désobéissance. Je sentais Miguel contrarié. Je l'étais aussi.

Miguel se baissa pour commencer à ramasser les débris de verre et soupira. Je l'aidai.

— Ah, Ismérie ! Mais que va-t-on faire de toi ?

Je plantai mes yeux dans les siens avec un grand sourire.

— Bah, rien !

Il rigola.

— Je comprends mieux l'exaspération d'Eiirin et ses colères vu sa souplesse d'esprit.

— Tu sais, c'est super positif. Nous avons toujours quelque chose à apprendre de quelqu'un et nos rencontres ne sont jamais un hasard.

— Vois les choses comme ça si tu veux. Je vais téléphoner à Eiirin, dit-il, soucieux.

— Déjà ?

— Oui, déjà. Notre Senseï n'a pas avec moi l'ouverture d'esprit qu'il a avec toi. Il ne me pardonnera pas de ne rien lui révéler. Et je ne veux pas payer pour tes bêtises. En même temps, vu tout ce qu'il t'a passé, tu te débrouilleras bien avec lui.

Je l'observais, embarrassée.

— Tu te rends bien compte, Ismérie, que tu fais changer toutes les règles à Eiirin ?

Miguel était un des rares vampires appelant notre Senseï par son prénom. En ce qui me concernait, j'étais passée directement au prénom quand j'avais fait sa connaissance, ignorante que j'étais. Pour l'heure, je hochai simplement la tête, ébranlée.

Miguel sortit, prenant déjà son téléphone dans les mains.

Je devais prendre l'air pour chasser mes émotions. Je reposai toutes les vasques à leur place initiale et éteignis les bougies.

Je me couvris bien. Il y avait du vent cette nuit. Nous avions un petit sentier escarpé derrière la villa qui nous permettait de rejoindre directement la mer. Ma vue acérée de vampire me permit de descendre avec dextérité. Mes sens semblaient aussi développés que ceux de mes congénères. Nous étions de redoutables prédateurs. Et même si nous ne pratiquions plus la chasse, notre proie ne pouvait pas nous échapper.

Le bruit des vagues grandissait autour de moi. Je filai au rocher de la Vierge. Je m'enveloppai d'un voile d'invisibilité pour ne pas être importunée. Je ne voyais personne, mais je voulais pouvoir réfléchir sans être dérangée. Il faisait nuit noire. Le ciel couvert ne laissait pas passer la lumière de la lune.

Arrivée au rocher de la Vierge, je franchis la rambarde de droite pour longer les rochers au-dessus de l'océan. Les croix montraient bien la dangerosité du lieu. Je détachai mes cheveux. Ces derniers furent rapidement chahutés par le vent. Je m'accroupis en contrebas d'un rocher pour me protéger. Les embruns humidifiaient mon visage. Je voyais mes boucles rousses s'alourdir et se resserrer au fil des vagues. Le ressac faisait un bruit effroyable, amplifié par les rochers, brutal. Je laissai le mouvement de la mer me submerger. Les lames chassaient mes émotions à chaque fois qu'elles s'écrasaient à mes pieds. Le calme, peu à peu, m'envahissait. Je sentis tout à coup une vibration dans ma poche. Je sortis mon téléphone.

Était-ce déjà Eiirin ?

Je fronçai les sourcils. Les ennuis commençaient. Je pris une grande inspiration et décrochai. Inutile de repousser la confrontation, cela ne ferait qu'aggraver mon cas. J'entendis la voix chaude d'Eiirin.

— Ismérie ?

Il semblait tourmenté. À qui la faute ?

— Oui, Eiirin.

— Comment vas-tu ?

— Bien, je te remercie.

Mes fourmis se réveillèrent immédiatement en entendant la voix de leur maître. Elles se précipitèrent vers mon oreille pour être au plus près de lui, même si elles avaient compris qu'il était bien loin.

— Je viens d'avoir Miguel. Incroyable, tout ce qu'il m'a raconté, siffla-t-il.

Miguel avait donc tenu sa langue jusqu'ici. J'étais désolée de lui attirer des ennuis.

— Il ne savait rien.

— Lui aussi a essayé de te couvrir. Tu exacerbes l'instinct protecteur des mâles : Léo, moi... Maintenant Miguel. Je dois pouvoir te faire confiance, Ismérie.

Je le sentais tiraillé et j'étais confuse. Un sentiment de désolation m'envahit. Mon impulsivité posait problème.

— Tu as raison, Eiirin, mais je n'ai rien fait de mal. J'explore simplement de nouvelles possibilités.

— J'entends bien, Ismérie. Mais tu es loin. Je ne peux pas te protéger là où tu es et je crains que tu ne te mettes en danger.

— Aveline est une belle sorcière blanche, bienveillante. Elle n'a pas la face cachée de magie noire que j'avais. Je ne crains rien avec elle.

Mes fourmis me révélèrent qu'Eiirin semblait dépassé par les événements. Il était envahi de tristesse.

— Et si elle t'éloignait de moi ?

Je réfléchis un moment. J'avais mis de la distance pour m'apaiser, mais il surgissait régulièrement en moi, me rappelant combien il était loin et combien j'avais besoin de lui, de son sang.

— Ma lignée ne m'éloigne pas de toi. Tu me manques, Eiirin.

Je l'entendis soupirer de soulagement.

— J'en suis très heureux.

Je ricanai.

— Où es-tu, Ismérie ? Il y a beaucoup de bruits autour de toi.

— Au rocher de la Vierge.

— Mmmm... Ne prends pas de risques inutiles. Je ne suis pas là pour te sauver. Rentre à la maison, maintenant.

Je sentis ma volonté s'engourdir. Le besoin de rentrer monta brusquement en moi. Je sursautai immédiatement.

— Eiirin, comment oses-tu me manipuler ?

Je l'entendis rigoler.

— Je n'étais pas sûr que ça fonctionnerait à distance !

Je plissai les yeux, il allait voir ce qu'il allait voir. Moi aussi, je voulais bien jouer. Depuis le temps que j'espérais tester. Il me donnait l'occasion idéale de le faire et j'allais la saisir.

Je me concentrai sur mes fourmis, qui n'attendaient que lui. Je les rassemblai et leur commandai de prendre un crayon, une feuille et d'écrire mon prénom avec une fleur en guise de point sur les « i ». J'augmentai les ondes de cet ordre mental pour en faire un flot incessant. Je trouvais que c'était totalement approprié pour un grand samouraï. J'entendis immédiatement Eiirin grogner, puis des petits bruits. Je n'osai pas crier « hourra ! », attendant de savoir. Je restai concentrée sur ma volonté et mes fourmis. Le grognement s'intensifia.

— Qu'as-tu écrit, Eiirin ?

— Tu le sais très bien, Ismérie. C'est très joli, mais ce n'est pas digne d'un samouraï !

Nous éclatâmes de rire tous les deux.

— Tu as de la chance que je sois une gentille vampire.

— Oui, je me doutais que tu étais très forte !

— Plus forte ?

— Non !

— Menteur !

— Nous ferons des tests, tu vas voir... Ah ! Je dois te laisser. Sois prudente, Ismérie, et appelle-moi de temps en temps.

— Toi aussi, tu peux m'appeler.

— Je pourrais, mais je suis ton Senseï !

Et il raccrocha. Je grognai sur mon téléphone.

Je rentrai. Miguel, qui me guettait, m'arrêta. Il semblait incertain.

— Ça a été avec Eiirin ?

— À merveille ! Je l'ai dans la poche !

Il éclata de rire en secouant la tête. J'allai me coucher. Je m'endormis en pensant à Eiirin et le manque ressurgit comme un gouffre, avide.

Le lendemain, je constatai qu'Aveline restait fatiguée.

Elle avait toujours ces cernes noirs très marqués sous les yeux.

Je lui proposai un soin. Elle ferma sa boutique exceptionnellement, n'étant plus capable d'assurer son travail.

Elle s'installa à son tour sur sa table de massage. Nous fermâmes les yeux toutes les deux.

Je me concentrai pour me connecter à ma magie, appelant l'énergie du cosmos, comme je le faisais avant. Je recherchai cette bille, cette étincelle de dons que je devais allumer. Elle apparut toute chaude au creux de mon ventre, blanche, étincelante, ne demandant qu'à être nourrie.

Je passai mes mains au-dessus du corps d'Aveline comme je le faisais quand j'étais sorcière. Au début, je ne sentis rien. Puis, petit à petit, des picotements apparurent au bout de mes doigts, m'indiquant certaines zones de son corps à travailler. Alors, je me déplaçai là où son corps m'appelait. Je restai le temps nécessaire, jusqu'à ce que les picotements disparaissent. Malgré mes yeux fermés, je voyais les ondes d'une douce magie blanche étincelante pénétrer son corps. Mes dons de guérison de sorcière étaient revenus.

Mes vagues scintillantes continuaient d'œuvrer, en douceur, comblant tous ses besoins. Plus aucune zone de son corps ne m'appelait, maintenant. Ma magie diminua tout naturellement comme si je fermais le robinet.

Une grande détente avait remplacé la fatigue sur les traits d'Aveline. Elle rouvrit tranquillement les yeux, rayonnante.

— Ta magie est sensationnelle, Ismérie. Merci !

Nous débordions de gratitude l'une envers l'autre. Mais je devais la laisser, il était temps de rentrer.

Le lendemain, nous discutâmes beaucoup de notre lignée et des conséquences de mon choix d'avoir coupé ma descendance de la magie noire.

Elles engendraient beaucoup plus de filles, mais peu de naissances. Ma descendance n'était pas fertile longtemps et n'avait pas une grande espérance de vie. Je m'excusai du déséquilibre que j'avais engendré, ne sachant pas comment réparer.

Ma naïveté et mon obsession de la magie blanche m'avaient aveuglée.

Emma restait hermétique à la magie et refusait de l'utiliser. Il était incroyable de constater qu'elle jetait des sorts la nuit, pendant son sommeil. Des choses apparaissaient ou disparaissaient dans sa chambre ou leur appartement. Sa mère avait laissé tomber, préférant combler le fossé entre elles.

Je comprenais tout à fait son point de vue. J'étais aussi mortifiée d'avoir indirectement causé ces dégâts et d'avoir laissé un tel héritage.

Emma arriva. J'espérais faire davantage sa connaissance. Avec l'accord d'Aveline, je la rattrapai en direction de la plage.

5 – Famine et voracité

Emma avait son casque musical vissé sur les oreilles. J'ouvris mon ouïe de vampire pour écouter ce qu'elle déversait dans sa tête. Comme dans la chanson, Emma était dans sa bulle. C'était compliqué. L'ascenseur du paradis était en panne dans *Le monde ou rien*(1). Nous étions tous voués à l'enfer. Alors, il y avait de quoi avoir le seum. À quoi bon utiliser sa magie ?

Et j'en sentais peu en elle. C'était peut-être la raison pour laquelle elle ne semblait pas intéressée pour la développer. Faire des efforts n'était forcément pas une priorité à l'adolescence. C'était plutôt le moment de tâter le terrain pour prendre son envol, s'affranchir des parents et devenir libre.

J'arrivai à sa hauteur. Elle connaissait l'histoire familiale. Elle savait donc qui j'étais et ce que j'étais. Ce conte oral se transmettait en guise d'apprentissage et de mise en garde. Là, j'étais passée du mythe à la réalité. Elle me jeta à peine un regard.

— Comment vas-tu, Emma ?

Elle m'observa, curieuse de voir où j'allais en venir.

— Bien !

Pas plus de mots, sa bouche était close, ses sourcils froncés. J'attendis patiemment, l'accompagnant en direction du spot de surf où elle avait ses habitudes.

— T'as l'air très jeune ! T'as quel âge ?

— Vingt-huit ans.

Emma réfléchit, m'étudiant de la tête aux pieds.

— Vingt-huit ans depuis combien de temps ?

— Vingt-huit ans depuis cent vingt-deux ans !

Elle écarquilla les yeux, abasourdie.

— C'est vrai, tout ça, alors ?

— Ouais !

Elle attendait que j'en dise plus. Je la pris à son jeu. Finalement, elle ne posa plus de questions. Alors, je passai à autre chose.

— Pourquoi tu ne veux pas utiliser ta magie, Emma ?

— Je préfère le surf.

Elle haussa les épaules. La conversation était close. J'enfonçai mes mains dans mes poches. Nous arrivions à la plage.

— Je n'y connais rien en surf, mais tu sembles très douée.

Surprise, elle écarquilla les yeux, me fit un signe de tête et fila voir ses copains. J'allais m'asseoir un moment sur les rochers pour l'observer. Elle se transforma sous mes yeux, devenant souriante et joyeuse. Ce n'était plus la même personne.

Ce soir-là, je fus confrontée à ma soif. Il était loin, le confort de Genève où je buvais toutes les nuits. Lorsque j'étais gavée de sang, je ne me posais pas de questions.

À Biarritz, je m'étais mise en disette malgré moi. J'étais tellement absorbée par ma lignée, l'expérimentation de mes sortilèges et mon travail pour que notre restaurant fonctionne à merveille que je n'avais pas vraiment cherché de donneur. Miguel me demandait de le seconder de plus en plus. J'étais persuadée que c'était pour garder un œil sur moi. La pression qu'Eiirin exerçait sur lui avait augmenté son niveau de protection.

Mais en ce moment, le sang d'Amir attisait mes

papilles. Ma langue claquait sur mon palais, m'invitant à boire. Mes crocs voulaient surgir, me rappelant qu'il était temps de percer une veine, voire une artère : le flot serait plus important. Et je commençais inconsciemment à envoyer des ondes de magie à Amir pour l'attirer dans ma toile. Miguel me surprit et me gronda d'un simple « Ismérie ». Je lui tirai la langue et me rapprochai pour lui chuchoter :

— J'ai faim !

— Va boire une poche de sang immédiatement ou je te pose une intraveineuse !

— Très drôle, répondis-je, sarcastique.

Je jetai un coup d'œil à Amir malgré moi, telle la prédatrice que j'étais, guettant sa proie. Son battement de cœur résonnait dans mes tympans, augmentant mon envie de boire.

— Immédiatement, Ismérie !

Je traînai des pieds vers la cuisine avec un lamentable « OK » en guise de réponse. J'ouvris le frigo spécial vampires. Les poches de sang étaient alignées. Je les sondai pour en dénicher une un peu alléchante. Rien de bien excitant. J'en trouvai tout de même une de bonne qualité. Je tombai sur une chaise, mis une paille dans l'ouverture prévue à cet effet et aspirai.

J'étais tombée bien bas ! Il était vraiment rare que je me nourrisse ainsi. Je me laissai penser que je buvais Amir pour y prendre plus de plaisir. Je devais organiser une rencontre avec lui à l'extérieur pour lui demander s'il était d'accord. Un autre sang que j'aurais bien bu : celui d'Eiirin. Rien qu'à penser à lui, mes fourmis voraces se manifestèrent, piaillant d'impatience.

— Faut vous calmer, les filles, il est très loin ! dis-je à haute voix entre deux gorgées.

— Tu m'as parlé ?

Je me tournai vers le cuisinier qui m'avait posé la

question.

— Je me parlais à moi-même.

Je me levai, jetai la poche vide à la poubelle et retournai en salle. Mouais, je devais passer pour une folle. Miguel me sonda pour vérifier que j'avais bu. Je le regardai, puis haussai les épaules.

Reprenant mon travail, je croisai Amir. Je voyais son cœur battre dans sa poitrine, m'envoyant des volutes d'épices pakistanaises. Je relevai la tête et lui fis un grand sourire.

— Amir, ça te dirait d'aller boire un verre tout à l'heure ?

Il hocha simplement la tête timidement. Yes ! Je faillis ajouter que nous ne serions pas obligés de parler, mais il avait l'air tellement réservé que je me tus. Je tournai mon regard vers Miguel qui secouait la tête, l'air navré, tentant de me faire de gros yeux. Au diable les poches de sang. Il avança vers moi et me chuchota :

— Je vais lui demander de te rapatrier à Paris !

Je haussai les épaules en rigolant : j'aurais bu Amir avant.

À la fin du service, Amir m'attendait. Nous partîmes tous les deux en direction de la plage. Il faisait doux, il y avait peu de vent. C'était une nuit bien agréable. Je n'y allai pas par quatre chemins.

— Avais-tu déjà rencontré des vampires avant de travailler Aux Mets Verts ?

— Non, jamais. C'est une belle expérience que de découvrir votre espèce.

— As-tu déjà donné du sang à un vampire ?

Oui, c'était osé. Mais je travaillais avec lui, je ne voulais pas d'ennuis. S'il ne voulait pas, je n'insisterais pas. Je l'entendis rigoler. Il me contempla.

— C'est donc ça ?

— Je ne te cacherai pas que tu as un sang très

attrayant pour moi.

— Pourquoi le mien ?

— J'ai fait plusieurs voyages en Inde. Je pratique la méditation, le yoga. J'ai adoré les parfums de là-bas, la culture, la spiritualité. Ce sont des saveurs qui sont chères à mon cœur.

— Tu étais déjà vampire quand tu as voyagé ?

J'acquiesçai simplement.

— Alors, quand tu parles de saveurs, Ismérie, tu parles du goût du sang ?

— Oui, Amir.

Je le laissai méditer simplement cela. Il prit une grande inspiration et soupira.

— Je sais que certains humains sont friands des soirées avec les vampires.

— Je ne te forcerai pas. C'est juste une proposition que tu peux refuser. Je ne te le demanderai plus après.

— Que me proposes-tu exactement ?

— J'ai un don qui te permettra de passer un merveilleux moment en échange d'un peu de sang.

— Pas de sexe ?

— Euh... Non, pas de sexe. Mais un moment inoubliable.

— J'ai du mal à imaginer, dit-il en fronçant les sourcils.

— J'ai des donneurs à Paris, qui sont très friands de ces partages.

— Des donneurs ?

— Euh... Oui, j'en ai deux.

— Et jamais de sexe ?

— Non, jamais. On partage autre chose.

— Si tu le voulais, tu me mordrais sans que je m'en rende compte ?

— Oui. Enfin, mordre n'est pas le but. Ce que nous voulons, c'est boire. Je pourrais te manipuler et tout te faire oublier si je le voulais... mais je ne le ferai pas.

Et pourtant, j'avais survécu comme ça, en les charmant, puis en leur faisant tout oublier, changeant sans arrêt de proie. Nous restâmes silencieux un moment. Je le laissais digérer.

— Allons chez moi, j'habite à deux pas.

Il tentait de sourire mais sa timidité prenait le dessus.

En arrivant chez lui, nous déposâmes nos vestes. Il m'invita à m'asseoir sur son canapé.

— Je suppose que je ne te propose pas un verre, Ismérie ?

— Non, je ne bois que du sang ! Mais tu peux te prendre quelque chose, si tu veux.

Il se servit un alcool fort mais je ne savais pas trop lequel. Aucune importance, j'aurais bu avant qu'il n'ait fini son verre. Il s'installa à côté de moi.

— Comment ça se passe, alors ?

— Pose ton verre, Amir, ça va très bien se passer. Je vais t'aider à te détendre.

Il s'exécuta pendant que je commençais à lui envoyer une vague de magie blanche. Mmmm... Je sentis mon pouvoir grandir en moi et déferler sur lui. Je voyais les ondes lumineuses l'envelopper, le pénétrer. J'étais moi-même éblouie par cet éclat. Même mon pouvoir vampirique avait évolué. Ses vagues blanches lumineuses étaient devenues scintillantes. Un océan de paillettes ondulait, miroitait autour de nous.

Bon, OK, je devais me ressaisir de cet émerveillement et m'occuper d'Amir. Il était déjà totalement détendu, prêt à être bu. Je me nichai au creux de son cou. Mes crocs impatients avaient surgi, plus grands que jamais. La faim me tenaillait. Je lui envoyai de magnifiques pensées. Je ne mettais jamais rien d'autre que bonheur et béatitude. Chaque homme que je buvais transformait ses émotions comme il le souhaitait : avec moi, sans moi, cela n’avait aucune importance. Je ne voulais que du sang et leur bonheur. J’enfonçai mes crocs et avalai son sang à grosses goulées. Il était savoureux, exactement comme je les aimais. Amir, quant à lui, était déjà au septième ciel. Je bus à ma faim, puis me retirai. Je passai ma langue sur les trous qu’avaient laissés mes crocs et me posai, repue… enfin.

Amir ouvrit les yeux tranquillement, totalement ébloui. L’émerveillement transparaissait de tout son être. Il cligna des yeux comme pour se reconnecter au présent, toucha son cou avec ses doigts, surpris de ne rien sentir sur sa peau. Je lui fis un grand sourire d’encouragement.

— C’était fabuleux !

Évidemment. Il n’y avait eu que lui pour en douter. Je connaissais mes facultés. Nous discutâmes un peu, puis je le laissai se remettre des événements.

En arrivant Aux Mets Verts, je trouvai Miguel qui m’attendait. Je n’étais pas surprise. J’avais peut-être signé mon aller simple pour Paris. Il me sonda, puis soupira.

— Tu as bu Amir !

— Oui, mais avec son consentement. Il en a été très heureux.

— Ça, ce n’est pas surprenant.

— Miguel, nous sommes des buveurs de sang.

— Je suis d’accord, mais ne prends pas tes donneurs parmi le personnel !

Il était mécontent. J’avais encore enfreint une règle.

— Ce sera le seul et uniquement s’il me le demande !

— Comme Maxence ?

Oui, j’avais aussi enfreint cette règle-là à Paris, ce qui m’avait valu de me retrouver crucifiée sur un arbre dans le square Barye.

— Je n'aime pas les poches de sang, Miguel. Et Amir a un parfum envoûtant pour moi.

— Tu sais très bien qu'il te le redemandera, Ismérie. Ton pouvoir est grand. Ils en redemandent toujours tous. Je serais curieux de découvrir ton secret.

Il semblait vraiment avide d'y goûter.

— Ma relation est déjà suffisamment compliquée avec Eiirin. J'enfreins déjà trop de règles, comme tu me l'as fait si justement remarquer. Alors, je ne vais pas boire un autre vampire. Eiirin serait capable de me séquestrer.

— Comme je le comprends. Tu n'as jamais tenu à quelqu'un, Ismérie ?

— Si, mais il y a bien longtemps. J'ai un lien de sang très puissant avec Eiirin que j'ai du mal à apprivoiser. C'est compliqué avec lui. Donc, j'essaie de le froisser le moins possible. Mais ça part vite en vrille.

Miguel rigola.

— C'est le moins qu'on puisse dire.

Les jours s'enchaînèrent sur les nuits. Je continuais de m'exercer à la magie avant de tomber dans l'inconscience. Je progressais vite et j'en étais très heureuse. À mon réveil, j'avais repris mes rituels de yoga et méditation pour canaliser mon esprit et apaiser mes émotions. Toutes ces découvertes à Biarritz m'avaient tourneboulée. Je passais une partie des après-midi avec Aveline. Elle allait mieux, alors je lui avais refait des soins pour mobiliser son énergie vitale. Amir avait été très satisfait du moment passé ensemble et m'avait proposé de nouveaux échanges au grand dam de Miguel. Globalement, j'étais heureuse. Cependant, un vide grandissait en moi. Un mois que je n'avais pas bu Eiirin. Le manque augmentait. Comme chez une junkie, ma prochaine dose devenait obsédante.

Et puis, le temps passa encore, égrenant les jours, augmentant le vide et la frustration de mes fourmis.

Ce soir-là, nous étions débordés Aux Mets Verts. Tous mes sens aux aguets, j'observais nos clients installés sur les chaises baroques, dans des tissus aux couleurs de la nature. Des nuances de vert, marron, sable, rouge donnaient une impression très sauvage au fil de nos salles et atténuaient le style rococo du mobilier.

Tous étaient attablés, profitant des spécialités basques. Ça avait vraiment l'air bon.

Tout se passait pour le mieux quand mes fourmis s'emballèrent subitement. Je me stoppai net. Il se passait quelque chose. Je retournai vers la salle principale, donnant sur l'accueil. Quelle ne fut pas ma surprise de découvrir Miguel et Eiirin, souriants, me regardant arriver. J'étais sidérée. Ni l'un, ni l'autre ne m'avaient prévenue, les canailles. Mes fourmis tout émoustillées dansaient la lambada et je crois bien que moi aussi.

Ayant les mains vides, je pris mon élan et sautai sur Eiirin. Ce dernier, me voyant arriver, se prépara à l'impact et me réceptionna. Dieu, qu'il m'avait manqué ! Je ne savais pas si Dieu avait quelque chose à voir avec ça, mais les sensations étaient terribles. Je finis dans ses bras, mes jambes autour de sa taille.

Miguel marmonna je ne sais quoi, il était choqué.

Revenant de sa surprise, Eiirin passa ses mains sous mes fesses pour me soutenir fermement. Je ne lui avais jamais vu un sourire aussi heureux. Il semblait galvanisé et mes fourmis dansaient maintenant la samba, reconnaissant leur maître.

— Déguerpissez de mon restaurant, tout le monde vous regarde. Ismérie, tu as ta soirée, chuchota Miguel, totalement scandalisé.

Je crois qu'il n'en revenait pas qu'Eiirin se soit laissé

aller à un tel comportement.

Nous nous buvions des yeux. Nos cœurs commençaient à s'accorder sur le même tempo. Je reconnaissais son odeur aux effluves asiatiques de mangue épicée. Mon corps était en terrain connu. Mes fourmis pavoisaient.

— Partez tout de suite ! grogna Miguel.

Eiirin me posa. Je le pris par la main et l'entraînai vers ma chambre.

Le soupir de soulagement que poussa Miguel me fit éclater de rire.

Tout en marchant, je me tournais vers Eiirin : ses yeux sombres pétillaient, son sourire inondait son visage. Je l'entraînai au travers des différents étages. Il me suivait tel un robot, l'air totalement shooté. Il était en manque de mon sang autant que je l'étais du sien. C'était bon à savoir, il suffisait de l'affamer pour que j'en fasse ce que je voulais. Vu qu'il m'avait interdit de le charmer, je pourrais toujours utiliser cette ruse-là.

Quand nous fûmes enfin arrivés dans ma chambre, je claquai la porte et mes doigts discrètement pour allumer toutes mes bougies.

Eiirin m'observait dans un état second, totalement étourdi par ma présence. Il portait simplement un pantalon noir, qui mettait toute sa musculature en valeur, et une chemise col mao qui me gênait terriblement. Je devais m'en débarrasser. Je passai mes mains dans l'ouverture et l'écartai violemment, faisant sauter tous les boutons. Eiirin écarquilla les yeux mais ne bougea pas.

Pfff... Mon grand samouraï était sidéré, totalement à l'ouest, et moi j'avais trop de besoins à combler. Mes fourmis étaient déchaînées. Je le poussai vers mon lit pour qu'il s'allongeât et montai à califourchon sur lui. Je m'étendis sur son torse, le reniflant. Puis je me jetai sur sa bouche. J'avais besoin de le sentir partout. Après un simple baiser mouillé, il ouvrit la bouche et nos langues chaudes se mélangèrent. Nos souffles s'accéléraient. Il se réveilla enfin, caressant mes cheveux, mes épaules. Il me sentait, comme s'il avalait mon odeur. Ses mains voluptueuses commençaient à descendre dans mon dos, me pressant contre lui, descendant petit à petit, m'effleurant les flancs, finissant leur périple sur mes fesses, me malaxant. Je le sentais totalement dur contre moi. Et j'étais dans le même état d'excitation. Je n'en pouvais plus d'attendre. Mais je voulais son sang. Eiirin remonta mon haut pour le passer au-dessus de ma tête. À peine débarrassée, je me recollai à lui. Comme ça ne lui suffisait pas, il dégrafa mon soutien-gorge. Mmmm... Quel délice de se retrouver peau nue contre lui. Mes seins s'écrasaient contre son torse ferme et musclé. Il me prit par la tête pour m'embrasser à nouveau, nos langues se mêlèrent. Le besoin urgent de son sang se faisant ressentir, j'abandonnai sa bouche pour descendre vers sa gorge. Je voulais le mordre férocement, le boire jusqu'à plus soif. Devinant mes intentions, il m'arrêta, me repoussant, chuchotant.

— Je te veux nue, déshabille-toi.

Je le regardai, totalement excitée, jaugeant l'urgence qui était en moi. Mon sang bouillonnait de retrouver le sien. Cependant, je voulais plus que ça. Soupirant malgré tout, je me levai pour enlever pantalon et chaussures. Il se déshabilla à une vitesse incroyable. Il était finalement beaucoup plus pressé qu'il n'y paraissait sous son allure de samouraï détaché, ou alors il était magicien.

Il s'étendit de nouveau, totalement nu, sur mon lit. Mmmm... Magnifique. Un incroyable festin m'attendait. Je revins sur lui le plus vite possible.

— Ça aussi, me dit-il en passant un doigt dans ma

culotte pour l'enlever.

Bon ! Est-ce qu'on pouvait passer aux choses sérieuses, maintenant ?!

Il devenait urgent de combler mon besoin exigeant. Je remontai sur lui à califourchon, pressant mon intimité sur son sexe dressé, sentant sa chaleur, sa vigueur.

Je plongeai mes crocs dans son cou. Enfin ! Eiirin gémit. Le bonheur de sentir enfin son sang dans ma bouche, ma gorge, mon corps. Mes fourmis exultaient. Il commença à se frotter contre moi. Je commençais à bouillir partout dans mon corps. Il me laissait me nourrir de lui. Mon sexe était trempé et je commençais à grogner. Sentant mon impatience, Eiirin me pénétra d'un seul coup de reins. J'écarquillai les yeux, ne sachant plus où donner de la tête. Des sensations très fortes m'envahirent, alimentées par son sang et par lui, profondément enfoncé en moi, allant et venant, faisant monter la houle, nourrissant un tsunami qui allait finir par me terrasser. Je frémissais de plaisir. L'ivresse de tout ce qu'il mettait en moi me comblait. Ça n'avait rien à voir avec ce que j'avais pu connaître, mais je n'avais jamais expérimenté le sexe avec un vampire. Un violent appétit, qui dépassait le sang, était en train d'être comblé, se métamorphosant en passion. Les sensations sur ma peau, dans mon corps, mes fourmis, son odeur et sa saveur me ravissaient, me comblaient tant. Je culminai au point de non-retour. L'explosion allait être terrible. Mon cœur tambourinait si fort dans ma poitrine que je craignais qu'il ne tienne pas le choc. Et puis, tout explosa. J'entendis un grognement tellement bestial au moment où la jouissance éclata en moi que cela me sidéra.

Je lâchai la veine d'Eiirin, retombai pantelante, totalement affolée par ce qu'il venait d'arriver mais aussi complètement repue et assouvie.

Pendant qu'Eiirin me caressait le dos, je me repassai le film de nos ébats, totalement émerveillée de ce qu'il venait de se passer. Honteuse, je me rendis compte que c'était moi qui avais poussé ce cri de bête. Horrifiée, je relevai la tête pour regarder timidement celui qui devenait mon amant. Il souriait, en extase de m'avoir mise dans cet état-là.

— C'est à moi, maintenant !

Il n'avait même pas bu. Il m'avait tout donné, attendant patiemment son tour. Il nous roula sur le lit pour passer au-dessus de moi, offerte, s'installant au milieu de mes jambes. Je me remettais tranquillement quand il recommença ses assauts. Il me pénétra à nouveau, doucement, tendrement, me titillant les pointes des seins avec sa bouche. Ses crocs s'étiraient de plus en plus. Je devinais qu'il allait me boire… là. Il léchait mes seins, cherchant une veine avec sa langue pour se nourrir. Quand il la trouva, il plongea ses crocs. La morsure fut délicieuse. Ses va-et-vient étaient un enchantement de tous mes sens. J'avais récupéré. J'étais de nouveau pleinement consciente de toutes les sensations dans mon corps, dans mon esprit. La vague montait à nouveau pour m'emporter, de plus en plus haut. Eiirin accéléra ses coups de bassin, libérant mon sein. De son autre main, il caressa mon clitoris. La houle augmenta encore. Nous dégagions un champ électromagnétique de plus en plus grand. Des éclairs, autour de nous, déchiraient l'obscurité de ma chambre. Nous étions prêts à jouir tous les deux. Mon plaisir se liquéfia autour d'Eiirin. Nous étions en train de fusionner. Je commençais à avoir des étoiles plein la tête. Nos sangs mêlés ne faisaient plus qu'un. Et puis ce fut l'explosion. L'harmonie que dégagea notre jouissance était magnifique. Je me sentais au comble de la béatitude.

Eiirin m'enveloppa de ses bras, me berçant, récupérant tranquillement dans un silence parfait. Je me lovai contre lui. Je commençais à m'assoupir quand sa main descendit entre mes cuisses pour me caresser et éveiller encore mon désir.

— Encore, dit-il simplement.

Encore ?!

Mon excitation montait. Il m'invita à me mettre à quatre pattes et s'installa derrière moi. Il me caressait partout à la fois. Il était très doué avec toutes les parties de son corps. Puis il nicha ses crocs au creux de mon cou et se nourrit à nouveau. La houle recommença, m'emportant de plus en plus haut.

Quand je me réveillai le lendemain, je constatai que j'avais dormi plus longtemps. Nos corps étaient totalement emmêlés. Eiirin était toujours inconscient.

Je me dégageai tant bien que mal pour me lever. Je sentais mon amant par le biais de tous mes sens : son odeur, son magnétisme, son cœur à l'unisson du mien. J'allumai mes bougies dans mes vasques grâce à mon pouvoir de sorcière. Je pouvais le contempler à ma guise, il serait inconscient encore un moment. Il était magnifique, paisible. Il avait l'air si jeune dans son sommeil.

Je me levai enfin : je ne pouvais pas passer la journée à le contempler. La lumière des bougies ne le gênerait pas et ça lui ferait une lumière douce à son réveil.

Une fois en mouvement, je sentis quelques courbatures. Mes fourmis, elles aussi, semblaient totalement satisfaites. Mon corps n'avait pas l'habitude de tels assauts. J'avais besoin d'une bonne douche.

Je m'habillai confortablement, pris mes écouteurs. J'avais besoin de voir la mer.

Je fis un grand détour avant d'aller voir Aveline. Mes

écouteurs chantaient *Sun Goes Down*(2) qui résonnait curieusement à mes oreilles. Moi aussi, j'avais besoin de le retrouver quand le soleil se couchait et que nos cœurs dansaient et s'accordaient ensemble.

Je regardais les vagues se fracasser sur les rochers, sentant leur force pulvériser la nature.

Les tsunamis que j'avais vécus la nuit dernière revinrent avec la puissance de cet océan, me redonnant toutes les sensations. Je sentais le lien de sang s'intensifier au fur et à mesure que je m'éloignais des Mets Verts, comme une mise en garde, afin que je ne parte pas trop loin. L'inquiétude montait chez mes maudites fourmis.

— Calmez-vous, on ne peut pas passer notre temps collées à lui !

Je devenais folle à leur parler comme ça. Je sentis une protestation monter en moi. Elles ne semblaient pas d'accord.

J'arrivai chez Aveline plus tard, plongée dans mes pensées. Qu'allait devenir cette relation ? Et que voulais-je en faire, moi ? L'instinct de possession d'Eiirin et son côté dominateur étaient forts et totalement incompatibles avec mon caractère.

Aveline sentit immédiatement mes tourments. Je n'osai pas lui parler tant que les clients étaient là. Puis, je lui racontai tout. Ma relation compliquée avec ce grand samouraï magnifique, un peu possessif, et ce n'était rien de le dire, chef du clan Duroy. Je lui demandai si elle pouvait venir avec Emma, ce soir, dîner Aux Mets Verts. Je souhaitais qu'Eiirin fasse leur connaissance et les accepte. Elle accéda à ma demande et proposa à Emma de la rejoindre au restaurant.

Je restai jusqu'à la fermeture de son herboristerie. J'avais envoyé un texto à Miguel, l'informant de mon retard et lui demandant de garder une table pour ma lignée. Je n'avais pas écrit à Eiirin. Tout simplement, je ne savais pas quoi lui dire après nos retrouvailles explosives. J'aurais simplement pu lui écrire de ne pas s'inquiéter, que je revenais, mais j'avais peur qu'il me presse. J'appréhendais.

Nous arrivâmes, Aveline et moi.

Mes fourmis m'indiquaient qu'elles se rapprochaient de leur maître. Elles n'étaient pas seules à le sentir, car Eiirin m'attendait dans le hall d'accueil, un sourire plat sur les lèvres, irrité. Je m'encourageai à lui sourire et les regardai à tour de rôle.

— Eiirin, je te présente Aveline, ma descendance... Aveline, je te présente Eiirin... Mmmm.... Mon employeur.

Aveline commençait à tendre la main quand Eiirin, mécontent, se mit à grogner tel un prédateur devant un morceau de viande qu'on voulait lui retirer. Aveline arrêta immédiatement son geste. Bon, okkaayyy. Ma présentation ne lui plaisait pas.

— Et euh... Mon... amant ?! ajoutai-je, embarrassée.

Je le regardais en coin, pour savoir si cette nouvelle mention lui allait mieux. Il hocha la tête et tendit la main vers Aveline.

— Enchanté de vous rencontrer, Aveline.

Elle n'osait plus lui tendre la main mais se força.

Qu'il était de caractère difficile, tout de même.

Aveline souriait timidement. Elle semblait avoir la frousse et Eiirin faisait tout par son attitude pour montrer sa puissance, sa domination, tel un prédateur prêt à sauter sur sa proie. Je lui caressai le bras pour le détendre. Et ce fut très surprenant, mais il s'apaisa immédiatement, baissant les épaules. Si je continuais à le cajoler comme ça, peut-être que je pourrais le faire ronronner.

Il surprit mes pensées et me lança un regard de remontrance immédiatement. Pfff... C'était vrai qu'il était télépathe. Il fallait que j'arrête de laisser vagabonder mes pensées en sa présence. Finalement, nos colères pouvaient être aussi explosives que nos orgasmes.

Quand j'y pensais, j'étais mal !

Je m'éloignai avec Aveline sous le regard inquisiteur d'Eiirin. Miguel vint me retrouver avec son air canaille. Je craignais le pire. Arrivé à ma hauteur, il me chuchota :

— Eh bien, quelle nuit ! Vous avez fait trembler le bâtiment !

Honte à moi. Tous les vampires d'Eiirin avaient dû sentir nos ébats.

Dans la soirée, Eiirin prit le temps de faire connaissance avec ma descendance. Nous profitions d'un temps d'accalmie, tous assis à la même table. Sa courtoisie était bien agréable. Il montra un profond respect envers elles.

(1) Chanson de PNL.

(2) Chanson de David Guetta.

6 – Désenchantée

En remontant dans ma chambre avec Eiirin, j'allumai toutes mes bougies d'un simple froncement de sourcils.

— Mais comment fais-tu ça ?

Il me perçait de son regard pour découvrir mon secret. Je haussai simplement les épaules. Comment expliquer un truc que je ne savais pas moi-même ?

— Tes pouvoirs ont augmenté, dit-il, soucieux.

— Pourquoi ça te contrarie ?

— Ton impulsivité te rend déjà dangereuse. Va savoir vers quoi tu vas courir, maintenant ? Nous avons dû te sauver de plusieurs situations périlleuses.

— Je te rappelle que sans les Merconi et Lucien, je serais probablement toujours en Suisse.

Après tout ce qu'elle avait tenté il y avait quelques mois, l'entreprise Merconi, gros lobby dans l'industrie agroalimentaire, était étonnamment calme en ce moment. Le clan Duroy avait réussi à écarter un nouveau pesticide, le putrésherbant. Cependant, nous avions eu la mauvaise surprise, il y avait quelques mois, de voir le gouvernement français revenir sur l'emploi du glyphosate. Un mouvement citoyen se soulevait et c'était très bien. Entre « L'affaire du siècle » pour le climat et « Nous voulons des coquelicots », les humains se réveillaient enfin. Quand même, ils ne devaient pas traîner. Ils ne détenaient pas la longévité des vampires.

— Et je suis très heureux qu'ils t'aient envoyée vers

moi !

Effectivement, Eiirin semblait pleinement satisfait et plutôt détendu. Des papillons se réveillaient dans mon ventre, me rappelant le besoin de son sang. Mes fourmis étaient en liesse, attendant leur prochaine dose. Mes crocs descendaient déjà pendant que je me rapprochais de lui.

— Oui, c'est une belle rencontre.

Il m'arrêta avec sa main afin que je ne puisse pas l'approcher davantage.

— Attends, je veux qu'on discute un peu avant.

Ma foi, je ne voyais rien à dire pour l'immédiat. Je tentai de me rapprocher encore, sentant l'effervescence monter en lui. J'étais plutôt encline à mettre fin à son combat intérieur. Mais son bras fut plus ferme, me maintenant à distance.

Okkaayy, j'étais perdante d'avance. Et puis il fallait choisir ses combats.

— Que veux-tu savoir ? demandai-je, pleine de frustration, mes fourmis piétinant, ne comprenant pas, elles non plus, pourquoi il fallait attendre.

— Tes pouvoirs ont grandi. Je le sens à ton sang. Ils ont d'ailleurs des répercussions sur le mien.

— Mince ! De bonnes répercussions ?

— L'avenir nous le dira.

— Eiirin, s'il y a le moindre problème avec mon sang, tu ne dois plus me boire !

Il éclata de rire au point de se renverser la tête en arrière.

— Tu ne vas pas te débarrasser de moi comme ça ! Notre lien de sang est trop puissant. Je te retrouverais. Par contre, je reste convaincu que tous les vampires ne peuvent pas te boire.

Je fis la moue. Eh bien, me voilà bien. J'étais vraiment dans la merde. L'éternité, quand même, était longue !

Même si pour l'instant je ne souhaitais pas m'éloigner de lui.

Il dut lire dans mes pensées car il me répondit à voix haute.

— Bien !

— Bon, pour mes pouvoirs, Aveline m'a fait un soin et cela a débloqué ma magie. Regarde !

J'éteignis et j'allumai les bougies plusieurs fois avec une facilité déconcertante.

Eiirin était hilare, émerveillé, comme la fois où je lui avais montré que je pouvais allumer, à force de concentration, une petite flamme au bout de mon doigt. Sauf que maintenant, c'était hyper facile.

J'enlevai les bougies d'une vasque pour transformer l'eau en glace. Je n'avais plus besoin de fermer les yeux, maintenant. Ce type de sort me demandait peu de concentration et peu d'énergie.

— Touche, Eiirin.

Il avança sa main avec hésitation, toucha la glace du bout des doigts. Puis il appuya plus fermement sur la surface, choqué de voir qu'il ne pouvait pas enfoncer sa main. Il leva la vasque pour la regarder sous toutes les coutures et la retourna. Le bloc de glace resta suspendu.

Il reposa l'ensemble et me contempla, ébloui.

Je pétillais de joie, un sourire jusqu'aux oreilles.

— OK, enlève tes mains. Recule-toi un peu et regarde.

Eiirin se recula un tout petit peu.

Je lui fis signe avec une main de s'éloigner encore pendant que je commençais à faire fondre l'eau. Il prit à peine plus de distance.

— Senseï ! Recule ! J'ai déjà raté cette expérience. Si je t'explose, tout le clan Duroy va me tomber dessus !

— Raté comment ?

Je restai concentrée pour monter la température de l'eau.

— Ça a explosé et Miguel est arrivé tout affolé. Chut... Regarde.

— Il ne m'a rien dit !

J'entendis Eiirin grogner. Je sentais toute sa frustration.

Je gardai les yeux rivés sur ma vasque, haussant les épaules.

— Et vous m'avez caché beaucoup de choses comme ça ?

Je n'en savais rien. Je ne savais même pas tout ce que Miguel percevait ou pas dans l'étendue de mes pouvoirs et mes expériences. Je préférai ignorer sa question.

L'eau émettait des grosses bulles, signifiant son ébullition. Je stoppai avant que tout n'explosât.

— Voilà ! Regarde et approche ta main pour sentir la chaleur mais ne touche pas ! Tu te brûlerais.

Il avança sa main avec prudence à une distance où il pouvait sentir la température.

— C'est très chaud !

— Oui, dis-je en rigolant. Attends, je vais refroidir.

Je claquai des doigts, posai à nouveau les bougies flottantes et les rallumai, juste en fronçant les sourcils.

Heureusement qu'Eiirin était assis car il semblait tellement ébranlé qu'il serait tombé par terre.

Je lui souris timidement car mes fourmis m'indiquaient que la peur montait en lui.

— Mais que deviens-tu, Ismérie ?

Je haussai les épaules en guise de réponse. C'était une excellente question. J'étais moi-même tiraillée entre l'exubérance et la frayeur.

— Peut-être que ça a toujours été en moi mais que je ne savais plus l'utiliser ?

— Que sais-tu faire d'autre ?

— Je veux que tout ça reste entre nous, Eiirin !

Il se redressa et s'engonça dans son air hautain. Ça

faisait longtemps que je n'avais pas vu cet Eiirin.

— Pour qui me prends-tu ? Je te rappelle que je suis ton maître.

Alarmée par sa réaction, je me demandai ce que je devais lui raconter. Comme il lisait en moi, il me répondit :

— Tout ! Tu dois tout me dire, Ismérie ! Pour ta sécurité, je préfère savoir jusqu'où vont tes pouvoirs. Je mettrai en place des moyens nécessaires à ta protection.

— Je ne veux plus de garde du corps !

Il se massa le menton, comprenant vite qu'il pouvait perdre sur ce terrain. Il osa prendre un air amusé.

— Si tu ne veux pas de garde du corps, tu peux rester avec moi ou je peux te séquestrer quelque part.

Son côté rigide revenait à grande vitesse.

Je pris une posture d'apaisement.

— Écoute, pour l'instant, je ne cours aucun danger, donc pas besoin d'en arriver à des extrémités. Fais-moi confiance.

Embarrassé, il acquiesça tout de même, malgré lui.

— Bon, dis-moi, alors.

— Eh bien, comme tu peux le voir, je transforme facilement la matière, maintenant. J'ai même travaillé sur le sable, le transformant en verre et vice-versa. D'ailleurs, quand je me promène sur la plage maintenant, je refonds systématiquement les bouts de verre pour qu'ils redeviennent ce qu'ils étaient. Tu sais que je métamorphose même du sable en or ! Le procédé me demande plus d'énergie et beaucoup de sable pour une minuscule pépite. Mais bon, je ne l'ai pas fait analyser et j'ai tout redonné à la mer.

Il m'observait, ébahi, tentant de percer le mystère qui grandissait en moi.

— Et quoi d'autre ?

— Je fais des soins de guérison à Aveline. J'en ai

même fait à quelques-uns de ses clients sans qu'ils s'en rendent compte. Comme avant, je n'ai pas besoin d'apposer mes mains. J'ai senti que toi aussi, Eiirin, tu avais beaucoup de pouvoir dans tes mains.

— C'est vrai, je détecte des éléments dans les organismes. Je peux les réarranger ou les pousser vers une sortie, mais je ne guéris pas.

— Pourtant, après notre premier échange sanguin, quand j'étais coincée avec ces espèces de fantômes pendant mon inconscience, tu m'as sortie de là ?

— Oui, des entités maléfiques rôdaient autour de toi. J'ai simplement fermé les accès. Elles n'étaient pas entrées en toi, même si tu avais des sensations à l'intérieur.

Je hochai la tête, me remémorant ce mauvais moment.

Puis, Eiirin souffla et je sentis beaucoup de tension l'envahir. Il interrompit mes réflexions

— Bon, mais je ne sais pas à quel point c'est bien, tout ça. Je sens que tu changes, tout en restant pareille. Cette sensation est très surprenante. Mais je n'aime pas trop ça. Et puis, tu m'as encore désobéi, Ismérie ! Tu devais rester à distance de ta descendance !

Il était temps de faire diversion, nous avions assez parlé pour cette nuit. Je le regardai d'un air mutin.

— Eh bien, nous avons assez discuté. Je te propose maintenant d'assouvir mes besoins !

Je ne lui laissai pas le temps de répondre. Je me jetai sur lui. Comme il ne l'entendait pas comme ça, il me prit comme un sac à patates pour me jeter sur le lit. Mais oui, je savais bien qui était le plus fort. En attendant, j'exultais : j'avais gagné !

Nous passâmes deux nuits tranquilles, alternant les sujets sérieux et les moments futiles. Je sentais tout de même que c'était compliqué avec Eiirin. Il supportait de moins en moins que je ne sois pas là à son réveil. Je n'allais tout de même pas attendre comme un bon toutou alors que je voulais profiter au maximum de ma descendance. Enfin, surtout d'Aveline, car Emma restait distante. Nous travaillions notre magie dès que possible. J'étais toujours loin de ce que je faisais avant : je devais me réapproprier les sorts. La vampirisation avait bien cassé quelque chose dans mon pouvoir de sorcière. Je devais apprendre à nouveau comment capter mon don pour pouvoir l'utiliser et le transformer en quelque chose. Je me rendis compte aussi que j'avais fractionné le pouvoir de ma descendance en l'empêchant d'utiliser la magie noire. Ce que je pensais être une arme pour elle s'était transformé en faiblesse. Aveline craignait même que notre lignée s'arrête avec Emma. Cette dernière n'était pas du tout ouverte à la magie ou aux responsabilités de notre lignée. Après tout, pouvait-on l'en blâmer ? Les héritages étaient déjà suffisamment lourds dans les familles. Devait-on obliger ses enfants à faire perdurer des pratiques ? Chaque génération apportait de nouvelles choses, bonnes ou mauvaises.

Maussade, je repris le chemin pour retourner Aux Mets Verts. J'étais consternée devant la sorcière naïve que j'avais pu être.

Quand j'arrivai dans le hall du restaurant, Miguel me fit signe de monter immédiatement.

Chagrinée, j'allais sûrement encore devoir faire face à la volonté de domination de mon Senseï.

Effectivement, il m'attendait, crispé dans sa superbe.

Je préférai l'ignorer. Je quittai mon manteau et m'allongeai sur mon lit, les sourcils froncés, frustrée. Après tout, chacun ses problèmes à régler. Mon comportement dut le déstabiliser totalement car mes fourmis m'indiquèrent que son humeur évoluait vers plus de douceur.

— Que se passe-t-il, Ismérie ?

— J'ai foutu par terre ma descendance quand j'étais sorcière. J'ai voulu les protéger de la magie noire. Je les ai condamnés à une santé fragile, une vie plus courte !

Eiirin vint s'asseoir à côté de moi en soupirant.

— Comme tu le dis si bien, tu ne voulais que les protéger.

— Tu veux dire comme quand tu veux me protéger malgré moi ?!

Ce fut la goutte d'eau qui fit déborder le vase. Eiirin se leva d'un bond, débordant de colère. Il n'y avait qu'avec moi qu'il explosait comme ça. Notre alchimie ne devait pas être si bonne que ça, finalement. Qu'est-ce que j'avais de particulier pour lui faire perdre son calme olympien de samouraï ?

— Je repars dans deux jours, m'annonça-t-il, impérieux, et tu rentres à Paris avec moi !

Okkaayyy, j'aurais mieux fait de me taire encore une fois. Je m'assis, posant mes coudes sur mes genoux, la tête dans mes mains. J'étais consternée.

— Mais tu m'avais laissé deux mois ?

— Eh bien, j'ai une mission pour toi à Paris. Miguel n'a plus besoin de toi. Il a assez de personnel.

— Quel genre de mission ?

Je me laissais aller à ma mauvaise humeur.

— Je ne peux rien te dévoiler maintenant !

Je me sentis d'un coup très mal. Il me mentait. Il osait me mentir, alors que notre lien de sang nous révélait instantanément les émotions de l'autre.

— Comment oses-tu me mentir ? Tu n'as pas de mission. Tu veux simplement m'enchaîner à toi. Mais je ne suis pas Etsuko !

Je me levai moi aussi, brandissant ma colère, en rébellion contre sa domination. Je serrais les poings, droite comme un « I ». Mes cheveux devinrent électriques et commencèrent à flotter autour de moi. Eiirin écarquilla les yeux de stupeur.

— Ismérie !

Me rendant compte que je partais en vrille, j'expirai d'un coup, relâchant les épaules.

— Je vais travailler !

Je sortis en claquant la porte. Autant être utile plutôt que de tourner comme une lionne en cage.

Miguel me chopa au passage pour me sonder et être sûr que j'allais suffisamment bien pour ne pas sauter sur les proies que je pouvais trouver sur mon passage.

— Ça va aller, Ismérie ?

— Oui, répondis-je tristement.

— Eiirin veut te ramener à Paris.

— Je sais, il vient de me l'annoncer.

— Je me demande quel genre de couple vous allez former, tous les deux ?

Miguel continuait de m'évaluer, songeur, comme s'il cherchait une réponse en moi.

— Je ne serai pas un autre objet de plaisir à sa disposition.

— Ah ! Je veux bien te croire !

Miguel rigola de bon cœur, me soulageant d'un coup. Je partis en salle faire le service. Mais ma bonne humeur peinait à revenir.

Eiirin descendit dans la salle, observant que tout se passait bien, ou que j'étais revenue à plus de raison, je ne savais pas trop. Je préférais l'ignorer. Il disparut, faire des trucs de Senseï, probablement.

À la fin du service, je préférai sortir prendre l'air plutôt que de remonter dans notre chambre.

Je longeai l'océan, m'enroulant dans mon voile d'invisibilité.

En passant devant un bar lounge, j'entendis *Obsession*(1). Ce tube avait eu un succès dingue, il y avait quelques années. Les couples étaient collés au rythme de cette salsa sensuelle. Pourquoi ne pouvais-je pas simplement profiter du bon temps avec Eiirin ? Nous avions la chance d'être immortels, alors pourquoi s'enquiquiner ainsi la vie ?

Je ralentis pour profiter de cette salsa ensorcelante le plus longtemps possible.

Puis je filai au rocher de la Vierge. L'air était doux pour un mois de novembre. L'océan était plus calme, ce soir. Je sautai sur les rochers pour aller me poster à l'abri des regards. Une fois installée, je pouvais laisser les vagues faire leur purification, balayant mes émotions. J'invitai mes fourmis à attendre sagement à mes pieds. Elles avaient maintenant horreur que je m'éloigne d'Eiirin. Elles étaient devenues la partie sabotage en moi. Maudites fourmis !

Chaque mouvement de la houle chassait ma tristesse, ma rancœur, ma colère, tous ces sentiments négatifs qui m'avaient submergée, que ce soit à propos de ma lignée ou d'Eiirin. Qu'allais-je faire ? Mon avenir était incertain.

Trop de tensions avec Eiirin m'oppressaient. Pourtant, qu'est-ce que c'était bon quand tout allait bien. Alors, pourquoi était-ce si difficile ? Nous alternions la fusion et la fission, aussi fortes l'une que l'autre. Je ne voyais pas trop où cela allait nous mener. L'un de nous deux risquait de voler l'immortalité de l'autre si nous n'y prenions pas garde.

Je me sentais beaucoup plus calme. Mais mes patientes fourmis s'agitèrent. J'ouvris mes sens de vampire pour capter tout ce qui se trouvait autour de moi.

Eiirin arriva, très vite. Il m'avait trouvée. Il sauta sur les rochers et s'assit simplement à mes côtés tout contre moi, bien sagement. Il avait retrouvé la maîtrise de ses émotions. Il prit simplement ma main dans les siennes.

La mienne disparaissait totalement.

— Tu veux rester à Biarritz encore quelques semaines ?

— S'il te plaît.

Eiirin prenait beaucoup sur lui, son acceptation était contrariée, ses sourcils froncés, son visage sévère. La tension de ses épaules m'amenait à rester sur la réserve. Cependant, il s'exhortait à la douceur pour me faire sentir que nous pouvions nous entendre et trouver des compromis.

— Et tu rentreras comme convenu ?

Il sondait mes yeux, m'explorait pour être sûr de ma sincérité.

— Je te le promets, Eiirin.

Nous restâmes à regarder l'océan. Nous étions bien, finalement, en communion au milieu des éléments.

Nous nous levâmes ensemble pour rentrer, sans parler. C'était magique.

Sur le chemin du retour, le téléphone d'Eiirin sonna. Il regarda l'écran.

— C'est Léo, me dit-il.

Ce coquin de Léo, dont je n'avais pas eu beaucoup de nouvelles depuis mon départ. Il avait l'air bien occupé.

— Bonsoir, Léo.

Et je sentis mes poils se hérisser. Je n'entendis pas la réponse de Léo, mais une vague de panique monta en moi.

— Qu'as-tu fait, Léonard ?

C'était du sérieux quand Eiirin appelait Léo par son prénom. Notre Senseï était de nouveau dans une colère noire. Si nous n'y prenions pas garde, nous allions le faire exploser ! J'ouvris mes oreilles de vampire afin d'écouter la conversation car l'heure semblait grave.

Mince ! De ce que je comprenais, Léo avait vampirisé sa Barbie gothique pour la sauver d'une intoxication alimentaire mortelle Aux Mets Verts. Un autre humain était mort. Mauvaise nouvelle pour les vampires, qui avaient déjà été accusés d'une maladie funeste et transmissible, il y avait quelques mois à peine. Connaissant la rigueur des marchés passés par le clan Duroy, j'avais du mal à croire qu'un tel événement ait pu se produire. De plus, j'avais compris que les vampires ne devaient pas transformer d'humains sans le consentement de notre Senseï. Eiirin était plutôt du style à refuser systématiquement. Il préférait garder un maximum d'ascendance sur ses vampires. À part ceux qu'il recrutait, comme moi, et avec qui il exigeait un lien de sang. Eiirin était puissant. C'était aussi un bon maître, respectueux et loyal. Je n'avais jamais entendu d'histoires indiquant qu'il ait abusé de son pouvoir. Par contre, il restait redoutable en cas de désobéissance. Léo avait beau être le bras droit d'Eiirin, il se devait de respecter le règlement à la lettre. Et en général, il dérogeait rarement aux règles. Finalement, il devait beaucoup tenir à cette humaine. Enfin, ça n'en était plus une.

Eiirin agrandit les foulées pour rentrer. Je commençai à trottiner à côté de lui, n'ayant pas la longueur de ses jambes. Il raccrocha.

— Je vais rentrer au plus tôt, Ismérie.

— Je rentre avec toi !

Il s'arrêta net et m'examina d'un air soupçonneux.

— Nous venons de nous fâcher car tu voulais rester !

— Bien sûr, mais c'était avant de savoir que le clan et Léo avaient des problèmes.

— C'est Léo ou le clan qui t'inquiète ?

— Les deux, évidemment ! Tu me crois sans cœur ? Moi aussi, je fais partie de ce clan. Je n'ai pas bien compris quelle était notre relation, mais je suis loyale envers notre clan. Tu restes mon employeur, mon Senseï à moi aussi. Je fais de mon mieux pour respecter les règles même si ça reste difficile : je n'ai jamais eu à suivre de règlements. Je veux t'aider. Laisse-moi t'aider.

Eiirin hocha simplement la tête et nous partîmes en courant. Enfin, moi je courais, et vite pourtant, mais Eiirin m'attendait. N'allant pas assez vite, il sortit de nouveau son téléphone pour appeler Miguel. Il lui exposa rapidement la situation et qu'il fallait que nous rentrions rapidement.

Nous filâmes directement dans le bureau de Miguel pour finir la conversation sans téléphone interposé.

— Eiirin, prends le corbillard pour rentrer, annonça immédiatement Miguel.

J'écarquillai les yeux. Quelle idée d'acquérir ce type de véhicule pour voyager !

— As-tu un chauffeur sûr, Miguel ?

Ce dernier n'eut pas le temps de réfléchir que j'intervins :

— Je serai ce chauffeur sûr !

— Très bien, dirent-ils en chœur.

— Il n'est pas encore très tard. Nous pouvons partir dès maintenant, sinon je file dormir.

Eiirin regarda sa montre.

— Tu ne t'endormiras pas avant d'arriver, Ismérie ?

— Non, c'est encore bon, et puis je suis gavée de ton sang, mais il ne faut pas tarder.

— Miguel, prépare immédiatement le véhicule. Ismérie, allons chercher nos affaires.

Un quart d'heure plus tard, nous étions prêts.

Miguel invita Eiirin à se coucher dans un magnifique cercueil super sécurisé de l'intérieur. Personne ne pouvait l'ouvrir de l'extérieur. Il était ignifugé, incassable et on ne pouvait pas l'écraser.

J'ouvris la bouche, totalement étourdie par cette boîte de transport pour vampire. Un humain n'aurait pas besoin d'un cercueil pareil. Une fois mort, on ne savait pas encore rendre la vie. Le meilleur truc, pour les humains, était la prévention pour réduire le risque de mortalité. La guérison pouvait être hasardeuse en fonction du traitement donné ou de la maladie. De toute façon, la vie humaine était mortelle.

Mais pour l'instant, l'heure était au départ. Eiirin m'embrassa.

— Sois prudente.

L'inquiétude emplissait son regard. Miguel ferma le couvercle. Nous l'entendîmes verrouiller le dispositif de sécurité.

— Oui, sois prudente, Ismérie, dit gravement Miguel. Eiirin a un dispositif de caméra de surveillance à l'intérieur, il voit tout autour de lui.

Puis il coulissa le cercueil à l'intérieur, ferma à clé et me les tendit. Je m'installai au volant, une casquette de chauffeur sur la tête.

— Ce véhicule est équipé d'une balise GPS. L'équipe de surveillance, à Paris, suivra votre trajet. Deux gardes à moto devraient te rejoindre pour t'escorter.

Et c'était parti pour plus de sept heures de trajet. Je mis une playlist dynamisante pour me tenir compagnie. Mon véhicule était énorme par rapport à mon roadster. J'avais l'impression d'être dans un paquebot, aussi bien par sa forme que par le roulis des amortisseurs. C'était très curieux comme sensation. L'intérieur cuir était très agréable. Une odeur de citron flottait dans l'habitacle.

Je réfléchissais tranquillement, roulant plus vite que la limitation de vitesse. Mon Senseï devait rentrer rapidement, il paierait l'amende si je me faisais prendre. Qu'allais-je trouver en arrivant à Paris ? Cette question me stressait.

J'étais persuadée que le complot pour déstabiliser les vampires se poursuivait. Et ce n'était pas difficile de soupçonner Merconi. Malgré toutes les preuves que nous avions données à la police concernant l'explosion du labo, aucune accusation n'avait été portée contre Merconi. J'étais persuadée qu'il avait des alliés dans les forces de l'ordre ou la justice.

Un mort Aux Mets Verts, une femme transformée en vampire ?

Les journaux allaient s'en donner à cœur joie pour s'en prendre au clan Duroy, ces sangsues.

Cela mettait par terre l'image de protecteur d'Eiirin, aidant à résoudre les problèmes de notre époque dans les domaines de l'industrie alimentaire et pharmaceutique.

Mais pourquoi Léo avait-il transformé sa Barbie gothique ? Que lui était-il passé par la tête ?

Lui, qui m'avait fait un beau discours sur le fait que sa seule famille était le clan Duroy et que sa loyauté envers Eiirin était sans faille, avait totalement perdu les crocs, à défaut des pédales. Que représentait donc cette femme pour lui pour qu'il refuse de la voir mourir sous ses yeux ?

S'il y avait bien un truc auquel le vampire s'habituait, c'était la mort. Plus il vieillissait, plus il était l'observateur de la perte d'humains, mais aussi de vampires. Nous avions beau être immortels, nous n'étions pas indestructibles. Les plus vieux d'entre nous avaient même tendance à devenir totalement blasés face à la fin de vie. En avançant dans l'âge, nous devions nous préserver de l'insensibilité si nous ne voulions pas être étiquetés comme cruels.

Le jour se levait tranquillement. Eiirin devait être tombé dans l'inconscience, maintenant.

Au fur et à mesure que je filais vers Paris, la lumière du soleil diminuait sous les nuages qui s'étoffaient. Fini l'océan et les vagues salvatrices.

Je devais prévenir Aveline dès que possible pour qu'elle ne s'inquiète pas.

Aux environs de Poitiers, mes deux gardes me rejoignirent, nous escortant à cheval sur leur bécane. Leur blouson était très volumineux. Je suspectais qu'ils cachaient des armes. Je commençais à fatiguer. Pour contrarier la léthargie qui voulait m'envahir, je chantais à tue-tête n'importe quelle chanson qui passait par mes oreilles.

Arrivée en Beauce, je regardai les champs totalement nus. C'était la fin de l'automne. À cette saison, plus rien ne poussait dans les champs. Mais il aurait dû y avoir des herbes pressées d'envahir leur domaine. Cependant, les terres étaient nues. C'était triste. La mort était dans le pré. Et pourtant, une grande journaliste française se battait pour dénoncer les lobbies, notamment celui du glyphosate, mais aussi bien d'autres encore... Les Français avaient peut-être le cerf-volant ! (2) Heureusement, une jeune Suédoise faisait le tour de la planète, appelant à une grève mondiale pour le climat. Elle secouait le cocotier des vieilles pensées de ceux qui se glorifiaient d'avoir tout bien fait, sacrifiant sur l'autel la planète et l'ensemble des espèces vivantes.

(1) Chanson d'Aventura.

(2) Cerveau lent.

7 – L'erreur est vampire

Enfin Paris et... l'île Saint-Louis, mon bercail. Je n'en pouvais plus. J'entrai dans notre parking privé. Maxence m'invita à me garer. Je coupai le moteur et tombai dans l'inconscience qui me tendait les bras et contre laquelle je n'arrivais plus à lutter. J'avais confiance en notre majordome, il gérerait la situation.

Je me réveillai dans la chambre d'Eiirin. Curieux. Pourquoi n'étais-je pas dans la mienne ? Je souris à la vue des bougies qui flottaient dans les vasques d'eau. Eiirin avait fait installer tout cela avant notre retour. C'était une belle intention.

Je découvris mes affaires posées dans un coin du salon. Maxence m'avait déménagée. Mais pourquoi ? J'étais très déçue qu'on ne m'ait pas demandé mon accord et qu'on ne m'ait pas informée. Pfff... À peine revenue, j'allais devoir demander des explications.

Je n'osais pas prendre de douche dans les appartements d'Eiirin, ayant peur de déranger. C'était idiot, car si mes affaires étaient là, c'était aussi pour que je me sente comme chez moi.

Il faisait nuit, les vampires étaient debout. Il était temps d'aller voir ce qu'il se passait exactement.

En sortant, je fis simplement un signe de tête au garde protégeant la porte, curieuse de le trouver encore là.

En descendant au bureau d'Eiirin, je croisai Léo. Il

avait l'air tellement blasé avec ses cheveux en bataille et son sourire triste. Je ne l'avais jamais vu dans cet état d'accablement. Il devait y avoir une sacrée tempête sous son casque de boucles blondes.

J'ouvris mes bras pour l'accueillir. Nous nous enlaçâmes, heureux de nous revoir. Son parfum me fit du bien. J'avais tellement dormi dans ses bras en sécurité. Je sentais qu'il était épouvanté par la situation. Cette dernière lui avait totalement échappé.

— Alors, c'est moi qui vais te consoler avant d'aller en séance punitive, cette fois-ci, Léo ?

Je le sentais très tendu, complètement crispé. Je lui envoyai ma magie pour tenter de l'apaiser. De toute façon, le mal était fait. Je laissais à Eiirin le soin de régler le sort de son second. Je préférais soutenir ce dernier, l'accompagner pour qu'il se remette de son erreur, si cela en était vraiment une.

— Alors, Léo, que s'est-il passé avec ta Barbie gothique ?

Je le sentis sourire contre moi et il se redressa.

— Elle s'appelle Mathilde, Isie. Je te l'ai déjà dit. Mathilde !

Je lui tirai la langue pour le faire rire un peu. Ça ne marcha qu'à moitié.

— Bon, okkaayyy. Que s'est-il passé avec Mathilde ?

— Je l'accompagnais Aux Mets Verts pour dîner. Nous rigolions tranquillement pendant qu'elle mangeait quand soudain elle a fait un malaise. Un homme, en même temps qu'elle, est tombé de sa chaise. Je me suis occupé de Mathilde. Le pauvre type est mort rapidement. Mathilde suffoquait. En sondant son sang et en écoutant, j'ai senti quelque chose de très toxique, mais pas pour les vampires. J'étais ravagé à l'idée qu'elle meure elle aussi, Isie. Les secours étaient déjà en route mais ils arriveraient de toute façon trop tard. Je l'ai prise pour l'emmener à l'arrière. Je ne voulais pas la perdre. Je refusais de me passer de ses rires, de toute sa bonne humeur, tous nos petits jeux que j'aime tant. Alors, je l'ai mordue pour commencer la transformation. Elle savait ce que c'était, je la buvais régulièrement et elle adorait ça. Puis, très rapidement, son cœur a ralenti. Alors, j'ai mordu mon poignet pour lui faire boire mon sang. Ça a été tout de suite un électrochoc pour son cœur. Il est reparti comme un cheval au galop. Comme je ne pouvais pas continuer là, j'ai appelé Maxence pour qu'il vienne nous chercher. Je devais continuer sans tarder sa vampirisation. Pendant tout le trajet, j'ai continué de m'affairer sur elle tandis que Maxence ne me faisait que des reproches ! Je n'ai pas voulu l'écouter, même si je savais qu'il avait raison. J'ai fini le processus la nuit dernière. J'ai tout de suite appelé Eiirin pour lui rendre compte, sachant pertinemment qu'il ne serait pas content de moi. Je n'étais même pas sûr que ça marche. Je ne connaissais que la théorie. J'ai vu Eiirin le faire plusieurs fois... Bref, il est allé la voir tout à l'heure. Ça a marché, elle devrait se réveiller demain.

Il haussait les épaules, penaud, à essayer de déblayer les rouages qui patinaient dans sa tête. Je hochai la tête comme le chien à l'arrière des voitures. J'étais tellement surprise qu'il ait fait un truc pareil. J'essayais de le comprendre. Je l'avais toujours vu profiter de la vie tout en respectant les règles du clan à la lettre.

— Mais tu l'aimes ? Tu veux en faire ta compagne ?

Il haussa les épaules, encore plus tourmenté.

— Même pas ! Je n'ai pas réfléchi. Je passais tellement de bons moments avec elle que je ne voulais pas que ça s'arrête. Ce n'est pas ma seule maîtresse. Et elle le sait. Elle ne s'en offusquait pas. Je pense que je n'étais pas son seul amant non plus. Je n'ai jamais posé de questions.

— Et maintenant, alors ?
— Je vais dans le bureau d'Eiirin pour recevoir ma punition.
— Tu sembles résigné.
— Bien sûr, Isie. Je te l'ai dit. Il n'y a qu'envers notre Senseï que je suis loyal. J'ai totalement déconné. Je mérite d'être puni.
Surprise de son acceptation, je sentis la rébellion monter en moi. Il fallait que je me calme. Après tout, il appartenait à Léo de réparer ses erreurs et de s'en accommoder avec lui-même.
— Je t'accompagne pour ta séance punitive et mea culpa comme tu dis.
Léo eut un rire las. Nous nous mîmes en route.
— Et ma chambre, alors, Léo ?
— Mathilde est dedans. C'est pour cela que Maxence a enlevé toutes tes affaires. Nous n'avons plus de chambre libre.
Léo me regarda en coin avant de poursuivre.
— Quand j'ai parlé à notre Senseï de ce problème de logistique, il m'a répondu que tu t'installerais dans ses appartements, maintenant.
J'écarquillai les yeux, ouvris grand la bouche. J'étais horripilée qu'il choisisse comme ça pour moi. Sans me demander mon avis.
— Ah oui ?! Il a dit ça ?
J'étais choquée et je savais que j'allais trouver une solution pour faire autrement.
— Vous avez échangé beaucoup de sang depuis qu'il t'a retrouvée à Biarritz. Et de la façon dont chantent vos sangs, vous êtes allés bien plus loin !
Je réfléchissais à une façon élégante d'admettre la situation, car je ne me sentais pas en couple. Nous n'en avions pas parlé, Eiirin et moi. Je ne savais pas trop ce qu'il voulait, mais je n'étais pas prête à perdre mon

indépendance. Ne trouvant rien de distingué, je laissai tomber :

— Mmmm... Je ne crois pas être prête à être en couple.

Mes paroles scotchèrent Léo. Il s'arrêta net.

— Mais pourquoi ? Tu es sûre ? Tu n'es pas une femme légère. Et de ce que l'on sait de toi, tu n'as jamais multiplié les conquêtes.

Ce n'était pas faux. Pour autant, est-ce que nous devions afficher cette union ? Je lui fis un grand sourire.

— Et alors ?!

Il rigola pour la première fois. Cela me fit plaisir, même s'il se moquait de moi.

— Eh bien, Eiirin ne va pas être content. Ça va chauffer ! Au moins, ça va détourner l'attention et je vais être peinard, finalement.

Nous arrivâmes au bureau d'Eiirin. Léo m'arrêta.

— Tu vois, Isie, c'est moi qui entre pour ma séance punitive et mea culpa. Mais vu ce que je viens d'entendre, la prochaine fois, ce sera toi ! Tu vas lui faire péter un câble si tu continues.

— Mais non ! C'est un grand samouraï, il est super méga zen !

Léo frappa, attendant une réponse.

Je savais qu'Eiirin était derrière cette porte. Enfin, mes fourmis le sentaient. Si je les avais écoutées, j'aurais pu défoncer la porte, juste pour les rapprocher de leur maître. Elles ruaient dans mon corps, me donnant des élancements. Maudites fourmis !

Eiirin nous ouvrit, nous saluant.

— Léonard, va te mettre en place.

Léo baissa la tête, avança et s'agenouilla au milieu de la pièce.

— Laisse-nous, Ismérie, ordonna Eiirin, je te verrai plus tard. Installe-toi dans mes appartements en m'attendant.

Mmmm... En l'attendant ! J'étais mortifiée. Comme il était hors de question que j'obéisse, je m'installai dans un des fauteuils devant le bureau d'Eiirin. Une bonne méditation me viderait la tête, m'éviterait de partir en vrille et de déclencher un événement malheureux.

Voilà, fermer les yeux, se recentrer, ici et maintenant, en sécurité. Tout allait bien, là, tout de suite... Je me concentrais sur ma respiration. L'air qui entrait... L'air qui sortait... Au bout d'un certain temps, je ne savais pas combien, la porte s'ouvrit, mettant fin à mon rituel.

Léo sortit, malheureux mais soulagé. Bizarre comme mélange.

Eiirin ouvrit la porte en grand pour m'accueillir.

— Ismérie, tu es encore là ?

Je le saluai à la nipponne.

— Je te verrai tout à l'heure, Eiirin.

Je suivis Léo. Eiirin soupira et ferma la porte.

— Alors, Léo ?

— Tu n'es pas gentille avec lui.

Son visage montrait tout son mécontentement.

— Oui, oui, je sais que tu es le fan le plus fervent d'Eiirin. Je vais aller le voir tout à l'heure. Bon, mais toi ?

— Je suis puni pour un an.

— Puni comment ?

— Arrêt des sorties frivoles, des conquêtes. Je ne sortirai que pour des missions bien précises et ne dois pas en profiter pour faire des rencontres. Poches de sang à volonté, fini les veines. Et je dois m'éveiller spirituellement pour m'élever au-delà de la chair et de la mort !

J'éclatai de rire.

— Je peux t'apprendre à méditer.

— Non merci, Isie, ce n'est pas pour moi.

— Que vas-tu faire, alors, pour devenir plus philosophe ?

Léo haussa les épaules.

— Je ne sais pas. Je ne vais que bosser pendant un an... Ça va être long !

— Sur toute une éternité, pas tant que ça !

Léo me regarda en coin pour jauger mon sérieux.

— Ça aurait pu être pire, Léo, non ?

— Senseï m'a privé de tout ce que j'aimais et qui m'éloignait de la mélancolie.

Oui, la maladie des vampires.

— Tu vas y arriver, Léo, et je serai là. Et Barbie gothique ? Euh... Mathilde ?

Léo me jeta un regard noir.

— Pas de relation avec elle non plus. Elle devra échanger son sang avec Eiirin pour passer sous sa coupe et rejoindre le clan.

Ça ne me plaisait pas trop. Serais-je jalouse, finalement ?

— C'est normal, me forçai-je à dire.

— Je l'accompagnerai dans ses premiers pas. Mais comme je ne veux pas en faire ma compagne, je ne dois pas garder les liens que j'avais avec elle. De toute façon, je n'ai plus droit aux frivolités.

Aïe, il l'avait vampirisée pour la garder, mais il était privé de tout plaisir pendant une année. Ça devait piquer.

— J'imagine qu'elle va s'installer dans ma chambre.

— Oui, mais Eiirin fera changer les serrures de nos portes intérieures.

Je me sentais embarrassée pour Léo.

— Bon, je vais voir Eiirin.

— Fais-moi plaisir, Isie : fais des efforts. Il tient énormément à toi.

Agacée, je poursuivis mon chemin. Moi aussi, d'une

certaine façon, je tenais à lui. Je ne savais pas trop comment, mais pour mes fourmis, c'était un truc de dingue.

Je frappai à la porte d'Eiirin. Mes fourmis affolées trouvaient que la porte ne s'ouvrait pas assez vite.

Ce fut Etsuko qui m'ouvrit. Elle me salua et sortit. Évidemment, Eiirin savait qui était derrière cette foutue porte. Je refermai derrière moi. Eiirin m'ouvrit les bras et je me lovai contre lui. Il semblait démuni. Mes fourmis dansaient la lambada. Il le sentait car il commençait à se détendre contre moi. Enfin, pas toutes les parties de son corps.

— Je suis heureux, Ismérie, que tu sois revenue avec moi.

Je l'étais moi aussi. Je ne savais pas pourquoi je ne le lui disais pas.

— As-tu pu régler tes problèmes ?

— Pas tous. Tu as vu les journaux ? Nous faisons les gros titres !

Il me lâcha pour me montrer et mes fourmis tapèrent du pied devant cet éloignement. Je me recollai à lui pour les calmer.

Pfff... C'était décourageant de voir les journaux étalés sur son bureau, accablant les suceurs de sang, ou les sangsues, de tous les maux.

— Et pour Léo ?

— Léo doit prendre de la maturité. Il reste mon second. J'ai une grande confiance en lui malgré tout. Il va continuer de grandir et abandonner son côté libertin. Ça ne lui a rien apporté de bon. Et nous ne sommes pas au bout de nos soucis.

— Pourquoi ?

— J'ai appelé la famille de Mathilde. Ils sont très mécontents. Nous ne sommes pas à l'abri d'un procès.

— Ils l'auraient préférée morte ?

— Pour certains, nous sommes des damnés sans âme. Alors, oui, selon les croyances, mieux vaut être mort que vampire.

— Et l'immortalité ?

— Qu'est-ce que l'immortalité si nous n'avons pas d'âme ?

C'était une vraie question. Pourtant, j'étais convaincue que j'avais toujours mon âme. En tout cas, je me plaisais à le croire.

— As-tu rangé tes affaires, Ismérie ?

Je ne voulais pas le peiner. Pourtant, il fallait aborder le sujet.

— Eiirin, nous n'avons pas le même rythme. Je ne peux pas m'installer dans tes appartements.

— Tu ne peux pas ou tu ne veux pas ?

Bonne question !

— Peut-on trouver un arrangement qui nous permette de nous voir quand nous en avons envie, avec chacun son indépendance ?

— Je ne veux pas reprendre notre relation d'avant, où tu passais ton temps à m'éviter !

Je réfléchis. Mes fourmis, impérieuses, se révoltaient. Je plongeai mes yeux bleu glacier dans ses yeux sombres mystérieux.

— Moi non plus, Eiirin, moi non plus. Cependant, tu sais que j'ai besoin d'une certaine indépendance.

— Nous n'avons plus de chambre à l'hôtel de Lauzun.

Déçue, je me demandais comment j'allais m'accommoder de la situation. Eiirin m'observait, me sondant, écoutant mes pensées.

— J'ai peut-être une solution à te proposer.

Je lui souris, intriguée et très curieuse d'entendre sa proposition.

— J'ai une pièce, adjacente à mes appartements, qui

contient un tas de choses. Si tu acceptes que l'on officialise notre relation, je fais faire des travaux pour que tu aies une certaine indépendance. Mais il n'y aura pas de lit dans cette pièce. Je veux que tu dormes avec moi et tu auras un endroit à toi quand tu seras réveillée pour te préserver l'intimité dont tu as besoin.

Je réfléchis à toute allure. Bah, non, je n'étais pas folle de joie. Je voulais mon chez-moi. Je n'étais pas prête à officialiser notre relation. Eiirin grogna. Toutes ses antennes étaient concentrées sur mes pensées. Quand je relevai la tête vers lui, je sentis l'affront que je lui faisais.

— Eiirin, s'il te plaît, laisse-moi du temps. Notre relation est explosive et tu le sais très bien. Quand nous nous fâcherons, tu seras bien content de ne pas me voir un moment, le temps que nous nous calmions tous les deux.

Il soupira.

— Tu as gagné. Mais le temps des travaux, tu resteras avec moi.

— Que veux-tu faire comme travaux ?

— Une porte qui donnera directement chez toi, sans fermeture à clé.

— Okkaayyy.

J'étais tiraillée. Mais j'avais déjà bien négocié. Il fallait choisir ses combats.

J'appelai Aveline, pour lui expliquer que j'étais à Paris, sans trop entrer dans nos affaires de vampires. Elle avait lu les journaux et comprenait que ma place était à l'hôtel de Lauzun. Je lui affirmai que je reviendrais prochainement les voir, Emma et elle. D'ailleurs, ma voiture était toujours là-bas.

Je parlai un moment avec Maxence, lui racontant mes histoires de famille, la découverte de ma descendance. J'étais très heureuse de le voir. Il comprenait que je n'avais plus besoin de donneur pour l'instant. C'était lui qui avait déménagé mes affaires. Il recevait ses ordres directement d'Eiirin. C'était toujours agréable de passer un moment à discuter avec Maxence. Nous nous connaissions bien et avions passé d'excellents moments ensemble.

Léo m'invita à aller dans la salle de gestion de crise pour ce problème d'intoxication alimentaire mortelle.

Nous étions tous assis autour d'une table quand notre Senseï nous rejoignit. Nous nous levâmes dans un bel ensemble. Nous le saluâmes à la nipponne. Après nous avoir rendu notre salut, il nous autorisa à nous asseoir d'un signe de tête.

Cette salle nous servait en général à commencer les plus gros dossiers. Les interlocuteurs concernés donnaient tour à tour les éléments à connaître. Puis, nous repartions avec des missions.

Pour l'heure, l'autopsie de l'homme qui avait péri en quelques minutes Aux Mets Verts ne donnait aucun élément. Son cœur s'était arrêté en quelques minutes sans aucune raison particulière. Il semblait en bonne santé, ne prenait aucun traitement, avait plutôt une bonne hygiène de vie. Nous avions communiqué ces éléments aux services de presse pour tenter de rétablir une certaine vérité. Non, les vampires n'avaient tué personne. Mais bon, le sensationnel vendait.

Concernant Mathilde, nous n'avions pas plus d'éléments nous mettant sur une piste.

Pour notre part, nous penchions pour un poison indétectable. Un qui était foudroyant, pouvant disparaître rapidement afin de ne laisser aucune trace. Nous avions beau être très forts pour détecter la composition sanguine plus finement que les labos, il fallait tout de même que l'élément persiste pour que nous puissions le capter. Et même si Léo n'évaluait pas le sang aussi finement qu'Eiirin, Miguel ou moi, il avait bien senti quelque chose de mortel pour Mathilde. Un des nôtres avait scanné le corps de l'homme déjà mort avant qu'il soit emporté, mais il n'y avait plus rien à capter d'anormal dans son sang. Nous étions condamnés à attendre de pouvoir détecter l'indétectable.

Léo organisa des tours de garde pour que les « experts », dont je faisais partie, reprennent du service. Ces vampires avaient le croc tellement fin qu'ils étaient capables d'analyser tout ce qui s'approchait d'eux, avant même d'y goûter. Je me vis donc affectée dans nos deux restaurants de Paris. C'était pour l'instant ma seule mission. J'avais même été nommée chef des « experts », ayant montré mes grandes capacités dans ce domaine.

D'autres devaient éplucher un tas d'informations diverses et variées. Qu'allait-il en ressortir ? Nous n'avions pas vraiment d'éléments concrets.

Eiirin, bien entendu, avait exigé que l'on me mette à disposition un chauffeur et deux gardes du corps jour et nuit, dont un vampire. Bon, j'allais devoir trimballer tout mon petit monde avec moi, bon gré, mal gré. En même temps, je comprenais les inquiétudes de notre Senseï.

Pendant notre précédente affaire Merconi, Lucien avait réussi à m'enlever malgré mon chauffeur et un garde du corps.

En fin de réunion, Léo m'invita à le suivre en sous-sol. Hormis l'armurerie, je n'avais jamais exploré ce niveau.

Tout se prêtait au combat. Je n'aurais jamais deviné que cela puisse être aussi grand. Différentes pièces s'enchaînaient : un stand de tir, un dojo, une salle de musculation incroyable, avec une multitude d'instruments de torture. Enfin, ça avait probablement un autre usage. Je n'avais vraiment rien à faire à cet étage.

Au fil de ma visite, nous récupérâmes un vampire que

Léo souhaitait me présenter. Ainsi, je fis la connaissance de Kanine, mon garde du corps vampire. Il était repoussant. Même moi, j'avais peur de lui. Il était immense, musclé, brun, barbu, tatoué et piercé. Son visage était incroyable avec ses boucles dans le nez, ses pointes aux sourcils, ses écarteurs aux oreilles. Il ne semblait pas savoir sourire et s'exprimait par des grognements assez basiques. Un vrai Golgoth ! Il devait être redoutable au combat. Mais rien que son physique et son attitude étaient dissuasifs. Il dégageait une puissance hors du commun. Je l'imaginais pouvoir projeter d'un seul bras ses assaillants ou leur arracher la tête d'une simple gifle. C'était le genre de guerrier qu'on voulait dans son camp.

Il nous suivit dans une salle avec des tatamis. Il paraissait très alerte dans ses déplacements malgré sa stature. Tout en lui révélait un prédateur très dangereux. J'étais maintenant certaine que dans la chaîne alimentaire, au-dessus des vampires, il y avait Kanine.

Léo nous expliqua à tous les deux qu'Eiirin souhaitait que j'apprenne à me battre. Bon, bah, d'un seul coup, j'étais sûre qu'Eiirin avait perdu la tête. Moi, j'avais passé ma vie à éviter les autres, les conflits et fuir dès que ça devenait compliqué. Je méditais pour rester sereine et contrôler ma vie sans me laisser submerger par mon environnement ou ce qu'il m'arrivait. Je regardai Léo, perplexe.

— Mais pour quoi faire ? J'ai deux gardes du corps jour et nuit. De quoi a peur Eiirin ?

— Isie, Eiirin ne veut pas te perdre. Tu as pris trop d'importance pour lui. Je te l'ai déjà dit !

— J'ai mes pouvoirs de vampire et de sorcière !

Kanine haussa un sourcil interrogateur et m'évalua. Il n'en avait pas pour longtemps à faire le tour, moins d'un mètre soixante et cinquante kilos à peine, c'était vite fait.

— Isie, avec Kanine, nous voulons seulement t'apprendre quelques trucs qui pourraient t'aider.

Je pris mon air boudeur, pour bien leur faire comprendre que je n'étais pas intéressée.

— On n'a qu'à dire à Eiirin qu'on a essayé et que ça n'a pas été concluant. On a tous autre chose à faire plutôt que de perdre notre temps ici.

Kanine grogna, levant les yeux au ciel. Léo semblait affligé.

— Tu assumeras tes propres actes, Isie. Je t'adore, mais je ne mentirai pas à Eiirin pour toi. Donc tu fais des efforts et nous nous y mettons tout de suite, un quart d'heure seulement. Puis nous élaborerons un entraînement avec Kanine.

Mmmm... Bah non, ça n'allait pas du tout. Je ne voulais pas, un point c'est tout. J'allais donc plutôt chercher à les décourager.

J'avais un plan. Je hochai la tête, sur la réserve.

— OK, Isie, j'y vais en douceur. Kanine, tu regardes et puis on fera l'inverse. J'essaie simplement de t'attraper pour te kidnapper. OK ?

Bah non, pas OK, mais j'acceptai tout de même.

Léo s'élança sur moi. J'exerçai ma magie en plissant les yeux pour dévier sa trajectoire et bondis en arrière. Léo, tout désorienté, perdit l'équilibre, mais se reprit rapidement.

— Isie, tu triches !

— Chacun sa technique de combat, Léo !

Kanine nous observait, se retenant de sourire.

Léo s'élança plus fort, comme un boulet de canon. Je me concentrai avec plus d'énergie encore, pour alourdir ses pieds en plus de le détourner de son chemin. Et là, il tomba sur le tatami. Je levai les bras en m'écriant :

— J'ai encore gagné ! Isie 2 - Léo 0 !

Léo pouffa en se relevant. Et ça me fit plaisir de le voir

rire après toutes ses galères, pendant que Kanine, égal à lui-même, grognait.

— Alors, moi aussi, j'utilise mon pouvoir, maintenant, Isie.

D'un seul coup, je fis moins la fière. Je ne connaissais pas trop ses capacités.

— Okkaayyy.

Léo commença par vouloir m'immobiliser. La façon dont il s'y prenait était très intéressante. Il avait de grandes capacités auditives et on aurait dit qu'il manipulait le son. Mes oreilles commencèrent à bourdonner, rendant l'espace autour de moi assourdissant et faisant vaciller mes oreilles internes. Je décidai d'arrêter là les frais de son don car la nausée commençait à monter et j'allais devoir me mettre à terre. Je me recentrai, rassemblant mes différents pouvoirs au creux de mon ventre. Je devais faire vite. J'allumai cette petite étincelle de magie en moi, afin qu'elle explose et casse la manipulation mentale de Léo. Ce dernier, me sentant passer à l'action, se jeta sur moi. Dans l'explosion de ma magie, je créai un champ électrique. Et Léo m'avait à peine effleurée qu'il me lâcha en criant sous l'effet de la surprise. Il siffla.

— Bravo, Isie !

— Tu vois bien que je n'ai pas besoin d'apprendre à me battre.

— Oui, enfin, je te rappelle que tu t'es fait kidnapper deux fois et qu'il a fallu que nous venions te délivrer.

Le coup était bas, mais en même temps, ce n'était pas faux. Je boudai pour la forme.

— À toi, Kanine, ajouta Léo.

À la vue du mastodonte, je ravalai ma salive. J'écarquillai les yeux, paniquée. Je n'avais pas confiance en Kanine. Ce dernier m'envoya un message mental : « *Eh oui ! Tu peux avoir peur, Ismérie.* » Et celle-ci monta en moi.

Kanine jouait redoutablement bien avec les émotions. Mes membres commençaient à trembler tellement j'étais submergée. Pendant ce temps, mon garde du corps s'avançait lentement vers moi, tel un guépard s'apprêtant à bondir sur sa gazelle pour la dévorer. Ses crocs pointaient. Son visage redoutable amplifiait les émotions en moi. Je ne savais pas que les vampires pouvaient avoir de tels pouvoirs. Et lui, il était vraiment fort.

Je me recentrai en reculant, acculée. Je devais me ressaisir. La terreur n'existait que dans ma tête, même si mes poils se hérissaient, même si mes membres tremblaient.

Je fermai les yeux pour clore mon esprit mais ouvris fort tous mes pouvoirs, tous mes autres sens, pour sentir la présence de Kanine. Je rassemblai mes fourmis pour sentir la puissance d'Eiirin. Au moment où je retrouvais le contrôle, une main se ferma délicatement sur mon bras et un chuchotement arriva dans mon oreille.

— Je t'ai eue !

Kanine souriait, l'air rassurant, tout contre moi. Okkaayyy, je devais m'entraîner un peu. Abasourdie, je regardai Léo ricaner.

— D'accord, j'accepte de m'entraîner mentalement.

— Bien ! C'est déjà ça ! J'en aviserai Eiirin.

C'était la fin de la nuit quand je me réfugiai sous la douche d'Eiirin. Je ne savais pas où il était. Je me mis au lit avec un bon bouquin pour passer le temps.

Quand le propriétaire des lieux arriva, il avait l'air las et tendu. Mes fourmis étaient toutes excitées face à leur maître. Maudites fourmis, elles allaient me mener la vie dure !

— Tu n'as pas rangé tes affaires, Ismérie.

— Non, je le ferai plus tard.

— Tu ne vas pas te laisser faire comme ça, n'est-ce pas ?

— Euh... Non, Eiirin.

— Bon, d'accord, dit-il en soupirant.

Il fila à la douche.

En sortant, il était magnifique dans son peignoir de soie nippon. Il le laissa tomber au bout du lit et vint s'allonger à côté de moi, nu. Ça, ça s'annonçait bien.

— Veux-tu allumer les bougies ?

Juste d'un claquement de doigts, pour le fun, j'allumai toutes les bougies. J'aurais pu aussi simplement bouger mon nez. Eiirin rit et éteignit la lampe de chevet. Nous avions un super terrain d'entente qui allait nous occuper un bon moment.

8 – Un cocktail d'euphorie

Je me réveillai le lendemain dans un état incroyable. L'euphorie avait gagné chaque cellule de mon corps, chaque parcelle de mon esprit, tout mon être global. J'étais gavée du sang d'Eiirin. Ce nectar m'emplissait de toute sa puissance résonnant en moi. Ma peau scintillait sous la douce lumière des quelques bougies encore allumées. La déesse de la compassion Chenrezig apparut immédiatement en moi. Son chant vibratoire *Request to Tsongkhapa*(1) m'envahit. Eiirin était dans mon cœur, réveillant l'amour, le bonheur de jouir de cette vie. N'y tenant plus, je me levai. J'enfilai une tenue de yoga et trouvai un salon pour revenir au comble de la béatitude. Des carillons sonnaient dans tout mon être, réactivant cette sensation de plénitude.

Mes rituels me remettraient les pieds sur terre. Car si je n'y prenais pas garde, je risquais de m'envoler trop haut pour finir par m'écraser lamentablement comme une… crêpe. Et ça, je n'y tenais pas du tout !

Tous les vampires étaient inconscients. Un silence bienfaisant régnait dans l'hôtel de Lauzun.

Puis le champ électromagnétique se réveilla progressivement, mettant fin à ma méditation. Une grosse nuit nous attendait.

Le réveil de Barbie gothique était un événement à ne pas prendre à la légère. Les bébés vampires étaient souvent difficiles à gérer.

Et puis, les tours de garde commenceraient Aux Mets Verts afin d'éviter de nouveaux accidents mortels.

Eiirin était déjà parfaitement réveillé. J'étais surprise de constater qu'il reprenait connaissance avant les autres. Il m'accueillit en m'embrassant, tout souriant, en pleine forme. Malheureusement, son téléphone sonna.

Léo était en difficulté avec Mathilde, apparemment d'humeur massacrante. En même temps, je me rappelais que mon premier réveil avait manqué de plénitude. Il était très loin du cocktail d'euphorie que je pouvais ressentir maintenant.

Un vampire qui reprenait vie avait la gorge qui brûlait, mal aux gencives, les membres engourdis. Il peinait à tenir debout mais était prêt à saigner toute créature qui se présentait. Au début, nous devions boire beaucoup plus souvent pour finaliser notre métabolisme et trouver une certaine paix intérieure. Je n'avais pas eu de maître pour me guider. Alors, j'avais manipulé grossièrement les humains pour les boire. Certains, je les avais trop bus, et avais été obligée de cacher leur cadavre. Il fallait détecter le moment, très subtil, où il fallait s'arrêter. Et puis bien effacer les souvenirs du pauvre malheureux qui n'était pas consentant. De même, il ne fallait surtout pas oublier de lécher la plaie laissée par nos crocs. Dans le cas contraire, la plaie mettait plus de trois semaines à cicatriser s'il n'y avait pas d'infection, à moins que l'humain ne se vide de son sang si nous avions mordu la jugulaire.

Pour l'heure, j'accompagnai Eiirin pour voir Mathilde.

Nous trouvâmes Léo en train de la tenir pendant que Maxence versait une poche de sang dans un verre. Ils étaient tous dans mon ancienne chambre. Mathilde était très vive, tentant de se débarrasser de Léo pour se jeter sur Maxence. Eiirin soupira.

— Sors d'ici, Maxence, s'il te plaît. Demande à un

vampire de rapporter d'autres poches. Merci.

Mathilde commença à pleurer après le départ de Maxence. Elle ne voulait plus que Léo la touche. Ce dernier tentait de l'apaiser avec des paroles douces et son pouvoir de vampire. Même si cela semblait la calmer un peu, elle se tenait maintenant la gorge, les yeux exorbités, à genoux sur mon ancien tapis. Je regardais Eiirin pour évaluer la façon dont il prenait les choses. J'imaginais que si Léo n'avait pas été puni, il aurait proposé un nouvel échange de sang avec Mathilde et sûrement plus encore. Mais les réjouissances n'étaient plus au rendez-vous et pour un bon moment.

Léo semblait triste devant cette situation. Eiirin prit la parole.

— Mathilde, tu dois boire le verre de sang. Tu te sentiras beaucoup mieux après. Nous t'apporterons autant de sang que tu en as besoin. C'est l'affaire de quelques jours et tu te sentiras beaucoup mieux.

Mathilde grogna en signe de rébellion, tous crocs dehors.

— Je veux l'humain de tout à l'heure. Juste un peu de son sang.

— Ce n'est pas possible. Tu ne peux pas boire d'humain ici. Il faut de toute façon que tu apprennes à te contenir avant d'en boire un, sinon tu le tueras.

Nous reçûmes un grognement pour toute réponse et elle se remit à pleurer. Nos instincts bestiaux prédominaient après la vampirisation.

Je sentais tout le désarroi de Léo, qui tentait de l'apaiser en lui caressant le dos. Il lui tendit le verre de sang. Mathilde le fixait, espérant mieux. Finalement, elle se jeta dessus et l'avala aussi vite qu'elle put. Elle était essoufflée, sentant le sang l'apaiser. Elle ouvrait grand ses beaux yeux bleus, maintenant, complètement groggy.

— C'est bien, Mathilde, l'encouragea Eiirin. Je suis le

chef de ce clan. Nous aurons un entretien pour ton intégration. En attendant, tu dois bien suivre les conseils de Léo, te reposer et tout ira bien.

Je sondai Léo pour sentir la profondeur de son désespoir. Il s'en rendit compte. Eiirin aussi, même s'il continuait à expliquer certains principes de base à notre bébé vampire.

J'envoyai des ondes de sérénité à Léo pour l'accompagner sur son chemin de croix. Eiirin fronça les sourcils. Je sentais bien qu'il n'était pas très satisfait de mon comportement. Mes fourmis me transmettaient certains messages que je préférai ignorer.

Je m'avançai vers Barbie gothique. Elle était toujours à terre, se laissant cajoler par Léo. Je posai ma main sur sa splendide chevelure blonde. Je l'enveloppai de ma magie pour apaiser sa soif de sang. Elle se mit à ronronner. Elle pourrait boire maintenant plus calmement, sans être obnubilée par les humains qu'elle ne manquerait pas de sentir dans l'hôtel. La soif pour les humains était bien plus forte que celle pour les vampires. Sans doute parce que nous étions juste au-dessus d'eux dans la chaîne alimentaire.

Je constatais cependant que le sang d'Eiirin pouvait étancher ma soif beaucoup plus longtemps. Sa puissance augmentait mes pouvoirs en plus de me régénérer.

Nous les quittâmes. Je me sentais désemparée.

J'allai faire ma surveillance Aux Mets Verts. Je tentai d'évaluer la nourriture avec l'ensemble de mes pouvoirs. Mais je ne sentais rien.

Je n'avais jamais fait de test sur la nourriture depuis que j'étais vampire car je n'en mangeais plus. Quant à la viande dans les frigos ? Eh bien, elle était morte ! Je ne pouvais évaluer que les espèces vivantes. Peut-être que je devais à nouveau exploiter mes dons de sorcière ?

Depuis que j'étais vampire, manger des morceaux morts me paraissait totalement aberrant. Mais bon, je ne m'étais jamais posé de questions du temps de mon humanité. Alors, à quoi bon s'en poser maintenant ? À chaque espèce vivante sa façon de se nourrir.

J'avais de nouveau totalement décalé mon temps d'éveil pour qu'il corresponde à celui d'Eiirin. Il était déjà dans ses appartements. Mes fourmis m'indiquaient qu'il était pressé de me retrouver. Comme je le comprenais. Il me tardait moi aussi de retrouver nos ébats sanguins accompagnés des plaisirs charnels. Plus nous étions proches physiquement, plus nos crocs s'aiguisaient. D'ailleurs, j'étais surprise de constater que le sang de Maxence ne m'attirait plus. Quand j'avais Eiirin à portée de crocs, plus rien ne comptait. Une question m'inquiétait tout de même.

— Quand vas-tu échanger ton sang avec Mathilde ?

— Demain ou après-demain, tout dépend comment elle ira.

Je fis la moue, une pointe de jalousie me tordant l'estomac.

— Tu es obligé de le faire, Eiirin ?

— Tu connais la réponse à cette question, Ismérie. Tant que je serai le chef de ce clan, je me dois d'avoir un certain pouvoir sur mes vampires. Si je ne le fais pas, nous allons au-devant de problèmes.

— Quel genre ?

— Les vampires qui ne prêtent pas allégeance à un maître finissent par déraper et abuser de leur pouvoir. Sans lien ou priorité commune, nous vivons difficilement en communauté.

— Et s'ils se soumettent à un tyran ?

— Alors, ils ne feront que commettre des crimes

sanguinaires, voler, violer... Les humains ne seront que du gibier. Tu connais l'histoire de Léo ?

— Oui, il m'a raconté.

— Mathilde devra se soumettre et accepter un échange de sang, comme tu l'as fait. Sinon, elle ne pourra pas rester avec nous.

Je soupirai. Ça m'embêtait qu'il boive son sang.

— Ne t'inquiète pas, Ismérie, ce pacte de sang ne représente qu'un accord et me donne un certain pouvoir sur mes vampires.

— Tu peux tous nous contrôler après ?

— Malheureusement non, rigola-t-il. Toi, je ne pourrais pas, tandis que d'autres pourraient devenir ma marionnette. Assez parlé !

Il m'enlaça et je me laissai distraire pour ne plus y penser.

Je passai mes soirées suivantes à espionner nos restaurants de Paris, tantôt l'un, tantôt l'autre. Kanine me collait aux basques. Il était extrêmement rigoureux dans l'exécution de sa mission. Autant Eiirin ou Léo se laissaient convaincre par mes arguments, autant Kanine ne voulait rien savoir.

Si j'avais besoin d'un peu de calme, il commençait par examiner l'endroit que j'avais choisi avant que je puisse m'y reposer. S'il y avait fenêtre ou porte, il ne me laissait pas seule. Je n'avais jamais vu quelqu'un d'aussi obéissant. Je devais bien dire qu'il m'émerveillait. Côté caractère, il était plutôt bourru et sa conversation se résumait la plupart du temps à des grognements. Mais je commençais à avoir le décodeur spécial Kanine. Il était très gentil avec moi. Il me laissait de la place quand j'en avais besoin car son style bad boy sur visage fermé pouvait m'empêcher de faire mon travail.

Donc mon garde du corps vampire ne me quittait pas

des yeux tandis que mon garde du corps humain observait mon environnement. Je le soupçonnais d'être armé jusqu'aux dents. C'était une baraque qu'on surnommait Manu. Je supposais qu'il s'appelait Emmanuel. Il avait les cheveux très courts taillés en brosse. Je ne savais pas s'il avait été militaire ; en tout cas, il avait l'allure d'un mercenaire. Les deux auraient pu me mettre sous un bras et m'emmener en cas de danger. Nous faisions un trio très surprenant digne du bon, de la brute et du truand. Je ne pouvais pas passer inaperçue avec mes deux Golgoths.

Toujours est-il que je ne trouvais rien dans cette histoire d'empoisonnement. C'était triste mais j'avais l'impression de devoir attendre une nouvelle tentative qui, j'espérais, ne se terminerait pas en meurtre. Car au-delà des humains, qui n'étaient qu'un instrument, c'était bien les vampires qui étaient visés.

Kanine sirotait tranquillement son verre de sang quand j'allai m'accouder au comptoir avec lui.

— Tu ne bois qu'au verre ?

— Mmmoé...

En langage Kanine, ça voulait dire « oui ». Je faisais attention à ne poser que des questions fermées. Dans le cas contraire, le décodage était parfois trop complexe.

— Si tu as besoin de visiter l'hôtel de la Païva, n'hésite pas à me le dire. On peut faire un détour avant de rentrer, lui dis-je avec un clin d'œil.

Il m'observa, esquissa un semblant de sourire, ce qui était énorme pour lui.

— Mmmon...

Ah, ça, c'était non !

— Tu ne bois jamais à la veine ?

Silence... J'attendais patiemment le grognement. Il avait tout de même compris que je n'étais pas facile à décourager. Il regardait droit devant lui.

— Mmmon...

— Jamais ?!

J'étais sidérée. Mais j'attendais. Autre coup d'œil vers moi. Ah ! La réponse allait bientôt venir.

— Mmmon...

Incroyable ! Mais comment c'était possible ? Je lui jetais des coups d'œil pour résoudre cette énigme. Il m'en jetait en retour de temps en temps. Je sentais bien son irritation, mais je m'en moquais un peu. Au contraire, ça m'amusait. Je me divertissais aussi de voir Manu nous observer, le moins possible, certes, car lui, sa mission était de surveiller les environs.

Bon, alors, pourquoi Kanine ne buvait-il pas les humains ?

— Mais pourquoi, Kanine ?

Ce dernier lâcha toute son exaspération dans un soupir très bruyant, me décourageant d'aller plus loin. Mais il était mal barré. Je m'ennuyais de ne rien détecter Aux Mets Verts, alors autant travailler mes nouveaux dons de détective d'une autre façon. Sauf que là, il restait muet et n'avait pas l'intention de craquer.

Bon, alors, est-ce qu'il n'aimait pas les humains ?

Dans *Twilight*, il y avait des vampires « végétariens », comme ils disaient.

Est-ce qu'il ne savait pas manipuler ses donneurs ?

Est-ce qu'aucun n'avait été suffisamment intéressé pour se laisser croquer ? J'étais sûre que non. Son style plaisait et même s'il jouait au méchant, il avait beaucoup de charme.

Et s'il était puni, lui aussi ? Comme Léo ?

Je me lançai.

— T'es puni, toi aussi ?

Un coup d'œil de Kanine m'indiqua qu'il avait entendu. Donc j'attendais un « mmmoé » ou un « mmmon ». Je patientai encore, l'espionnant du coin de l'œil le plus discrètement possible.

— Mmmoé…

Oui ?! Encore un puni !

— Mais Eiirin a puni combien de vampires ?

Et là, il rigola carrément. J'éclatai de rire et Manu aussi. Pourtant, si loin, cet humain ne pouvait pas nous entendre. À moins qu'ils aient des micros et des écouteurs ?! Oh ! C'est pour cela qu'ils paraissaient connectés, tous les deux, et se comprenaient sans avoir à beaucoup parler.

— Manu, regarde autour ! Cette discussion est privée, dis-je.

Manu fronça les sourcils, me fit un signe de tête, puis reprit sa surveillance. Ça me confirmait qu'ils étaient bien équipés tous les deux.

— Alors, Kanine ? Y'a beaucoup de punis ?

— Un certain nombre ! Il n'y a que toi que Senseï ne punit pas. Pourtant, tu le mériterais !

J'étais sidérée, il n'avait jamais fait une phrase aussi longue. Bon, la signification me gênait, évidemment. Si notre maître avait puni autant de vampires, pourquoi pas moi ? La réponse m'apparut d'une évidence troublante. Eiirin savait que je serais déjà partie du clan. Je préférai couper court à cette conversation maintenant.

— Bon, je retourne aux cuisines.

Et mon garde du corps me suivit.

Toujours rien à déclarer cependant. Vivement la fermeture.

De retour à l'hôtel de Lauzun, nous croisâmes Léo et Mathilde. Finalement, je m'arrêtai voir comment ils allaient.

Léo avait l'air tellement triste que cela me fit mal au cœur.

Mathilde semblait de mauvaise humeur. Était-ce normal ? L'art, la manière et les conséquences de la vampirisation m'étaient totalement inconnus. Quel vampire néophyte je faisais !

— Comment ça va ? demandai-je.

Mathilde était aux aguets. Ses yeux de prédateur cherchaient une proie. Je sentis Kanine se raidir à côté de moi.

— Nous allons voir Senseï afin d'intégrer Mathilde au clan Duroy.

Mmmm... L'échange de sang. Je me forçai à faire bonne figure. Après tout, Eiirin avait beau être mon amant, il se devait d'être avant tout le maître de ses vampires.

— Bien !

Maxence vint vers nous tout sourire. Je sentis Mathilde me bousculer. Léo et Kanine me poussèrent pour se jeter sur elle pendant que je criais « nooonnn ! ». Trop tard. Elle avait réussi à faire tomber Maxence.

Cependant, Léo la retenait par les bras en arrière et Kanine la redressait. Barbie gothique grognait, telle une bête, tous crocs en avant. Retrouvant mon équilibre, je me précipitai vers Maxence pour l'aider à se relever.

— Ça va, Maxence ?

— Oui, oui.

Il était abasourdi. De tels débordements n'étaient pas admis à l'hôtel de Lauzun. J'avais bénéficié d'une exceptionnelle dérogation pour boire notre majordome. Cependant, je soupçonnais Eiirin de me gaver de sang afin que j'oublie tous mes donneurs.

Je fusillai Mathilde du regard. Pauvre Maxence, il était très gentil.

— Viens, Mathilde. Tu nous accompagnes, Isie ? demanda Léo

— Okkaayyy.

Je les suivis, Kanine m'emboîtant le pas.

— C'est bon, maintenant, Kanine, tu peux y aller. Je suis en sécurité ici.

— Mmmon...

— Okkaayyy.

Léo nous jeta un regard avec un sourire las.

— On dirait déjà un vieux couple.

Je ris.

— Surtout, Léo, ne dis pas ça devant Eiirin.

— T'as bien raison, soupira-t-il.

Léo frappa à la porte du bureau de notre Senseï. Nous attendions l'autorisation d'entrer, mais je savais qu'il était là. Mes fourmis le sentaient, prenant leur élan pour bondir en avant. Elles étaient dingues, mes fourmis.

— Entrez !

Ce que nous fîmes. Eiirin était assis derrière son bureau.

— Je vois que vous êtes venus en force. C'est indispensable, Léo ?

Ce dernier fit oui de la tête, penaud. Eiirin fronça les sourcils, devinant les complications.

— Mathilde, je sais que Léo t'a expliqué les principes de vie dans le clan Duroy. Assieds-toi, je t'en prie. Prends connaissance du contrat que je te propose.

Mathilde jetait des coups d'œil dans tous les sens. Elle avait l'air affolée. Elle prit place sur la chaise. Léo et Kanine se mirent de chaque côté. Elle les regarda comme une petite fille ayant peur de recevoir une punition. Elle était très belle, mais la vampirisation faisait toujours ressortir la beauté de chacun. Léo avait réussi à la convaincre de s'habiller et se coiffer. Personnellement, j'avais dû avoir l'air d'une vagabonde avec ma robe ensanglantée pendant des semaines.

— Ismérie, veux-tu servir un verre de sang à Mathilde, s'il te plaît ?

Allons bon, j'étais serveuse maintenant ?! Réfléchissant avant de parler pour une fois, je dus bien admettre qu'Eiirin avait raison de prendre les devants. Moi aussi, je sentais sa soif exacerbée.

Docile, je hochai la tête et me dirigeai vers le frigo caché de notre Senseï. Je ne pris pas le temps de chauffer le sang, me disant qu'il allait se tempérer. Mais à peine posé, le verre fut avalé. Alors, je le remplis à nouveau. Je ne souhaitai pas qu'elle vide Eiirin lors de leur échange.

Notre bébé vampire lut rapidement le contrat, le signa sans aucune question. Elle avait déjà bu trois verres de sang quand Eiirin lui proposa de sceller le contrat avec leur échange d'hémoglobine, donnant les pleins pouvoirs à notre maître.

Ils se levèrent tous les deux. Mathilde évalua sa nouvelle proie avec un sourire gourmand sur les lèvres que je n'aimais pas du tout. Léo se rapprocha de Mathilde et lui prit le bras afin d'assurer la sécurité d'Eiirin. Elle se débattit pour que Léo la lâche.

— N'y songe même pas, Mathilde. Je t'ai donné l'éternité mais je peux te la retirer immédiatement.

Et il resserra son emprise.

Kanine vint se poster contre moi. La jalousie montait et mes fourmis me menaient la vie dure. Elles savaient que le sang d'Eiirin allait couler mais que ce ne serait pas pour nous.

Notre Senseï et Mathilde échangèrent du sang devant nous, comme ça.

Je fus très surprise de voir qu'il ne la prenait pas dans ses bras comme il m'avait enlacée dès notre premier échange. Il gardait de la distance, tandis qu'elle tentait de se lover contre lui. Léo la tirait en arrière régulièrement.

Mes fourmis se rebellaient. Kanine le sentit. Il me prit

immédiatement le bras pour me tirer vers lui.

Eiirin ouvrit les yeux à ce moment-là, me fixant pour m'intimer au calme. Un grognement m'échappa. Kanine fut soudain devant moi, plongea dans mes yeux pour m'envoyer de la sérénité. Je mis immédiatement ma bulle de protection. Je ne souhaitais pas qu'il me manipulât comme ça en pareille situation. Je l'éjectai de ma tête d'un seul coup. Il grogna mais me sourit. Il avait suffisamment fait diversion pour qu'Eiirin termine l'échange de sang.

Pendant qu'il retournait derrière son bureau, Mathilde miaulait pour le rappeler avec des mimiques si suggestives qu'il était impossible d'ignorer qu'elle souhaitait se donner entièrement.

Eiirin signa le contrat, en tendit un exemplaire à Mathilde. En la regardant droit dans les yeux, il lui expliqua.

— Il n'y aura pas d'autre échange, d'aucune sorte. Quand tu seras plus calme, nous te ferons rencontrer tes parents. Vous pouvez tous sortir, maintenant.

Léo tira de nouveau Mathilde par le bras pendant que des larmes coulaient sur ses joues.

J'observai Eiirin, qui me fit un signe de tête pour me congédier moi aussi. Kanine m'invita à sortir et ferma la porte.

Quel étrange moment nous avions vécu. J'étais consternée. Kanine me laissa. J'allai enfiler ma tenue de yoga pour passer à autre chose.

Quand nous nous retrouvâmes ce soir-là, Eiirin et moi, nous parlâmes peu. J'étais déstabilisée. Il fut très doux, me cajola beaucoup.

Le lendemain, j'allai frapper à la porte de Kanine car je devais partir plus tôt que prévu. Il écoutait de la musique, un tube qui résonnait étrangement avec sa manière de parler : *Whoa*(2).

Je découvris son environnement avec curiosité. Il avait repeint trois murs de sa chambre en noir. La lumière était plutôt tamisée. Le mur authentique rococo était en grande partie recouvert de bibliothèques. Cette décoration mettait en valeur les anges au plafond qui nous contemplaient. Peut-être pensait-il qu'ils lui donneraient l'état de grâce ? L'ensemble était incroyable.

Ce vampire aimait beaucoup lire et toutes sortes de styles. Je m'approchai de ses étagères pour en examiner le contenu. Kanine avait dû s'ouvrir à la philosophie et la psychologie pendant sa punition. Eiirin devait demander à chaque pénitent de s'éveiller spirituellement. Je me demandais bien ce qu'allait faire Léo. Ce dernier était très attiré par les plaisirs de la chair. Mais ce n'était plus à son programme. Je continuais d'avancer le long de ses étagères quand je tombai sur un petit buste en bois, ressemblant étrangement à Kanine. Sur le socle était écrit « Albert ». Je me retournai pour observer ce vampire qui continuait de s'affairer.

— Albert ?!

Celui-ci leva la tête, haussant les épaules.

— Tu t'appelles Albert !

— Mmmoé... Ne le répète à personne, sinon je t'arrache la langue ! Voilà pourquoi je ne laisse jamais personne entrer !

Il soupira.

— Je ne dirai rien, le rassurai-je. Il est magnifique, ce buste. Qui l'a fait ?

— Mon père.

Finalement, je laissai tomber, même si j'étais intriguée car je sentais son émoi emplir la pièce. En même temps, je comprenais que « Albert » ne pouvait pas donner l'air coriace à Kanine. À chacun ses petits trucs pour trouver son équilibre et je le voyais mal avec de hauts talons.

Cette nuit-là, nous rentrâmes à nouveau bredouilles des restaurants. Pas de poison en vue. Fallait-il s'en plaindre ?

Quand nous arrivâmes à l'hôtel de Lauzun, beaucoup de vampires étaient réunis dans un salon et Eiirin s'adressait à eux.

Je restai à l'entrée à observer. Mathilde minaudait tout ce qu'elle pouvait pour attirer l'attention d'Eiirin. Je ne lui en voulais pas, Eiirin était magnifique, son sang était un aphrodisiaque et elle un bébé vampire totalement dépassé par ses instincts bestiaux. Bon, mais quand même, un peu de retenue ! Elle allait finir par baver. Mes poils se dressaient. Mes fourmis enfilaient des gants de boxe. Écœurée, je préférai sortir avant de commettre un incident.

Kanine me suivit pour m'emmener à l'espace d'entraînement. Pfff... Mais pourquoi moi ? Je n'étais pas plus ravie que ça.

Mon garde du corps continuait de tenter de pénétrer mon cerveau afin de pouvoir m'approcher. Même si physiquement, j'étais nulle, mon pouvoir de manipulation était bien plus fort que la moyenne. Donc à moins d'être prise par surprise, j'avais de sérieux moyens de défense. Aussi, j'utilisais davantage ma bulle de protection. J'étais là, à l'intérieur, narquoise, emballée dans ma blancheur scintillante. Et puis pour l'enquiquiner davantage, je jetais un sort de transparence pour détourner son attention. Du coup, l'ensemble lui demandait énormément de concentration pour tenter de me manipuler. Mon Golgoth suait à grosses gouttes.

Là, j'en avais ras le bol, de cet entraînement. Mon garde du corps était très puissant. Mais moi aussi. Et puis, j'avais compris comment il fonctionnait. Alors, à moins que je ne perde mes moyens, sois hyper stressée ou vive une situation catastrophique, il ne pouvait plus rien contre moi. Afin qu'il me foute la paix, je décidai de lui mettre une bonne raclée mentale.

Je lui envoyai une onde insidieuse pour tendre tellement ses muscles qu'il allait se statufier devant moi. Il était tellement concentré qu'il ne vit rien venir. Sans quitter son regard des yeux, je redoublai de vagues de magie. Je devais faire vite. J'ensorcelai ses jambes, son bassin, son buste, ses bras, sa tête. Il écarquilla les yeux, comprenant qu'il était déjà trop tard. Puis je levai la main et l'abaissai rapidement. Il tomba sur le cul.

Il rigola, s'inclina et me souhaita une bonne soirée.

J'étais heureuse d'avoir combiné mes pouvoirs.

Mes vampires se régénérant tout seuls, mes capacités de guérison de sorcière leur étaient inutiles. De plus, je n'avais pas de culture à faire pousser. Qu'allais-je faire de mes dons ?

Je passai par le bureau d'Eiirin pour voir comment les affaires allaient. Je n'eus pas le temps de lui poser des questions car il en avait lui aussi.

— Comment se passe ton entraînement, Ismérie ?

— J'en ai terminé ! Je suis au top !

Eiirin fit la moue. Évidemment, ce n'était pas ce qu'il souhaitait entendre. Je continuai de le taquiner.

— Trouve-moi un adversaire à ma mesure, Eiirin.

Je rigolais et il commença à se détendre, contourna son bureau pour m'enlacer.

— Je pourrais te prendre au mot. Je connais quelqu'un de très qualifié. Mais il est peu disponible.

J'avais plongé mon regard dans le sien, émerveillée, mes fourmis tout aussi excitées que moi. Je frottai discrètement mes seins contre son torse dur.

— Mmmm... Je n'attends que ça ! Faire la connaissance de ce vampire extraordinaire.

Il soupira et recula.

— Malheureusement, ce n'est pas au programme. Mais je vais lui demander de prévoir ça dans son emploi du temps.

— Je me languis de sa présence.

À regret, il retourna derrière son bureau. J'étais affamée, de lui, de son sang. Ça me terrifiait que ce lien nous rende aussi fusionnels, me compliquant les choses pour savoir ce que je ressentais vraiment pour lui. Était-ce de l'amour ?

— Oui ! répondit-il.

— Ce n'est pas bien d'écouter aux portes, sors de ma tête !

J'étais troublée qu'il ait ce pouvoir et qu'il en profite.

— Tu es peu loquace. Je dois bien utiliser mes pouvoirs de temps en temps. Allez, va, j'ai à faire. Je veux finir tôt pour te retrouver le plus rapidement possible. Va voir notre ami Léo. Il est triste. Nous reparlerons de ton entraînement une autre fois.

Je sortis, tout émoustillée, m'exhortant au calme. Pas sûr que nous fussions sur la même longueur d'onde pour les entraînements.

(1) Chant de Sina Vodjani.

(2) Chanson de XXXTentacion.

9 – Grisaille mentale

Je trouvai Léo dans son bureau. Il était d'une tristesse à toute épreuve. Son sourire tombait vers le bas. Ses yeux bleus s'assombrissaient, reflétant tous les maux de la terre. Ses cheveux avaient perdu la bataille. Il semblait déterminé à être malheureux. Quelle idée ! Je pouvais comprendre que lâcher ses conquêtes était un coup dur, mais quand même. J'avais du mal à le comprendre. Il est vrai que si j'avais été obligée de boire le contenu de poches en plastique, j'aurais probablement été horrifiée par la situation. Peut-être n'en aurais-je pas été capable ?

Alors, je devais faire quelque chose pour lui. Je tombai dans mon fauteuil de prédilection.

— Qu'as-tu fait de Barbie gothique ?

Ses yeux me lancèrent des éclairs. Pas de bol, il n'avait pas envie de rigoler.

— Je l'ai confiée à des gardiens.

— Pourquoi est-elle gardée ?

— Elle n'est pas encore stable. Sa mélodie funeste m'attriste, même si c'est un très beau solo de violon. Je n'en peux plus.

— C'est normal qu'elle ne soit pas stable, non ?

— Oui, bien sûr, mais je ne peux pas passer mon temps à la baby-sitter. Je te rappelle que je suis le second d'Eiirin.

— Je n'oublie pas. Comment prend-elle son

immortalité ?

— Elle n'est pas pleinement satisfaite. Elle se plaint beaucoup de n'être pas assez comblée.

— De quoi a-t-elle besoin ?

— De mon sang et de mon sexe !

Léo ricanait de manière pitoyable.

— Ça ne doit pas être facile de résister ?

— C'est vrai, soupira-t-il. Et Mathilde ne fait rien pour m'aider. Elle m'aguiche dès que possible pour me faire craquer. Elle ne comprend pas que j'obéisse à notre Senseï et que j'accepte ma punition.

— Elle n'a pas le sens du devoir ?

— Je crois que cela fait une désobéissante de plus dans le clan Duroy !

Aïe, ça, c'était pour moi. Effectivement, j'avais découvert que plusieurs vampires étaient punis alors que notre maître m'avait laissé passer beaucoup de choses.

— Et toi, comment tu prends les choses ?

Il haussa les épaules, réfléchit, enroula ses cheveux autour d'un doigt. J'attendais patiemment qu'il ait fini son bilan.

— Eiirin a raison, j'ai agi trop vite ! J'ai voulu garder Mathilde avec moi. Quelle horreur ! J'ai devant moi un an d'abstinence. Donc là, je suis comme elle, en pleine frustration. Je dois revoir mon train de vie. Je travaillais beaucoup, mais j'avais aussi quelques maîtresses très distrayantes dès que j'en avais besoin. Ma condition vampirique est au plus bas.

— Cela faisait combien de temps que tu vivais comme ça, Léo ? Il est peut-être temps de changer ?

— Mais ça me convenait très bien.

— Certes…

— Cependant, je comprends Eiirin. Je suis son second. Mon erreur de jugement est impardonnable. J'aurais même compris qu'il me destitue.

J'étais complètement ahurie.

— Mais enfin, Eiirin a toute confiance en toi. Je pense qu'il a compris ton égarement. Tu sais, sous son armure de samouraï, c'est un être d'émotions, comme toi.

— Isie, tout ce qu'il fait pour toi n'a rien à voir avec ce que j'ai fait pour Mathilde. Je me suis toujours bien amusé avec elle. Cependant, mes sentiments pour elle ne valaient pas une année de sacrifice. Je ne compte pas en faire ma compagne ! C'est ce qui est le plus difficile à avaler : d'avoir agi sur un coup de tête, comme ça ! J'aurais pu me passer d'elle. Eiirin est tombé sous ton charme tout de suite. Il a simplement attendu patiemment que tu sois prête.

— Mmmm... Je ne sais pas à quoi je suis prête. Ça va trop vite pour moi, tout ça, et je n'ai pas envie d'y réfléchir. Pour l'instant, j'aimerais retourner danser ! L'enquête n'avance pas Aux Mets Verts. Nous n'avons aucune piste et il ne se passe rien ! J'ai besoin de me défouler. Tu ne pourras pas venir danser ?!

— Eh non ! Tu as tes deux gardes du corps. Il y a toujours nos vampires qui y vont. Vas-y en même temps qu'eux. Tu veux refaire de la pole dance ?

— Oui, j'aimerais bien. Je vais demander à Henri, s'il veut bien, pour vendredi.

Léo rigola à cette pensée. Et cela me fit chaud au cœur. Il se décoinçait. Après tout, il allait bien falloir qu'il s'accommode de sa nouvelle situation.

— Pour sûr, Henri acceptera ! Mais Eiirin, ça, c'est autre chose.

— Pourquoi refuserait-il ? demandai-je innocemment.

— Tu es si naïve que ça, Isie ? Il a été sous ton charme à chaque fois qu'il t'a vue danser. Mais il aurait bien bandé les yeux de tous ces messieurs. Maintenant, son instinct de possession à ton encontre est bien plus fort. Je ne suis pas sûr qu'il accepte tes costumes de scène comme ça.

Je haussai les épaules.

— On verra !

Quand je retrouvai Eiirin ce soir-là, je passai directement à l'attaque. J'avais téléphoné à Henri et il était impatient de me revoir au club.

— Je retourne danser vendredi !

Eiirin fronça les sourcils, désemparé quant à la marche à suivre. Mes fourmis semblaient mécontentes. Elles ne comprenaient pas pourquoi nous n'avions pas encore sauté sur leur maître.

Je sentis le pouvoir d'Eiirin m'envelopper. Mais que cherchait-il à faire ?

En réponse, je sortis immédiatement ma bulle de protection blanche lumineuse, observant la magie bleu foncé scintiller autour de mon bouclier, le tâtant. Je lui décochai mon plus beau sourire. Il n'allait pas m'avoir comme ça. Mon amant stoppa son pouvoir, qui s'éparpilla tranquillement autour de nous. J'admirai les étoiles filantes luminescentes bleutées ou blanches en train de s'évaporer dans un mélange harmonieux.

— Très bien, je te fournirai un costume de scène et je serai là pour vérifier qu'il te va bien.

— Pourquoi ? Tu n'as jamais rien eu à redire ?

— Si tu veux danser, c'est moi qui choisis ta tenue. Sinon, je te renferme ici !

Toute son exaspération et son ton hautain m'épuisèrent d'un coup. Je laissai tomber et filai sous la douche. Comme il ne voulait pas en rester là, il me rejoignit sous l'eau chaude coulant sur mon corps, dénouant mes tensions.

Je ne savais pas ce qui me tourmentait le plus, son instinct de possession mal placé ou mon incapacité à lui résister, mais la colère était toujours mauvaise conseillère. Je le laissai me divertir.

La semaine passa tranquillement. Trop tranquillement. Aucun incident Aux Mets Verts. Aucun humain malade ou mort. Aucun nouvel élément.

Totalement impuissante, je me trouvais bien cher payée à attendre. Mais que pouvais-je faire d'autre ?

En tant que chef des « experts », je me sentais encore ratée. J'étais chef de rien puisqu'il n'y avait rien à détecter.

Je rongeais mon frein, étant persuadée qu'il allait finir par se passer quelque chose, ou était-ce ce que j'espérais ? Ma patience était mise à rude épreuve.

Eiirin m'observait régulièrement, narquois, m'invitant à prendre du recul et positiver. Il avait quand même de l'humour, parfois.

Alors, vendredi arriva comme une soupape de décompression.

Eiirin m'avait convoquée dans son bureau comme une vulgaire employée pour découvrir mon costume de scène. Déjà à cran, je n'appréciai pas du tout sa façon de faire. Et tout ça pour me montrer une combinaison intégrale ! Seuls mes pieds, mes mains, un léger décolleté et ma tête dépassaient.

— Tu plaisantes ?! Henri ne me laissera jamais danser avec ça !

— Bien sûr que si. La chose est entendue.

— C'est moi, la chose ?

Eiirin haussa les épaules et sourit.

— Fais-moi confiance, tu seras magnifique.

J'étais sceptique. Je touchai l'étoffe, qui ressemblait à une double peau couleur chair, très scintillante.

Et ce fut comme ça que nous arrivâmes au club. Moi

très excitée à l'idée de danser, Eiirin sceptique quant à ce qu'il m'avait autorisée à faire. Léo était resté travailler à l'hôtel de Lauzun, baigné dans son apitoiement. Mathilde faisait partie de la bande, tentant de se coller à Eiirin à la moindre occasion, malgré l'œil impassible de son nouveau maître. D'ailleurs, je le sentais régulièrement la manipuler pour l'éloigner. Etsuko se déplaçait aussi souvent, se posant en bouclier de son Danna. J'étais ébahie du comportement de cette dernière. Finalement, sa geisha allait peut-être devenir une alliée dans notre histoire.

Pas de chance, Eiirin avait raison : j'étais sublime dans ma combinaison. Cette seconde peau me cachait intégralement tout en révélant tout. Henri était conquis. Il n'arrêta pas de jacasser pendant qu'il me faisait écouter quelques morceaux. Il connaissait ma capacité d'improvisation et aimait me lancer des défis. Les filles étaient très contentes de me revoir. Il régnait une joyeuse ambiance qui me fit beaucoup de bien et me changea des soucis du clan Duroy.

Je me maquillai légèrement, avec des paillettes de la même couleur que ma tenue. J'allais devenir une vraie étoile filante autour de ma barre. Je rayonnais en m'échauffant avec quelques exercices d'assouplissement.

Henri ne m'avait proposé que des tubes pop rock. Je jetai mon dévolu sur une chanteuse vintage et son *If You Stay*(1), en spéciale dédicace à Eiirin. Sa voix rauque, qui était un délice pour mes oreilles, clamait l'idiotie de l'amour. Je me ferais pardonner mon espièglerie plus tard. Je connaissais maintenant plein de trucs qui ravissaient mon samouraï.

Ce dernier vint me voir avant que je passe sur scène. Il écarquilla les yeux tellement qu'il me fit penser au loup de Tex Avery. Il ne manquait plus que sa langue pende jusqu'à ses genoux. Je me voyais déguisée en délicieux petit chaperon rouge du music-hall. Pas de doute, il était conquis. Il s'avança uniquement pour me chuchoter à l'oreille :

— Dès que tu as fini ton show, garde ta combinaison, nous rentrerons.

Je sentis le rouge me monter jusqu'aux oreilles. D'un coup, j'avais très chaud, partout. Le choix de ma chanson risquait d'aggraver mon cas. Puis il sortit, majestueux dans son costume de dignité. Mes fourmis m'indiquaient toutes les pensées cochonnes qu'il pouvait avoir en ce moment. Rien de très digne, même s'il était toujours respectueux envers moi. Il était fort, ce Senseï, pour cacher ses émotions.

Allez, je devais me reprendre. Calme-toi, Ismérie, tu ne sais pas voler, tu vas lâcher la barre et t'écraser à ses pieds !

Ce fut mon tour, enfin. Je n'en pouvais plus d'attendre et mes fourmis non plus. Elles étaient elles aussi très pressées de voir les conséquences de ce choix musical.

Je m'élançai sur scène, en pleine forme. Les projecteurs m'empêchaient de voir mon public. Cependant, mes fourmis étaient un véritable radar. Elles localisaient Eiirin sans la moindre difficulté. Je ne regardai que dans sa direction. Je restais concentrée sur lui. Quelques pas et déhanchés sensuels avant de monter sur ma barre dans des positions acrobatiques, testant l'élasticité de ma combinaison. Je pétillais de malice, ce qui se ressentait dans ma chorégraphie. J'étais vraiment épanouie sur ma barre. N'ayant plus de donneur à chercher, j'envoyais des ondes de magie d'espièglerie à mon amant. J'étais lumineuse et mes vagues étaient totalement en harmonie avec ma tenue. En retour, je vis la magie bleu nuit étincelant d'or arriver à moi, pleine de contrariété par rapport à la légèreté avec laquelle je prenais la situation, mais aussi pleine de promesses du paradis où il comptait m'emporter. Je me sentais vraiment audacieuse ce soir.

À peine eu-je fini que le chauffeur d'Eiirin nous ramena vite à la maison, escortés de nos gardes à moto. Nous roulions bien trop vite, il fallait croire qu'il y avait une urgence. Sûrement un incendie à éteindre. Eiirin ne dit pas un mot de tout le trajet. Les lèvres pincées, il me faisait beaucoup rire. Tellement rire que je n'arrivais pas à me départir de ce sourire idiot. Mmmm... J'allais le croquer !

À peine sorti de voiture, Eiirin me projeta sur son épaule comme un vrai sac à patates.

— Alors, comme ça, je suis un imbécile ?!

— Je rigolais, Eiirin, repose-moi !

Je pouffais. C'était très drôle d'avoir mis un grand samouraï dans cet état émotionnel.

— Je vais t'attacher à mon lit pour l'année à venir. Ça te passera peut-être l'envie de te moquer.

Je rigolai plus fort et le taquinai encore plus.

— Mais non, Senseï, je te promets de méditer tous les jours pour m'éveiller encore plus haut, ah, ah, ah !

Bon, bah, ça ne le fit pas rire. Pour preuve, je reçus une grande claque sur les fesses.

Léo arriva à ce moment-là.

— C'est quoi, ce raffut ?

— Une nouvelle punie, répondit Eiirin.

Je sentis le sourire dans sa voix.

— Ah ! Enfin ! clama Léo.

En arrivant dans ses appartements, Eiirin claqua la porte en la fermant d'une jambe et me jeta sur le lit. Il prit le temps de mettre de la musique, pendant que je claquais des doigts pour allumer nos bougies. *Fistful Of Love*(2) s'éleva ! Comme si nous avions besoin d'une chanson à câlins au point où nous en étions. Il passa bien son temps à me montrer qui était le maître.

Traîtresses de fourmis, j'étais perdue !

Les jours passèrent sans qu'il y ait d'incident Aux Mets Verts. Cependant, je soupçonnais nos ennemis d'être patients.

Je pris des nouvelles d'Aveline. Elle allait très bien. Emma était égale à elle-même, en mode ado. Au fil de la conversation, je me rendis compte qu'Aveline allait même très bien et que c'était en partie grâce à Miguel. Ce séducteur avait un penchant pour les sorcières. J'étais partagée. J'espérais que ce dernier allait bien se conduire. Il était comme Léo avant sa punition, frivole et friand de la chair. Je savais qu'il ne boirait pas ma descendance car il n'était pas suicidaire. C'était tout de même jouer avec le feu.

Dès que je raccrochai d'avec Aveline, j'appelai Miguel.

— Comment vas-tu, Miguel ?

— Très bien, Ismérie, et toi ? Rends-tu notre Senseï heureux ?

Cette canaille passait à l'attaque, il savait très bien que je ne l'appelais pas par hasard. On ne la faisait pas comme ça à un vieux vampire.

— Je fais de mon mieux pour lui faire travailler son flegme. Il me prouve régulièrement tout le bonheur que ça lui procure.

— Tu vas le rendre chèvre !

— Non, je prends bien soin de lui... parfois. Et toi, Miguel, vas-tu prendre soin de ma lignée ?

Silence à l'autre bout du fil.

— Ça va couper, Ismérie, je passe dans un tunnel !

— Si jamais tu raccroches, Miguel, je descends immédiatement à Biarritz te botter les fesses.

— Je sais que tu en es capable. Je ne fais que la courtiser gentiment et j'attends patiemment... Il faut croire que ta descendance a besoin de temps comme toi.

Finalement, je n'avais rien à répondre. Alors, nous poursuivîmes tranquillement sur des futilités. J'avais confiance en Miguel dans une certaine mesure. Je savais qu'il pouvait être sérieux. Mais quand même, c'était à Aveline qu'il s'intéressait. Et je pouvais bien comprendre car elle était vraiment jolie.

Après ma permanence au restaurant, je retournai à la bibliothèque de l'hôtel de Lauzun pour tenter d'avoir des idées concernant la fameuse intoxication alimentaire dont nos clients étaient les victimes.

Nous ne savions pas comment le poison avait été administré, mais nos soupçons se portaient sur la contamination d'un aliment. Tous les produits étaient frais, nous n'avions qu'une petite carte de menu. Nous pensions donc que le poison était introduit à la dernière minute. Cette idée incriminait directement le personnel des restaurants.

J'étais choquée et dégoûtée qu'un employé pût tuer.

Autant faire le tour des poisons mortels pour les vampires avait été rapide, autant pour les humains, cela se révélerait coûteux en temps. L'humain étant très fragile, les plantes mortelles ne manquaient pas, tout comme les éléments radioactifs ou autres toxiques. Je n'étais pas sortie de l'auberge. Le découragement me gagna.

L'autopsie avait diagnostiqué un arrêt cardiaque, dû à la paralysie du système nerveux probablement. Je supposais donc que le poison agissait très vite et se volatilisait, stoppant les battements du cœur au passage.

Les ouvrages étaient nombreux mais je ne me voyais pas étudier tout ça. Peut-être qu'internet répondrait plus rapidement à mes questions ?

Je passai voir Eiirin pour lui emprunter une de ses tablettes. Ce vampire avait suivi le mouvement technologique tout en gardant une partie de ses traditions ancestrales. À peine la tablette entre mes mains, notre Senseï me rappela qu'il comptait sur moi pour que je m'entraîne aux techniques de combat. Ça devenait du harcèlement. À qui pouvais-je me plaindre ? Léo ne me défendrait pas et je ne savais pas trop si nous avions une personne responsable des ressources humaines. J'étais vexée qu'il ne prît pas davantage en compte ma vraie nature. Tous les vampires n'étaient pas obligés d'être de redoutables combattants physiques. Moi, je préférais utiliser ma tête et je n'avais pas prévu de changer. Quand quelqu'un frappa à la porte, je me précipitai pour ouvrir.

— Non, Ismérie ! tonna Eiirin.

Etsuko était scotchée devant la porte ouverte. Je la saluai comme elle le faisait habituellement et me sauvai.

— Je n'ai rien à ajouter. Je te laisse à Etsuko.

Cette dernière ne savait pas trop comment prendre les choses et Eiirin semblait dépité par mon comportement.

Je débarquai en trombe dans le bureau de Léo, ma tablette sous le bras. Sa porte était ouverte, je m'affalai dans son fauteuil.

— Qu'as-tu encore fait, Isie ?

Je haussai les épaules.

— Rien. J'essaie simplement de faire mon travail et de résoudre l'intoxication.

Léo m'observait, fronçant les sourcils, ne me croyant pas une seconde.

— Je peux rester travailler ici ?

— À ton aise.

Je lui piquai feuilles et crayons et commençai à noter des idées dans tous les sens. Nous avions tellement peu d'éléments de l'enquête. Je me sentais perdue.

— Isie, quelqu'un souhaite te parler, dit Léo.

Etsuko attendait devant moi, patiemment, splendide.

J'admirai son kimono noir mettant en valeur des branches fleuries de cerisier japonais. Une ceinture rouge rehaussait l'ensemble. Elle s'inclina.

— Peut-on s'entretenir ? demanda Etsuko.

Une alarme retentit en moi. Était-elle en mission commandée pour notre Senseï ?

— Bien sûr.

Elle m'invita à la suivre d'un geste et m'entraîna dans un petit salon à côté. Elle ferma la porte, s'installa dignement dans un fauteuil, bien droite, le visage impassible. Je m'assis en face d'elle, attendant.

— Ismérie, tu n'es pas sans savoir qu'Eiirin tient beaucoup à toi ?

J'acquiesçai. Je le devinais, même s'il ne m'avait pas fait de grande déclaration. Il ne souhaitait pas m'effrayer. Cependant, ses quelques aveux, son instinct de possession et le fait qu'il ne m'ait jamais punie de mes écarts m'indiquaient qu'il n'était pas indifférent, bien au contraire.

— Il a peur de te perdre. Tu es devenue une de ses faiblesses.

Bah, je n'y pouvais pas grand-chose. Il ne me laisserait pas quitter le clan, il m'avait affirmé qu'il me retrouverait.

— Que me proposes-tu, Etsuko ?

— Pourquoi ne veux-tu pas apprendre à te battre, ne serait-ce que pour te défendre ?

— Tu es en mission commandée ?

— Non, Senseï ne connaît rien de ma démarche. Mais je ferais tout pour lui. Il m'a donné l'immortalité, une vie que je n'aurais jamais pu avoir autrement. Dans le Japon de ma naissance, le respect, la loyauté et les traditions étaient très importants. Je crois que c'est par nostalgie qu'Eiirin m'a vampirisée il y a une centaine d'années. Il ne trouvait sans doute plus suffisamment de valeurs dans l'humanité tel qu'elle évoluait. Les enfants destinés à devenir samouraïs ou geishas ont une éducation très stricte, qui représente beaucoup d'apprentissages. Leur vie n'est remplie que de servitude. Même si nous travaillons bien et que nous acquérons plus d'autonomie et de confort, nous sommes redevables toute notre vie à nos maîtres. Nous avons rarement l'occasion d'acquérir la liberté. C'est ce que m'a offert Eiirin, ma liberté. Il est devenu mon Danna pour m'affranchir. Il a remboursé toutes les dettes de mon Okiya avant de me vampiriser. D'ailleurs, il ne m'a pas transformée tout de suite. Il m'a emmenée en France et j'ai vécu une année avec lui avant qu'il me le propose. J'ai tout de suite accepté, tant son respect pour autrui est grand. Maintenant, je ferais tout pour le soulager de son fardeau de chef de clan.

— Êtes-vous amants ?

— Nous l'avons été à l'occasion, mais nous n'avons jamais connu la passion que vous semblez vivre.

— Oui, soupirai-je. La passion est un problème. Elle amène à des émotions puissantes, positives ou négatives, dont je me sentais à l'abri. J'ai beaucoup travaillé sur moi pour prendre du recul. Je cultivais mon bonheur par le détachement. Je m'étais gardée de toutes ces pulsions pour vivre sereinement. Ce qui est beaucoup plus difficile depuis que j'ai rejoint votre clan.

— C'est aussi TON clan, Ismérie.

— C'est vrai, MON clan, MES vampires. Tout ce qui se passe avec Eiirin, la colère, l'indignation, ce lien de sang puissant... entrave ma capacité à réfléchir et agir de manière raisonnée. C'est aussi pour cela que je lui ai demandé une pièce à moi toute seule, où je puisse me recentrer. Plus je suis près de lui, moins cela m'est possible.

— Lui as-tu expliqué ? Il est capable d'entendre cela.

Etsuko avait un regard bienveillant, elle personnifiait la sagesse.

— Malheureusement pas en ces termes-là. La discussion reste difficile. Son instinct de possession me rend folle car j'ai peur de me perdre et de disparaître pour devenir quelqu'un que je ne suis pas.

— Je comprends. Je ne sais pas ce que je suis vraiment au fond de moi. Je ne sais qu'être une geisha au service de son Danna. C'est la consécration, pour nous.

Je méditai ses paroles.

— Est-ce que cela veut dire que tu as fait tout ce qu'il exigeait de toi, Etsuko ?

— Bien sûr, affirma-t-elle très souriante et fière d'elle. C'est un honneur pour moi.

Comment la soumission pouvait-elle devenir un honneur ? C'était quelque chose qui me dépassait totalement.

— Sais-tu te battre, Etsuko ?

— Bien sûr.

Un bloc de feuilles était posé sur la table. Elle en détacha une, qu'elle lança en l'air. Elle sortit son tessen de sa ceinture de kimono et l'agita à une vitesse folle devant mes yeux. La feuille se transforma en confettis tombant les uns après les autres. Elle rangea son éventail magnifiquement coloré à lames tranchantes aussi rapidement qu'elle l'avait dégainé.

J'étais stupéfaite devant sa vitesse d'exécution.

— Impressionnant !

— Je manie extrêmement bien le sabre aussi. Je maîtrise tout ce qu'Eiirin m'a demandé de maîtriser. Et j'ai mis un point d'honneur à réussir mieux que ce qu'il espérait. Je ne souhaitais pas être une faiblesse pour lui. Le clan a toujours connu des hauts et des bas, des ennemis, même si la menace a changé au fil du temps.

Tu te dois de le protéger en devenant une force à tous points de vue.

— J'apporte déjà beaucoup à ce clan.

— C'est vrai et je t'en remercie, Ismérie. Grâce à toi, le clan Duroy est plus fort. Gomme maintenant tes faiblesses.

Et elle se leva, me salua et sortit.

Heureusement que j'étais assise car elle me laissa sur le cul. Etsuko était d'une incroyable sagesse. Malgré tout, je ne souhaitais pas me mettre au combat. Pourquoi faire du mal à quelqu'un ? Est-ce qu'un acte pouvait justifier qu'on tuât ?

Lasse de ces réflexions, je retournai à mes rituels pour entretenir ma paix intérieure.

En fin de nuit, je revis Léo. Son sourire maussade me faisait de la peine. J'espérais qu'il allait s'accommoder de sa vie de pénitent.

— Ton entretien avec Etsuko s'est bien passé ?

— Elle est d'une incroyable sagesse. Tu devrais discuter avec elle, Léo.

— C'est ce que je fais.

Il me décocha un clin d'œil, premier depuis très longtemps. J'éclatai de rire.

— C'est le psy du clan Duroy ?

— Eh bien, ça lui arrive de prodiguer quelques conseils.

— Elle a des amis en dehors d'Eiirin et toi ?

Léo fit non de la tête, et cela sembla l'attrister de nouveau. Décidément, sa joie de vivre l'avait définitivement quitté.

— Etsuko est très solitaire. Cependant, vous connaissant toutes les deux, vous devriez pouvoir vous entendre. Et puis, tu peux peut-être lui amener un peu de rébellion !

— Oh ! Comment peux-tu dire un truc pareil ? Elle est à l'image d'Eiirin ! Elle m'a même invitée à davantage de soumission.

— Je serais curieux de voir ça, Isie ! En es-tu capable ? Pas sûr que cela séduise tant que ça Eiirin. C'est sûrement ton incapacité à obéir qui l'a définitivement séduit. C'est quelque chose qu'il ne sait pas faire, Isie. Son éducation austère lui a permis d'exceller dans l'art de la guerre. C'est un guerrier émérite et un redoutable stratège. Il n'a jamais été aussi proche d'une femme que toi. Je pense que tu lui apportes l'apprentissage de la désobéissance qu'il n'a jamais pu expérimenter. Il faisait partie de l'élite. Son sens de l'honneur ne l'a jamais préparé à tergiverser avec une personne indépendante comme toi. Il était temps !

Les paroles de Léo me clouèrent le bec. Eiirin et Etsuko avaient été entraînés à être quelqu'un d'autre. Moi, j'avais besoin de rester moi-même. Je l'embrassai sur la joue et lui chuchotai :

— Trouve-toi de nouvelles raisons de vivre, Léo, ne te laisse pas gagner par la mélancolie. Je suis là pour toi.

— Merci, Isie. Je vais trouver ma voie et réparer mes bêtises. Mathilde a du mal à accepter elle aussi ses nouvelles règles de vie. Ce n'était pas une bonne candidate au clan Duroy. Je crains le pire.

(1) Chanson d'Alex Hepburn.

(2) Chanson d'Antony and the Johnsons.

10 – Mortel poison

J'observais les dîneurs et nos employés quand je reçus un coup de téléphone. C'était un de nos « experts », totalement paniqué dans l'autre restaurant. Un humain se mourait à l'instant même. Notre vampire détectait un poison en infime quantité. Il n'arrivait pas à deviner lequel car le toxique était déjà en train de se dissiper pendant que le cœur de l'humain s'arrêtait. Je tentai de calmer mon confrère affolé et lui assurai que je me dépêcherais d'arriver.

Kanine écoutait et donnait déjà des consignes pour que notre voiture nous emmène. Elle arrivait déjà sur le bord du trottoir. Un autre « expert » continuerait de monter la garde dans ce restaurant.

J'appelai Léo pour l'informer. Il était déjà en route lui aussi.

Nous nous retrouvâmes sur les lieux du meurtre. Car c'était bien de cela qu'il s'agissait. Les pompiers étaient déjà présents, à constater malheureusement qu'ils ne pouvaient rien faire. Léo était dans la cuisine en train d'inspecter toutes les étiquettes de provenance de nos produits pendant qu'un des nôtres lui disait ce que le client avait mangé.

Dès qu'il me vit, Léo m'ordonna :

— Inspecte vite tous les aliments, Isie.

Il semblait très anxieux.

Je m'attelai à la tâche immédiatement, en

commençant par la salle froide.

J'évaluai tout ce qui me passait à portée de main. Viande, œufs, légumes… Tout y passait. Rien.

Je sortis pour évaluer le reste de nos étagères garnies de céréales, épices, condiments… Rien.

J'allai sur les installations de cuisson. Les cuisiniers avaient tout arrêté sur ordre de Léo et attendaient. Rien non plus.

Je ne détectai aucun poison. Pourtant, j'étais forte à ce jeu-là, mais moins sur les aliments que sur le sang.

Je regardai Léo, impuissante.

J'allai voir l'humain décédé avant qu'il ne soit emmené. Je me présentai aux pompiers et à la police, demandant gentiment si je pouvais simplement passer mes mains au-dessus du corps, sans y toucher. Ils étaient sceptiques, mais me laissèrent tout de même œuvrer, me regardant scrupuleusement. Je sentais bien qu'ils n'avaient pas confiance. Je fis bien attention de ne pas poser mes mains sur le corps. Pfff… Je ne percevais rien de particulier. Je les remerciai et retournai voir Léo, Kanine toujours sur les talons. Il ne me quittait pas d'une semelle. Manu était en mode « le premier qui la touche, je le bute ». Heureusement que je savais qu'il était gentil car il était impressionnant en ce moment.

Tous les clients étaient sortis. J'étais totalement dépitée devant mon incompétence.

Léo venait de poser son dernier registre quand j'arrivai à lui.

— Je n'ai rien trouvé, Léo ! Comment est-ce possible ?

— Moi non plus, malheureusement. Passons le personnel au crible !

Il les fit tous mettre dans l'arrière-salle. Je restais dans un coin, discrète, à les évaluer. Je gardais les yeux ouverts mais ne voyais plus rien. Kanine, sentant ce que je faisais, s'était collé contre mon bras en signe de protection. Hommes, femmes, vampires étaient tous stressés. Deux avaient très peur et un était furieusement en colère. Tiens, curieux, pourquoi donc ? Cela semblait lié à sa famille. Je ne voyais pas trop pourquoi. Mmmm... Il avait peur de perdre son emploi ? Je ne lisais pas les pensées, je ne pouvais qu'élaborer des suppositions. Je le regardai des pieds à la tête. C'était une femme en fait, une serveuse. Il fallait peut-être creuser la question. Je restai inquiète car rien ne sortait vraiment de cette exploration. Je fis signe à Kanine que j'avais repris toute ma présence.

Dès que je pus, je fis part de mes remarques à Léo. Ce dernier mit des repères devant les personnes les plus émotionnellement touchées. Une petite enquête serait ordonnée.

Je retournai dans l'autre restaurant où tout se passait pour le mieux. J'observai plus minutieusement notre personnel. Mais ce soir-là, il ne semblait pas particulièrement troublé. Personne ne savait encore qu'un humain était mort en dînant chez les vampires.

Les journaux allaient encore s'en donner à cœur joie en termes de suceurs de sang, sangsues ou autre saigneurs.

Quand nous rentrâmes à l'hôtel de Lauzun, c'était l'effervescence dans le bureau de notre Senseï. Les mauvaises nouvelles n'étaient pas terminées. Notre président, Eiirin Kinoshita, était accusé d'avoir accueilli une nouvelle vampire qui n'en avait pas fait la demande. J'étais mortifiée. Eiirin était décomposé, même s'il gardait le contrôle de sa réaction. En digne samouraï, il restait imperturbable. Léo déboula derrière moi quand il prit la mesure de la situation. Il semblait désespéré et commença à se blâmer.

— Non, Léonard. C'est inutile. Soit tu te reprends et tu

restes pour m'aider, soit tu te retires jusqu'à ce que tu retrouves tes esprits.

Je vis Léo se mettre un coup de pied aux fesses et retrouver un certain calme.

La famille de Mathilde incriminait notre Senseï. Dans le courrier reçu, Léo était accusé d'avoir vampirisé leur fille. Normalement, une procédure légale bien établie devait être respectée, avant de transformer un humain en vampire. Et tout était fait devant des avocats. Le clan Duroy avait son cabinet et payait les frais d'avocat engendrés par le futur vampire. Il était très rare qu'Eiirin transformât quelqu'un. Et à part lui, personne ne devait vampiriser qui que ce soit. Nous étions suffisamment de prédateurs sur Terre.

Rien n'avait été fait dans les règles de l'art avec Barbie gothique. Léo, qui avait juste voulu lui sauver la vie, s'en mordait bien les doigts maintenant. Mathilde n'avait déjà que très peu de contacts avec sa famille. Ils s'étaient fâchés depuis plusieurs années car en ado récalcitrante, elle n'avait pas voulu suivre les valeurs familiales. Nous ne savions pas trop de quoi vivait Mathilde, car elle ne travaillait pas. Elle semblait être rentière. Pour l'heure, ses parents demandaient des dédommagements pour la fille qu'ils avaient perdue. Ils étaient farouchement anti-vampires. Pour eux, elle n'existait plus, alors que c'était leur unique enfant. Je trouvais choquant que ses parents la renient une seconde fois.

Nos avocats allaient monter un dossier béton au vu de tous ces éléments, que l'enquête sur notre bébé vampire confirmait. Mathilde serait convoquée le lendemain pour savoir ce qu'elle comptait faire. À ce moment-là, nous aurions le retour des avocats. Serait-elle une alliée pour le clan ? Rien n'était moins sûr. Elle continuait de beaucoup se plaindre de sa condition vampirique et du fait que Léo se refusait à être son amant. Elle continuait d'ailleurs de tenter sa chance avec Eiirin, ce qui m'agaçait prodigieusement. J'étais de plus en plus tentée de lui jeter quelques sorts de verrues ou furoncles, mais je ne savais plus comment faire. Heureusement, elle commençait à mieux maîtriser sa soif de sang et était ce soir à l'hôtel de la Païva pour se détendre. J'espérais qu'elle allait laisser notre Senseï tranquille, maintenant.

Mathilde goûtait donc les premières joies d'une soirée frivole en tant que vampire. Léo m'avait expliqué que deux vampires resteraient en permanence avec elle pour s'assurer qu'elle ne tue pas son donneur. Oui, il n'aurait manqué plus que ça. Pour assurer le coup, elle avait été gavée de sang juste avant. Comme elle était magnifique, elle trouverait forcément des humains prêts à être croqués. Entre ses roses rouges tatouées autour du cou et sa coupe vintage, elle représentait l'excellence gothique en matière de vampire.

Quand nous montâmes nous coucher, la morosité battait son plein à l'hôtel de Lauzun. Eiirin était épuisé. Ses sources lui avaient indiqué le contenu de certains journaux juste avant leur parution.

Nous devions laisser nos avocats faire leur travail.

Mon amant n'avait jamais été habitué à être cajolé. Son enfance de bébé samouraï avait été très dure. Les câlins de la mère s'arrêtaient très vite et la tendresse était exclue. Je l'accueillis dans mes bras et le cajolai jusqu'à ce que je tombe dans l'inconscience, heureuse qu'il se laissât faire.

À mon réveil, j'allai à la pêche aux informations. Eiirin laissait des consignes pour que je puisse consulter les rapports et courriers de nos affaires les plus délicates en attendant son réveil. Cela me permettait d'attirer son attention sur les points chauds en attendant qu'il les étudie. J'étais très reconnaissante de la confiance qu'il m'accordait, me donnant d'autant plus d'utilité dans mon travail. J'avais parfois l'impression d'être sa super secrétaire. Je ne trouvais pas ça très glorieux, mais cette étiquette commençait à se propager, me donnant une grande reconnaissance auprès du clan.

Concernant Barbie gothique, la conclusion de nos avocats était très positive. Nous pouvions utiliser l'assistance à personne en péril puisque nous avions sauvé Mathilde d'une mort certaine. Il restait à voir ce qu'en pensait l'intéressée. J'espérais qu'elle avait passé une excellente soirée à la Païva. Cela l'aiderait à être moins ronchonne et voir certains avantages à être vampire. Il était bien trop tôt pour qu'elle en voie les désagréments.

Les journaux s'en donnaient à cœur joie pour mettre en avant les buveurs de sang et la mort qu'ils faisaient roder autour des mortels. Tout nous accablait. En aucun cas nous n'étions considérés comme des victimes ou des sauveurs. Ils étaient gonflés, nous incriminant aussi bien du fait qu'il était fatal de dîner Aux Mets Verts, que du vol de la mortalité de Mathilde. Léo lui avait tout de même donné l'immortalité.

Après avoir vu certains dossiers de postulants, accompagnés de chèques faramineux, de promesses d'héritage, simplement pour vivre à perpétuité, je me disais que ces journalistes étaient bien hypocrites de regarder dans une seule direction. Nous pourrions faire de sacrées révélations.

D'ailleurs, avant d'être notre ennemi redoutable, Merconi avait tenté sa chance pour se transformer en chauve-souris. Devant le refus d'Eiirin, il avait décidé d'acquérir un maximum d'argent pour s'offrir un maximum de plaisirs et de sécurité.

Pour l'instant, les humains n'avaient rien trouvé de

mieux qu'un parrain vampire pour gagner l'éternité. Le clan Duroy avait des règles d'accueil très strictes. L'argent seul n'était pas suffisant pour intégrer notre clan. Eiirin recherchait d'autres compétences pouvant directement être utilisées. Nous ne pouvions jamais connaître les pouvoirs du futur vampire, c'était plutôt la méthode de la découverte.

Concernant Mathilde, j'espérais qu'elle allait s'intégrer facilement car elle n'avait pas de compétences particulières en termes d'emploi. Elle n'avait pas voulu faire d'études. Or sa vie de rentière s'arrêtait à la fin du mois. Ses parents lui coupaient les vivres et espéraient être indemnisés du préjudice subi : nous leur avions volé leur seule héritière. J'étais blasée devant tant de mesquinerie.

De plus, les journaux raffolaient des scandales. La une affichait des portraits de la jeune et innocente Mathilde, ainsi que de ses parents pleurant leur enfant perdu. Certes, leur descendance s'arrêtait là. Mathilde n'aurait jamais d'enfant. Mais si elle se protégeait bien, elle avait maintenant une sacrée espérance de vie. J'avais entendu parler de vampires de quatre mille ans hantant les pyramides. Je n'avais jamais vérifié. Cependant, officieusement, c'était une des raisons pour lesquelles nous ne pouvions pas visiter l'ensemble des tombeaux égyptiens. Ils avaient droit à certains égards dus à leur âge, si ce n'était à leurs pouvoirs.

Je préférai laisser tout ce ramassis de torchons et m'intéresser aux employés des Mets Verts. Si cela ne donnait rien, je regarderais du côté de nos fournisseurs.

Il fallait des complices pour qu'un tel acte puisse se produire. Le poison n'arrivait pas par l'opération du Saint-Esprit. Soit un employé introduisait le poison à la dernière minute, soit il arrivait dans un aliment. Après, c'était le jeu de la loterie. Cependant, les retours d'analyse de la nourriture entreposée dans les cuisines n'avaient rien révélé. Je penchai donc dans un premier temps pour un membre du personnel de peu de morale et capable d'assassiner un congénère.

Les dossiers des membres du personnel avaient été mis de côté. Comme je n'avais pas de pièce de travail, je m'installai dans la partie salon car je n'osais pas m'asseoir derrière le bureau d'Eiirin. De plus, je ne devais pas sortir ces documents. J'avais beaucoup de respect pour le chef de mon clan ; même si j'étais sa maîtresse, j'avais peur de profaner quelque chose. Je n'étais pas très à l'aise d'avoir accès à son antre. Maxence s'arrangeait pour que je ne manque de rien, comme lui avait demandé Eiirin. Je branchai mon téléphone sur l'enceinte et mis Sia en fond sonore. J'adorais son timbre de voix, ses mélodies.

Quand Eiirin arriva, j'étais absorbée dans mes réflexions. Tous les dossiers étaient étalés par terre sur la moquette avec moi au milieu. J'avais griffonné plusieurs feuilles et collé un tas de post-it. Mes fourmis s'agitèrent pour attirer mon attention sur autre chose que ces foutus papiers.

— Quel bazar tu as mis dans mon bureau !

Il était magnifique, drapé dans sa splendeur, les mains sur les hanches, avec son regard hautain et son petit sourire spécial Ismérie. Il avait coiffé ses cheveux en man bun. Je lui enviais ses cheveux. Il pouvait se faire de magnifiques chignons bien nets tandis que je peinais à rassembler mes boucles serrées. Ma tignasse de lionne était comme moi. Elle ne se laissait pas discipliner facilement. Ça avait été un calvaire quand je dansais pour les ballets russes. Je les coupais chaque jour pour avoir moins de volume. Je lui fis un clin d'œil.

— Et encore, tu n'as rien vu, attends encore trente minutes et tu verras vraiment ce dont je suis capable.

Il regarda sa montre.

— Malheureusement, ça ne va pas être possible. Mathilde arrive dans quinze minutes et les avocats dans trente. Tu devras donc me faire ta démonstration une autre fois. As-tu trouvé au moins quelque chose d'intéressant ?

— Eh bien, j'ai fait des listes de nos employés. Ceux qui sont en difficulté financière, qui ont des projets, des problèmes de santé... J'ai fait le point sur leur statut familial. Il faudrait peut-être enquêter sur leur entourage direct. Va savoir ce qu'ils vivent. Il y a forcément un complice dans nos rangs.

Eiirin réfléchissait à mes paroles.

— Tu as probablement raison. Je vais donner des consignes.

Je fis des photos de tout mon étalage avant de rassembler les dossiers.

— Ce serait bon de jeter un œil sur nos fournisseurs, aussi.

Pour toute réponse, il hocha la tête, s'installant derrière son bureau, déjà concentré sur ses dossiers. J'allais me lever pour poursuivre mon travail ailleurs.

— Reste, je préfère que tu sois présente pour l'entretien avec Mathilde.

Je ne sautai pas de joie. Cependant, je comprenais la démarche d'Eiirin. Je m'installai donc dans un fauteuil, finissant de faire le point sur mes notes.

Léo arriva avec Mathilde. Nous n'avions qu'un quart d'heure avant de voir nos avocats.

Notre Senseï nous invita à tous nous installer dans le salon. Mathilde avait l'air plus stable. Elle faisait toujours les yeux doux à Eiirin mais ce dernier faisait mine de ne rien remarquer.

J'étais tiraillée entre lui mettre une bonne correction mentale ou la mettre à la porte. Aucune des deux options n'était malheureusement possible. De plus, j'avais refusé tout statut officiel. Je devais être une handicapée de l'engagement. Et puis, je ne sentais pas cette soumission qu'ils avaient tous. Mon lien de sang avec Eiirin me faisait perdre mes capacités mentales et émotionnelles. Ces maudites fourmis m'avaient kidnappé mon libre arbitre.

Eiirin coupa court à mon vagabondage mental en m'envoyant une pichenette virtuelle, me ramenant ici et maintenant.

Même si nous étions dans le salon, il gardait sa stature de maître, très droit, sans toucher le dossier, légèrement en avant, prêt à bondir en cas de besoin pour rappeler qui commandait. Mathilde faisait mine de ne pas être intimidée, mais elle n'en menait pas large dans ses escarpins. Encore une largement plus grande que moi. Mais pourquoi mettait-elle des échasses pareilles ?

— Mathilde, comment te fais-tu à ta nouvelle condition ?

— Je m'adapte. J'ai particulièrement apprécié la nuit dernière à la Païva.

Tu m'étonnes ?! Pour un vampire, c'était cool d'avoir des humains à disposition qui ne demandaient qu'à être croqués.

— Évidemment, répondit Eiirin. Mais être un vampire Duroy, ce n'est pas seulement profiter des soirées frivoles de la Païva. Nous allons discuter aussi travail. Tu n'es pas sans savoir que tes parents arrêtent de te verser ta rente ce mois-ci. Ni le sang, ni l'hébergement ne sont gratuits. Tu vas devoir gagner de l'argent.

— Je peux boire uniquement des humains !

Et là, elle me fixa, m'examinant, tentant de comprendre pourquoi j'avais un traitement de faveur. Elle avait dû entendre parler de mes incartades. Eiirin se gratta la gorge pour ramener l'attention sur lui.

— Tu viens d'acquérir l'éternité, Mathilde. L'époque où les vampires ne faisaient que profiter des humains est révolue. Tu t'es trompée d'époque ou de clan. Ici, tout le monde travaille afin d'amener une plus-value, améliorer nos conditions de vie.

— Je n'ai jamais travaillé.

— Certes. Alors, peut-être te faut-il trouver quelqu'un pour t'entretenir ? Dans mon clan, tout le monde travaille. Il y en a pour toutes les compétences.

— Je veux bien être ta maîtresse, moi aussi. Je ferai tout ce que tu me demanderas.

Elle s'était redressée dans toute sa splendeur, minaudant tout le plaisir qu'elle pourrait lui donner.

J'étais outrée. Mes fourmis s'emballèrent. Nous étions prêtes à lui sauter à la gorge. Nous devions trouver un pieu au plus vite et lui régler son compte. Eiirin sentit mon explosion de colère et posa sa main sur ma cuisse pour m'apaiser. Sa magie puissante m'intima immédiatement de me calmer. Je ne le laissai pas faire, j'expulsai mon aura de protection et grognai. Mais mon grognement se transforma lamentablement en une espèce de miaulement sous son pouvoir mental. Je mitraillai Eiirin du regard, choquée. Léo gronda à l'égard de Mathilde. J'étais heureuse qu'il sauvât mon honneur pendant que mon samouraï restait imperturbable. Je sondai Eiirin de ma magie pour évaluer son état d'esprit. J'étais rassurée qu'il me laissât faire. Il se sentait lui aussi insulté par notre vampirette.

— Mathilde, tu as été mal renseignée. Ismérie n'est pas payée pour être ma maîtresse. Elle travaille beaucoup, d'autant plus qu'elle dort moins que nous tous. Elle est ma seule et unique compagne et comble tous mes besoins. Méfie-toi de ses capacités et des miennes. Ta proposition est insultante. J'ai besoin de savoir maintenant comment tu envisages ton avenir. Tes parents nous font un procès pour t'avoir transformée. En parallèle, ils t'abandonnent à ton triste sort. Tu vas devoir continuer à t'adapter et trouver ta place dans notre société.

Elle était soudain en pleine réflexion. Ses yeux, se déplaçant à grande vitesse, montraient son agitation mentale. Tous trois, nous la sondions pour savoir dans quelle direction elle partirait. Il était très facile de lire en elle. Elle voulait trouver un moyen de continuer à jouir d'un maximum de plaisirs en ayant un minimum de contraintes. Cependant, elle prenait conscience que livrée à elle-même et sans soutien financier, cela pouvait être compliqué. Puis elle soupira.

— Très bien, proposez-moi un travail.

— Sage décision, Mathilde. Que souhaites-tu plaider devant tes parents ?

Elle nous observa à tour de rôle, bouche bée. Eiirin lui apporta donc des explications.

— Tes parents nous reprochent ta vampirisation. Nous pouvons plaider l'assistance à personne en péril car Léo t'a sauvée d'une mort certaine.

Léo baissa la tête, perplexe devant les conséquences de son impulsivité. Mathilde l'observa, écœurée de constater le désarroi de son créateur.

— Léo, je te remercie de m'avoir sauvée. Je ne l'avais pas encore fait et je m'excuse de mon ingratitude.

Elle semblait vraiment sincère. Léo lui répondit d'un mince sourire hésitant.

— Très bien, Mathilde, ajouta Eiirin, nous plaiderons alors l'assistance à personne en péril. Tu peux disposer. Va au bureau des ressources humaines. Consulte les différentes missions. Je veux que tu reviennes me faire une proposition demain de ce que tu es prête à accepter.

Elle hocha la tête et sortit.

Nous nous détendîmes tous les trois.

— Léo, nous ferons peut-être quelque chose de ta vampire, finalement.

J'avais mal au cœur pour Léo. Il était mal à l'aise depuis qu'il avait transformé Mathilde. Je les laissai avec nos avocats et allai poursuivre mon enquête sur les employés.

Je trouvai un salon où je pouvais m'enfermer à clé grâce aux bons soins de Maxence. J'étalai de nouveau toutes mes feuilles par terre. Je vérifiai que l'ensemble des membres de notre personnel avait été passé au crible. Je notai bien les personnes présentes à chaque empoisonnement. Une victime était morte dans chaque restaurant parisien. Donc pour l'instant, je n'éliminais personne. Certains de nos employés travaillaient dans nos deux restaurants. Je mis bien en évidence ceux pour qui c'était le cas.

Entre-temps, Maxence m'avait apporté la comptabilité de nos fournisseurs et leurs relevés bancaires. Je souhaitais détecter si l'un d'eux était corrompu. Je n'étais pas sûre qu'il fût légal d'avoir tout ça, mais je préférais ne pas poser de questions. Toute à mon étude, je fus dérangée par un vampire tapant à la porte de mon petit salon. J'allai ouvrir, désemparée.

— Miguel ! Mais que fais-tu ici ?

Il me lança mon trousseau de clés en me faisant un grand sourire.

— Je t'ai rapporté ta voiture !

C'était une bonne nouvelle car je ne savais pas quand je la récupérerais. Mais quand même, c'était bizarre que ce soit Miguel qui l'ait ramenée.

— Mais encore ?

Il soupira, vint s'asseoir à côté de moi et me montra son portable. Je regardai les photos, ma surprise se transformant en alarme au fur et à mesure que les images défilaient devant mes yeux. « Saigneurs » avait été écrit en rouge sang dégoulinant sur le mur d'entrée des Mets Verts de Biarritz. Sur le sol du parking clients, des pieux avaient été peints. Une tête de mort était dessinée sur la porte de sécurité du deuxième étage, menant aux accès des logements vampires. Vu de l'extérieur, cela pouvait paraître anodin de constater cette animosité à notre encontre.

De notre point de vue, c'était carrément terrifiant que quelqu'un ait pu franchir le sas de sécurité. Cela supposait, encore une fois, qu'un membre du personnel fût soit coupable, soit complice, comme ici.

À Paris, seuls les humains étaient visés puisque les vampires ne mangeaient rien d'autre que du sang. Mais à Biarritz, nous semblions être dans la ligne de mire.

— Mince ! Tu as vu Eiirin ?

— Pas encore. Il est toujours avec nos avocats, j'attends mon tour.

— Tu as des doutes sur quelqu'un ?

— Non, nous avions enquêté sur chaque humain recruté. Depuis, je n'ai rien remarqué de troublant dans leur comportement. Ils semblent même nous soutenir. C'est une région où il est plus compliqué de s'installer. Toutes les chaînes de restauration nationales ont régulièrement des menaces.

— Tu es revenu exprès pour ça.

— Je devais faire un point sur l'ensemble de la situation à notre Senseï. Maxence me ramène à Biarritz demain. Il doit être allé se coucher maintenant pour être prêt à partir dans huit heures.

— Tu redescends en corbillard ?

— Oui, ça me fera gagner du temps et je récupérerai mon transporteur d'immortel.

— Et comment va Aveline ?

Miguel arborait maintenant un sourire éblouissant. Cela me fit chaud au cœur pour lui, même si j'avais besoin d'être rassurée sur l'épanouissement de ma descendance.

— Elle va bien. Rassure-toi, nous sommes toujours en train de faire connaissance. Je ne lui ai pas encore sauté dessus !

Il me décocha un clin d'œil de son air de séducteur.

— Mmmm... Fais attention à toi, je peux te botter les fesses mentalement !

— C'est marrant, je retrouve beaucoup de choses de toi en elle. Mais sans ce côté impulsif qui te rend si explosive !

Je souris de tous mes crocs, espiègle.

— Je préfère prendre ça pour un compliment ! Tu sais, tu peux demander à Aveline de poser un sort sur notre restaurant de Biarritz de manière à éloigner les vilains.

— Les vilains ?

— Oui ! Les vilains ! Genre, juste un truc qui leur donne une très grosse nausée dès qu'ils s'approchent. Une sorte de répulsif à détracteurs. Par contre, ça ne sera pas sans incidence sur le chiffre d'affaires.

Un texto reçu sur le portable de Miguel mit fin à cette charmante conversation.

— Je te laisse, Ismérie, Eiirin m'attend.

Il m'embrassa sur la joue et partit aussi vite qu'il était venu.

Est-ce que je pouvais moi-même poser des sorts sur nos Mets Verts à Paris ? Avais-je retrouvé suffisamment de sorcellerie ? Et pourquoi n'y avais-je pas pensé plus tôt ?

J'avais totalement perdu mes automatismes de sorcière. Autant, quand j'étais à Biarritz, j'avais eu du temps pour expérimenter et me reconnecter à ma magie, autant à Paris, j'étais prise dans un tourbillon infernal aussi efficace qu'un sort d'oubli. À part allumer mes bougies tous les jours, je ne m'entraînais plus. J'avais bien jeté un sort à Kanine pour le statufier mais il fallait que j'aille plus loin que ça.

Quand je retrouvai Eiirin en fin de nuit, il était plutôt fatigué devant l'amoncellement des problèmes mais satisfait de ce qu'il avait mis en œuvre pour les résoudre.

Pour ma part, j'étais inquiète, je n'avais pas plus de pistes sur l'empoisonnement de nos clients. Par contre, j'avais une tonne de listes en tout genre. C'était maigre, même si mes connaissances sur nos employés et nos fournisseurs étaient de plus en plus pointues.

— Quand pourrai-je bénéficier d'une pièce à moi, Eiirin ?

— Tu n'es pas bien avec moi ? Regarde, nous avons assez de place pour nous deux.

— C'est vrai, mais j'aimerais avoir mon endroit à moi pour les heures où je suis la seule à être éveillée.

— Mouais ! Je ne comprends pas que tu n'attendes pas patiemment que je me réveille en me tenant la main !

— Bah voyons.

J'étais sidérée devant son humour de grand seigneur. Je n'avais pas eu plus de réponse et il était clair que je n'en aurais pas maintenant. Mon amant se blottit contre moi pour une séance de cajolerie. Finalement, ce n'était pas une bête difficile à apprivoiser.

11 – Sacrifice

Les nuits continuaient de passer sans autre incident dans nos restaurants, que ce soit à Paris ou à Biarritz. C'était très frustrant car nous piétinions. Enfin, moi, je n'avançais pas. Eiirin m'avait laissée retourner danser dans mon club de pole dance, sans m'accompagner. J'étais cependant sous bonne garde.

Quand nous rentrâmes ce soir-là, nous arrivâmes en même temps qu'un homme et une femme arborant des badges d'inspecteurs de police. Ils avaient sonné et attendaient patiemment qu'on leur ouvrît. Je les évaluai. Ils venaient en paix mais nous craignaient, surtout l'homme.

La porte s'ouvrit et j'en profitai pour les suivre sous bonne escorte jusqu'au bureau d'Eiirin. En digne samouraï, il resta imperturbable, heureux tout de même que je sois là. Léo nous rejoignit dans la foulée. Nos deux inspecteurs se présentèrent, puis enchaînèrent.

— Nous n'irons pas par quatre chemins, dit l'inspectrice, sortant des photos d'une grande enveloppe. Tout porte à croire que ce crime a été commis par un vampire.

Eiirin se redressa encore, comme si c'était possible. Une grande tension s'empara de lui. Je lui envoyai un grand calme grâce à ma magie. Je baignai d'ailleurs toute la pièce de mes vagues blanches lumineuses pour apaiser tout ce beau monde. Notre Senseï me fit un imperceptible hochement de tête en s'emparant des photos. Au fur et à mesure qu'il les regardait, il les passait à Léo, qui me les donnait.

— Effectivement, au vu des photos, nous pouvons supposer qu'un vampire a assassiné cet homme, annonça Eiirin.

C'était affreux ! Cet homme avait été tellement saigné qu'il était d'une blancheur cadavérique. Il gisait nu sur une pierre tombale. Le cou, l'intérieur des coudes, des poignets, des jambes montraient systématiquement deux crocs. Le ou les vampires qui avaient fait ça n'avaient même pas pris la peine de tenter de faire cicatriser les morsures pour cacher leur délit. Je redressai vivement la tête pour voir la réaction d'Eiirin. J'envoyai mes fourmis en quête de ses émotions pour voir comment je pouvais l'aider. Mes poils se hérissaient, mes muscles se tendaient.

Eiirin nous invita à tous nous installer au salon.

— Je comprends que vous soyez directement venus ici puisque nous sommes une communauté de vampires déclarée. Cependant, nous ne sommes pas les seuls à Paris, ni même de par le monde. J'ai un règlement très strict concernant la dégustation des humains. Nous avons d'ailleurs un lieu de rencontre : l'hôtel de la Païva. Cet endroit est très contrôlé. Notre garde personnelle est chargée de s'assurer que chaque homme ou femme est volontaire pour passer un moment avec l'un d'entre nous. Je peux vous assurer que dans cet endroit, toute drogue est interdite. L'alcool y est également mesuré afin que chacun garde la maîtrise de lui-même.

— Bien sûr, répondit l'inspectrice. Nous avons mené notre enquête, avant ce meurtre d'ailleurs. Vous devez vous douter que votre communauté est surveillée. Entre les meurtres de vampires l'an dernier et les empoisonnements d'humains en ce moment, nous nous devons de garder un œil sur vous.

Eiirin acquiesça. L'autre inspecteur ne perdait pas une miette de nos faits et gestes. Il nous observait tour à tour. Cependant, nous restions imperturbables. Nous avions un certain âge, voire un âge certain pour Léo et encore plus pour Eiirin, alors nous avions une certaine expérience des humains. La facilité aurait été de les manipuler pour qu'ils repartent s'intéresser à autre chose, en ayant une vague connaissance d'un clan de vampires innocents vivant à Paris. Et ça me tentait vraiment de les influencer à la manière des Jedis. J'étais très forte pour ça et finalement c'était la plupart du temps amusant, enfin... pour moi. Eiirin, écoutant mes pensées, me mit en garde immédiatement. Bon, OK. Le message était passé. Pas besoin de confirmer par un geste que notre observateur verrait, mon amant m'avait entendue. Mmmm... Il faudrait que je trouve comment devenir télépathe. Ça avait l'air drôlement chouette. Je ne savais pas si Eiirin entendait les pensées des humains. Et là, un « oui » me parvint. Chouette, c'était vraiment génial, ce don.

— Que suggérez-vous ? demanda Eiirin.

— Nous savons que vos vampires vivent avec une certaine discipline. Nous aimerions que vous vérifiiez s'il n'y a pas eu de dérapage. Et puis, peut-être pourriez-vous nous donner votre avis sur cette enquête ?

— Vous souhaitez que l'on vous assiste ?

— Simplement avoir votre avis. Nous sommes prêts à vous amener sur la scène de crime dès maintenant, avant que le corps ne soit déplacé.

Et c'est comme ça que nous partîmes, Léo, notre escorte, les inspecteurs et moi, sur la scène de crime. Sacrée promenade pour Léo. Pour une fois que notre Senseï l'autorisait à sortir, c'était pour aller voir un macchabée probablement tué par un ou plusieurs vampires.

Je découvris la chapelle expiatoire dans le 8e arrondissement. Ce lieu semblait chargé d'histoire mais je n'étais pas là pour du tourisme. La rue permettant d'y accéder était fermée par des voitures de police, mais on nous laissa passer pour nous garer au plus près. L'odeur métallique du sang nous assaillit immédiatement. Le groupe de vampires que nous étions fronça instinctivement le nez. Derrière cet effluve se cachait la mort. Nous faisions immédiatement la différence entre un sang vivant et celui qui n'était plus propulsé par les battements d'un cœur.

Ce très beau monument était illuminé. Malheureusement, au fur et à mesure que nous avançâmes, la lumière céda sa place à l'horreur. La scène de crime en elle-même était balisée. Un tas de personnes prenait des notes, des mesures. Nos deux inspecteurs nous invitèrent à nous approcher de la tombe d'un garde suisse, sur laquelle avait été déposé le corps. Il ne semblait pas avoir été saigné là, mais plutôt sur la pelouse devant les tombes. Les blessures semblaient effectivement faites par plusieurs vampires. J'étais choquée devant une telle barbarie. Moi aussi, je buvais le sang des humains mais je l'avais toujours fait en finesse. Là, le sort de cet humain avait été bien cruel. L'air était chargé d'hémoglobine, d'adrénaline et de cortisol, ces hormones que l'on sécrète face au stress. Et il y en avait beaucoup. Qui donc aurait pu faire des morsures similaires hormis l'un d'entre nous ? Car en plus de percer la peau avec ce qui ressemblait à deux crocs, beaucoup de sang avait été bu et peu avait été gaspillé. Je n'avais pas l'impression qu'il y en avait tant que ça par terre. À moins que le corps ait été déplacé à plusieurs reprises. La mise en scène était choquante.

J'étais terrassée. Léo, sentant mon désarroi, vint me soutenir.

Les inspecteurs recueillirent nos impressions, puis nous laissèrent partir. Ils nous tiendraient informés. Ces derniers nous demandèrent tout de même de ne rien intenter seuls. Ils savaient que des codes régissaient la vie des vampires. Ils ne souhaitaient pas que nous fassions justice nous-mêmes, mais préféraient notre collaboration.

Nous rentrâmes avec nos voitures, l'âme en peine devant tous ces soucis qui s'accumulaient autour de nous. Nous étions tristes du travail de sape qui venait d'être fait par ces tortionnaires à crocs. Cela avait été très difficile de révéler notre existence et surtout de nous faire accepter pour ce que nous étions, des buveurs de sang. Je savais qu'Eiirin avait fait un bon tri à Paris pour éliminer tous les vampires qui ne voulaient pas rentrer dans le rang. J'étais persuadée que son honneur de samouraï et son respect pour la vie le guideraient de nouveau vers des mises à mort si cela lui semblait nécessaire et garantissait à son clan de vivre honorablement. Je l'avais vu à l'œuvre toutes les fois où il m'avait sauvée. Les exécutions étaient rapides et efficaces.

Les journaux allaient de nouveau s'en donner à cœur joie. Même si nous les avions aperçus, tenus à distance par la police, il y avait toujours des fuites.

Eiirin nous attendait dans son bureau. Il nous sembla être en train de prendre une dose de zénitude japonaise avant d'affronter nos nouveaux problèmes. Etsuko lisait sur le canapé d'Eiirin, drapée dans un magnifique kimono blanc. Elle avait mis un bâtonnet d'encens à brûler et de la musique classique apaisante en sourdine. Depuis notre dernière conversation, j'avais toute confiance en elle. Je savais qu'elle ferait tout pour que son Danna soit heureux. Elle le replongeait dans un monde plus simple pour eux, rempli de valeurs respectueuses et de code d'honneur. Et ça marchait car notre samouraï semblait apaisé.

Eiirin nous invita à nous asseoir et Etsuko s'éclipsa après nous avoir salués en souriant aimablement. Elle ne restait jamais pour les réunions de travail. Elle se cantonnait au rôle que lui avait donné son Danna : être son objet de distraction.

Notre Senseï écouta nos conclusions.

— Se pourrait-il que ce soit quelqu'un d'entre nous, Eiirin ? demanda Léo.

Eiirin réfléchit tranquillement à cette question. Pour ma part, j'étais bouleversée de la violence qui s'était déchaînée cette nuit.

— Dans l'absolu, tout est possible, dit sagement Eiirin. Nous avons fait du tri il y a plusieurs dizaines d'années maintenant. Cependant, les vampires restent des prédateurs. Ceux qui veulent se laisser aller à leurs instincts bestiaux sont capables de tout. Léonard, réunis tous nos vampires pour 5 h. Je vais leur parler.

Une fois que nous fûmes tous rassemblés dans cette magnifique salle baroque avec tous ces anges nous observant paisiblement, Eiirin arriva avec Etsuko et Léo. Cette dernière vint se poster juste à côté de moi. C'était tout un symbole, pendant que son second restait au côté de notre Senseï. Tous se turent, attendant patiemment.

— Vous n'êtes pas sans savoir qu'un meurtre sanglant a été commis à la chapelle expiatoire. Cela va sans dire qu'il m'est impensable que l'un ou l'une d'entre vous puisse être coupable de cette atrocité. Vous pouvez être certains que je ne cautionnerai pas cet acte et que je livrerai le ou les vampires responsables à la police. Deux inspecteurs sont venus ce soir et nous ont emmenés sur les lieux du crime. Il est indéniable que plusieurs vampires ont commis ce meurtre. Je demande toute votre coopération. Vous devez nous rapporter sans délai le moindre indice, à Léonard ou à moi. Nous apportons notre entière collaboration à la police.

Pendant qu'Eiirin continuait son discours, je commençai à sonder la foule de bêtes à crocs pour capter les signaux. Le fait qu'il y ait autant de vampires autour de moi amplifiait le champ électromagnétique et m'apportait quelques bourdonnements aux oreilles. Je pouvais régler mes sens pour diminuer ce brouhaha et me concentrer sur les émotions. Je ne pouvais malheureusement pas entendre les pensées, comme Eiirin, mais je pouvais deviner en quelque sorte l'humeur de pas mal d'espèces. Et là, il y avait un curieux mélange.

Il y avait ceux qui étaient indignés qu'on se fasse épingler après tout ce temps. Cela correspondait surtout aux plus vieux d'entre nous, qui avaient passé leur vie cachés et traqués.

Ceux qui n'en avaient rien à faire, car finalement les humains n'étaient que des casse-croûtes. Ils étaient sur Terre pour nous engraisser.

Ceux qui étaient fiers que certains soient enfin passés à l'action pour faire honneur aux prédateurs que nous étions.

Ceux qui étaient heureux car les humains ne méritaient pas de vivre longtemps au vu de tous les dommages qu'ils causaient à la planète. Après tout, la Terre appartenait aux immortels, les humains n'étaient là que de passage et pour certains, moins ils vivaient longtemps et mieux c'était.

Et puis je sentis deux, trois sadiques qui tentaient de faire taire leurs émotions pour ne pas être repérés. Et comme ils étaient éparpillés, je n'arrivais pas à les localiser pour les identifier.

Finalement, au vu de ce que je ressentais, nous ne pouvions pas exclure les vampires du clan Duroy.

J'étais écœurée d'avoir un problème de plus à gérer ou du moins d'avoir à soutenir Eiirin et Léo comme je le pouvais. C'était dans ces moments-là que je regrettais ma vie en Suisse, où je passais mon temps à danser et à charmer mes donneurs. Elle m'avait paru ennuyeuse au bout de quelques décennies, mais j'étais bien loin de tous ces problèmes. Pourtant, je ne me voyais pas repartir. Je ne savais pas si j'étais amoureuse d'Eiirin et peut-être bien que ça m'arrangeait de ne pas regarder de trop près. Mais ce qui était sûr, c'était que ce lien de sang m'enchaînait à lui comme je n'avais jamais été liée à personne. Cela transformait mes éloignements en vide, en trou béant à combler, en enfer.

Eiirin avait lui aussi déployé ses antennes en même temps qu'il nous parlait. Il était très fort car il était concentré sur son discours et son évaluation en même temps, tandis que moi, j'avais décroché de ses paroles.

— Si jamais j'apprends que certains savaient et n'ont rien dit, je vous expulserai du clan après vous avoir dénoncé aux autorités légales. Pas de ça dans le clan Duroy ! L'honneur et le respect doivent être cultivés.

Eiirin observa une minute de silence en nous passant au crible. Je savais que Léo avait déployé ses oreilles pour écouter nos sangs. Puis tous les deux sortirent rejoindre chacun leur bureau.

Deux files se formèrent devant les bureaux d'Eiirin et de Léo. Je ne savais pas sur quels critères, mais j'étais très surprise d'une telle réaction.

Je remontai tranquillement dans les appartements d'Eiirin car il était tard et je ne pourrais rien faire de plus pour l'instant. Je saluai notre garde à l'entrée de nos appartements et m'effondrai sur un fauteuil très bas, comme aimaient les Japonais.

Je réfléchissais à tout ce qui nous tombait dessus.

Les empoisonnements Aux Mets Verts de Paris, les détracteurs à Biarritz, le procès des parents de Mathilde, le meurtre sanglant à la chapelle expiatoire.

Cela faisait beaucoup.

Je mis de la musique pour me changer les idées. Mon choix se porta sur un artiste plutôt soul vintage. La voix profonde de Curtis Harding chantait aussi bien l'amour que la tristesse. Les ballades plus rythmées m'obligeaient à plus d'entrain et me poussaient à me sortir de ce marasme. Étonnant qu'un artiste de maintenant aille puiser son inspiration dans les années soixante-dix. Mais pour moi, ça sonnait toujours bien. Cette décennie avait été riche en changements de toutes sortes. Accepter le mouvement, vivre avec son époque restait un combat perpétuel pour quelqu'un figé dans un instant de l'espace-temps. Les minutes s'égrenaient pendant que nous restions intemporels pour l'éternité.

Bref, nous avions donc un tas de problèmes à gérer.

J'avais toujours entendu dire qu'il valait mieux aller doucement dans la bonne direction que rapidement dans la mauvaise. Mais là, je n'allais nulle part. J'en étais là de cette conclusion quand Eiirin revint. Vu l'heure, il serait vite emmené dans les bras de Morphée.

— Alors, as-tu appris quelque chose d'intéressant ? demandai-je.

— Non, malheureusement. Certains sont venus renouveler leurs vœux de loyauté, d'autres me jurer qu'ils ne savaient rien. J'ai écouté leurs pensées, qui n'ont rien révélé de plus.

— Et Léo ?

— Il n'a rien appris non plus. Nous les recevrons encore demain dès le lever. Et toi ? As-tu eu une idée lumineuse ?

— Pfff... Non. Je suis désespérée. Tu me paies bien trop cher en ce moment !

Eiirin fit un sourire las et me tendit la main.

— Viens, allons nous doucher.

— Tu n'as pas sommeil ?

— Non, je ressens moins le lever du soleil grâce à la puissance de ton sang.

Il avait un sourire radieux qui me fit chaud au cœur.

— À propos de puissance de sang, je suis assoiffée du tien !

Mes fourmis me confirmèrent qu'elles étaient d'accord avec moi et s'emballèrent face à la promesse que je leur faisais. Je dévoilai mes crocs à Eiirin dans un sourire charmeur.

— À la douche, dépêche-toi, m'ordonna-t-il en me claquant la fesse.

Je grognai en signe de rébellion, mais accélérai le mouvement.

Nous nous savonnâmes l'un et l'autre tout en nous embrassant, en guise de préliminaires. *Lead Me On*(1) résonnait dans nos appartements, déchaînant notre passion l'un de l'autre. Vite séchée, je le poussai sur le lit. Je ne pouvais pas le jeter comme il s'amusait à le faire avec moi parfois. Il rigola, sentant la force que je déployais. Son excitation augmentait la mienne. Une fois qu'il fut couché, je rampai sur lui pour m'empaler. Nous avions assez perdu de temps en préliminaires. Un profond plaisir m'envahit immédiatement, me faisant rugir, allongeant mes crocs. Je les plantai sans attendre dans le cou d'Eiirin pendant que je bougeais en rythme sur lui. La volupté parcourait chaque parcelle de ma peau, me donnant des frissons. Il m'empoigna les fesses pour les maintenir sous ses coups de bassin. Je ne savais pas ce qui me donnait le plus de plaisir, mais je me délectais de tout ce qu'il me donnait. Le mélange de son sexe et de son sang en moi me révélait des enchantements dont je n'étais plus prête à me passer. Nous n'étions plus que soupirs et grognements, jusqu'à ce que nous fussions repus.

— Comment se fait-il que tu ne sois pas tombé dans l'inconscience, Eiirin ? Je sens qu'il fait jour, maintenant.

— Ton sang accélère ma régénération. Je dors un peu moins. Pour autant, j'ai testé à nouveau, la lumière du soleil n'est pas faite pour moi.

Son air était maussade. Je comprenais. Quatre cents ans qu'il n'avait pas vu le soleil.

— Sois prudent, Eiirin, ne commets pas d'acte irréparable !

— Finalement, tu tiens à moi ?

— Peut-être un peu, avouai-je d'un air canaille.

Morphée m'emporta.

Quand je me réveillai, la journée était déjà bien avancée. Eiirin, totalement inconscient, s'accrochait à moi pour ne pas que je m'en aille. Je réussis malgré tout à m'extirper de tous ses membres qui faisaient barrage.

Pas de travail pour l'instant, j'avais besoin de prendre du recul. En sortant, je croisai Maxence. Il m'avait réservé une pièce avec tout ce qu'il fallait dedans pour que je m'y sente bien. Mes tapis de yoga, zafu de méditation, encens, diffuseur d'huiles essentielles étaient là. Il avait même fait accrocher mes décorations bouddhistes. Il me tendit une clé après m'avoir montré la petite plaque sur la porte. Quand je n'aurais plus besoin de cette pièce, elle continuerait à servir pour la méditation, prière… Suivant le culte, tout ce qui pouvait nous aider à nous élever spirituellement. Évidemment, je récupérerais mes affaires : Maxence allait programmer des achats. Ce dernier m'indiqua qu'Eiirin avait demandé que les travaux d'agrandissement de nos appartements soient accélérés. « Nos » appartements ? Je pensais parfois comme ça, mais ça restait difficile. Il allait falloir que je m'y fasse, pourtant.

Je remerciai Maxence, m'enfermai et commençai mes rituels, si précieux pour mon équilibre mental.

Une fois ma séance terminée, je réfléchis au sort à poser sur nos restaurants de Paris, pour éloigner nos ennemis comme je l'avais suggéré à Miguel. Mais comment pouvaient-ils se considérer au-dessus des autres et disposer du droit de vie ou de mort sur autrui ? De tels comportements me dépassaient totalement. Je n'arrivais pas à comprendre.

Ce sort ne m'aurait posé aucun problème... avant. Mais même si Aveline avait débloqué ma magie, il persistait comme une espèce de trou noir, une amnésie en sorcellerie. J'étais agacée d'avoir été aussi puissante puis d'être devenue une piètre jeteuse de sorts. Malheureusement, j'avais eu peu de temps pour continuer mes expérimentations. La manipulation mentale, don du vampire par excellence, avait peu de secrets pour moi, mais là, il s'agissait d'ensorceler un bâtiment pour poser une barrière protectrice.

Assez pensé. Je sentais le champ électromagnétique des vampires s'élever. J'allais pouvoir mobiliser mes gardes du corps. J'étais très excitée par ce que je devais tenter. Mais je devais m'exhorter au calme pour plus de réussite.

Je fermai à clé la porte de ma nouvelle pièce et remontai en courant le magnifique escalier noir, damé de blanc.

Eiirin était tout juste en train de se réveiller quand je rentrai en trombe.

— Eh bien, que se passe-t-il ? Pourquoi cette

excitation ?

— Je suis pressée d'aller poser des sorts sur nos restaurants afin d'éloigner nos ennemis.

Mes fourmis s'agitèrent à la pensée qu'elles venaient juste de retrouver leur maître et qu'il n'était pas question de s'en éloigner maintenant. Maudites fourmis ! Je devais me battre contre moi-même en permanence. Je fis la sourde oreille. Mais elles ne l'entendirent pas comme ça. Alors, j'évitai de trop m'approcher d'Eiirin.

— Tu ne m'embrasses pas ?

— Non, tu es trop dangereux.

Il se leva tel un guépard rodant autour de sa proie, cherchant le meilleur angle possible pour bondir.

Je me hérissai, tendant tous mes muscles, affolée de devoir mener un combat contre lui et contre moi.

— N'approche pas !

— Juste un petit baiser, dit-il, enjôleur.

Je me déplaçai à la vitesse de vampire, prenant un jean et un haut posés là. Puis je me ruai vers la porte et la claquai.

J'entendis mon samouraï éclater de rire.

— Tu ne perds rien pour attendre !

Il riait de plus belle, très fier de lui. Notre garde leva un sourcil, évaluant la situation, puis sourit. Nos appartements étaient gardés nuit et jour, maintenant. Seul l'emplacement de surveillance avait changé : il s'était éloigné de notre entrée, nous laissant plus d'intimité.

Je retournai dans ma pièce pour me changer, laissant ma tenue de yoga.

Je filai à la chambre de Kanine, ayant déjà envoyé un texto à Manu, mon autre garde du corps. Le vampire m'ouvrit, simplement habillé d'une serviette autour des hanches. Il était tout simplement magnifique avec tous ses muscles et ses tatouages. Ses cheveux et sa barbe hirsutes lui donnaient un look terrible d'homme des cavernes. Il ne lui manquait plus que la massue en bois. Il devait donc tailler tout ça, tous les jours.

Je ne fus qu'à moitié bien accueillie : il soupirait déjà.

— Que me vaut l'honneur de te voir aussi tôt ?

— Oh, Kanine, tu te rends compte du nombre de mots que tu viens de dire ?

— Mmmoé !

— Je peux t'attendre dans un coin de ta chambre le temps que tu finisses de te préparer ? Promis, je ne ferai pas de bruit.

Je pris l'air penaud et chagriné, tentant le coup d'œil du cocker (ou de la jeune fille en détresse, à lui de choisir) pour mieux l'amadouer. Il souffla bruyamment, tentant d'éliminer tous mes efforts pour le convaincre.

— Tu ne peux pas rester un peu avec ton samouraï ?

— Trop dangereux, il veut me croquer !

Et je poussai sa porte pour entrer d'un pas décidé. Il ne put se retenir de faire un petit sourire.

— Tu te poses là ! dit-il en me montrant une chaise longue baroque en cuir blanc. Et je ne veux pas t'entendre, sinon je l'appelle !

Okkaayyy... Je ne l'embêterais pas. Je fis mine de fermer ma bouche avec un cadenas et de jeter la clé. Il hocha la tête et se réfugia dans sa salle de bains. Je m'allongeai sur sa méridienne. Le dossier se terminait par une aile de cygne ouverte, couleur or. Le cou et le bec du volatile revenaient sur le haut du dossier. C'était grandiose. J'admirai ses anges au plafond. Je ne savais pas qui observait l'autre. Nous étions tous en pleine contemplation.

Kanine revint, fin prêt, avec son allure habituelle.

— Allons-y !

— Mmmoé...

Je l'avais retrouvé.

Notre chauffeur nous conduisait au son de « Nostalgie ». Je croyais bien qu'il avait la maladie des vampires ! Nous nous regardions, Kanine et moi, nous demandant si nous n'allions pas craquer avant notre arrivée et finir en courant.

J'expliquai brièvement à Kanine ce que je souhaitais faire. Il se contenta de hocher la tête sans plus de commentaire.

À peine arrivés, nous sautâmes de voiture et je fus percutée net par le bras de Kanine, m'empêchant d'aller plus loin. Il était incroyablement fort. Son bras fait de chair et de sang semblait aussi solide que l'acier. Sans un mot, je sentis Kanine déployer tous ses sens pour examiner les alentours et les humains. Sa pression diminua quand tout lui parut sans danger. Notre chauffeur partit garer la voiture.

Puis mes gardes se postèrent de chaque côté de moi, dos à dos, si bien qu'ils avaient chacun leur périmètre à surveiller.

Je fermai les yeux et les oubliai pour me concentrer sur ma magie.

Où était-elle cachée ? Je scannai mon corps des pieds à la tête pour rassembler chaque parcelle de mon don. Je fis grossir cette bille au creux de mon ventre pour retrouver ma force de sorcière. Je voyais ce noyau blanc grossir, s'étendant à trois cent soixante degrés. Et là, je sentis un truc incroyable. Mes fourmis rapportaient tous les petits bouts de magie qu'elles trouvaient à droite, à gauche, pour nourrir cette boule que je percevais maintenant plus grosse que moi. J'étais émerveillée, mon sourire s'étendait d'une oreille à l'autre. Non ! Non ! Non ! Je devais garder la tête froide, me recentrer. Quand je sentis la force de ma magie bien présente, je la conduisis au pouvoir de mon intention. « Chaque humain malveillant pour les vampires sera pris de nausées telles qu'il devra s'éloigner pour être soulagé ; à défaut, il vomira tripes et boyaux sans interruption ». Je m'imprégnai de cette intention pour la répandre sur les lieux. Et comme par sorcellerie, mes bras se levèrent d'eux-mêmes vers le haut du bâtiment pour descendre sur la façade et encore plus bas, sur le trottoir et jusqu'au caniveau. Mon sort imprégnait les murs, le goudron, l'air. Je le voyais scintiller. Manu éternua, ce qui me fit sursauter, et Kanine grommela.

Était-ce bon signe ?

J'eus envie de soupirer et j'ouvris les yeux. Je regardai autour de moi. Un groupe venant de gauche traversa en fronçant les sourcils. On allait dire que c'était bon signe.

(1) Chanson de Curtis Harding.

12 – Haut les cœurs

À peine eus-je terminé que je me sentis galvanisée.

— Allons à l'autre restaurant.

Kanine et Manu restèrent de chaque côté de moi pendant que le chauffeur revenait. « Nostalgie », quand tu nous tenais. Les chansons de nos soi-disant légendes tournaient en boucle pendant que je m'adossais à la banquette. Le contrecoup de ma magie m'atteignait. Kanine, toujours assis à mes côtés, me prit la main. Je sentis son champ électromagnétique enfler. Il me gonflait de sa puissance pour recharger mes batteries. Il avait donc plusieurs dons. Je craignais qu'Eiirin ressentît l'empreinte de son magnétisme. J'espérais qu'il le prendrait bien.

Arrivée à l'autre restaurant, je recommençai à rassembler ma magie pour jeter le même sort. Cela se passa exactement de la même façon et se termina par l'éternuement de Manu et le grommellement de Kanine.

— Nous sommes trop près de toi, m'avoua ce dernier.

— Mais comment faire autrement ?

J'étais obligée de tout lâcher et m'oublier pendant quelques minutes, le temps de procéder.

— Chai pas !

Quand il saurait, il le dirait, alors.

— Restons ici pour voir comment ça se passe.

J'observai donc. À peine entrés, certains clients ressortaient, tandis que des badauds traversaient systématiquement en arrivant aux abords du restaurant. Si quelques ennemis réussissaient à pousser la porte, c'était que mon charme n'était pas totalement efficace. Cependant, je ne pouvais pas le savoir car j'appliquais la méthode de la découverte.

J'étais donc obligée d'attendre et de constater. Et ça, ça m'ennuyait. J'essayai d'analyser pour comprendre ce qui se passait. Ce n'était pas l'apparence des personnes qui me donnait la réponse.

Au niveau des membres du personnel, je ne constatai pas de changement. Tous ceux qui travaillaient ici avaient l'air d'être plutôt favorables aux vampires. Ils étaient à l'aise. Ou alors pas suffisamment contre pour que mon sort agisse sur leur système digestif. Mon téléphone sonna. Le gérant de l'autre Aux Mets Verts, totalement affolé, me demandait de revenir.

— Nous avons une serveuse malade ! Elle n'arrête pas de vomir. Dois-je appeler la police ?

— Surtout pas, malheureux ! J'arrive.

Je raccrochai, fis signe à mes gardes du corps que nous devions y aller et comme par magie, la voiture était déjà en train de s'avancer. Je n'avais pas percé tous leurs mystères de communication mais ils étaient très forts.

En arrivant à l'autre restaurant, je vis le gérant qui m'attendait, alarmé.

Je filai directement vers les toilettes. Kanine était sur le qui-vive. Son petit couteau pliant à la main, de l'autre, il tenait mon bras, prêt à me projeter quelque part si c'était nécessaire. Je l'avais déjà vu jouer avec la lame. J'avais rarement vu de tranchant aussi aiguisé.

Pour ma part, j'étais sur mes gardes, fascinée de savoir que mon charme avait fonctionné.

La pauvre fille vomissait tripes et boyaux derrière une

porte fermée à clé. Le bruit et l'odeur confirmaient ce qu'elle faisait. Je déployai tous mes sens vampiriques et mes dons de sorcière pour l'évaluer.

Son cœur battait la chamade. Elle avait des sueurs froides. Son estomac se tordait en crampes insoutenables. Toute son aura se concentrait vers le sol. Elle devait être par terre, la tête sur la cuvette. Heureusement que le restaurant avait ouvert depuis peu. Je savais l'hygiène irréprochable, comme dans le reste du restaurant d'ailleurs. Même si nous n'avions plus besoin de toilettes, nous mettions un point d'honneur à ce que nos clients les trouvent toujours propres.

Quand je sentis que notre serveuse se calmait, je lui demandai d'ouvrir la porte. Nous entendîmes le loquet s'ouvrir, puis j'appuyai sur la poignée avec prudence, Kanine, sur ses gardes, me tirant légèrement vers l'arrière, prêt à ouvrir son couteau et le lancer.

Je poussai doucement la porte. Nous découvrîmes la pauvre fille dans un état pitoyable. Son dos était appuyé contre le mur. Elle respirait avec difficulté. Ses jambes tombaient lamentablement en travers de la pièce exiguë.

— Ça ne va pas ? demandai-je.

Évidemment, ma question n'était pas pertinente mais nous n'osions pas encore nous approcher. Elle fit non de la tête.

— Quel est ton nom ?

— Lisa... Mar... tin, répondit-elle avec difficulté.

Je n'avais rien noté de particulier dans son dossier.

— Tu prends un traitement ou quelque chose ?

Elle fit non de la tête. Je m'approchai et m'agenouillai pendant que Kanine accrochait ma veste au niveau de la nuque pour essayer de me tirer en arrière.

— C'est bon, Kanine.

Il lâcha sa prise à contrecœur. Il était évident que cette fille n'était pas un danger pour l'instant. Je sentais tout de même Kanine continuer d'exercer une pression sur moi, prêt à m'éjecter si besoin.

— Tu es malade, Lisa ?

De nouveau, non de la tête.

Je me tournai vers le gérant.

— Ça fait longtemps qu'elle travaille pour nous ?

— Depuis l'ouverture, répondit-il. Elle n'a jamais posé de difficulté.

J'approchai ma main de celle de Lisa pour sentir un peu mieux son état. Kanine grogna tout en essayant de me tirer vers l'arrière. Je levai l'autre main pour l'exhorter au calme.

Je me concentrai sur Lisa. Elle était totalement apeurée. Je lui envoyai un léger charme vampirique pour l'apaiser et lui donner une confiance totale en moi. De légères vagues de magie blanche scintillèrent et la pénétrèrent tranquillement, tout doucement, pour ne pas éveiller ses soupçons. Ses épaules s'affaissèrent. Elle se détendait.

Kanine grogna pour m'indiquer qu'il me soutenait car nous n'avions pas le droit de charmer les humains. C'était une règle qu'avait érigée Eiirin quand le clan Duroy avait fait son coming out.

Mais là, je la charmais tellement peu que nous allions faire comme si je n'avais rien fait. En même temps, je soulageais son estomac pour que les spasmes s'arrêtent. Elle était très réceptive à mes divers dons. Son visage luisait de transpiration. Ses yeux me fixaient, maintenant. Elle semblait hypnotisée. Je percevais sa peur.

— Tu as peur de quoi, Lisa ?

— Je ne veux pas perdre mon travail.

— Et pourquoi perdrais-tu ton travail ?

— Si je n'arrive pas à travailler, vous allez me licencier !

Évidemment, vu comme ça...

— Mais pourquoi ne pourrais-tu pas travailler ?

— Toutes ces nausées m'en empêchent !

— Elles ont commencé quand ?

— Hier.

Mince, alors ! Ce n'était pas mon sort. Je l'avais posé aujourd'hui. Je me détendis, déçue.

— Et tu sais pourquoi tu as la nausée ?

Les humains étaient très fragiles en cas d'épidémie de gastro. Ils se refilaient ça à une vitesse qui pouvait coucher toute une équipe le même jour. C'était peut-être la première à être touchée.

Elle s'humecta les lèvres. Je la sentais lutter pour ne pas me révéler la vraie raison. Je renforçai ma manipulation mentale pour faire céder toutes ses barrières.

— Je suis enceinte, avoua-t-elle dans un souffle.

Enceinte ?

— Je vais poser ma main sur ton ventre, Lisa. Je ne te veux pas de mal, ni à toi, ni à ton bébé.

Elle fronça les sourcils, signe de lutte intérieure.

Je posai ma main tout doucement sur son bas-ventre et fermai les yeux pour évaluer tout ce que je pouvais discerner.

Son cœur affolé tambourinait dans sa poitrine. Je lui envoyai plus de calme. À ce rythme, elle allait finir par faire un arrêt cardiaque. Les « boum-boum » ralentirent tranquillement, reprenant peu à peu un rythme quasi normal. Son estomac continuait de vouloir se rebeller et tentait de se tordre, mais il était vide. J'envoyai de nouveau une onde de magie pour l'apaiser.

J'avais besoin de faire taire tout ce bruit en elle pour sentir le fœtus car sa grossesse devait être peu avancée. Au fur et à mesure que Lisa se calmait, j'entendis un petit cœur résonner à la vitesse d'un cheval au galop. Il était bien là et en pleine forme.

Je me sentis d'un coup joyeuse. Je savais ce que c'était de porter la vie, je l'avais donnée trois fois.

— Okkaayyy, Lisa, tout va bien.

Elle fit un faible sourire et se détendit totalement, comme tout le monde autour de moi. L'incident était clos.

— Nous allons te faire raccompagner chez toi pour que tu te reposes. Tu peux acheter du gingembre pour calmer les nausées. Tu devrais en trouver en pharmacie.

— Non, je ne veux pas perdre mon emploi.

Des larmes commençaient à couler sur ses joues.

— Tu ne perdras pas ton travail. Rentre te reposer et prends du gingembre.

Je me relevai, fis venir une voiture pour la raccompagner.

J'étais rassérénée que nous ne soyons pas face à un ennemi, mais déçue de ne pas savoir à quel point mon sort de protection fonctionnait.

Je continuais à ruminer tout ça dans la salle de restaurant quand une femme se leva brusquement, les mains sur la gorge, comme si elle n'arrivait plus à respirer, les yeux complètement révulsés.

Je me précipitai vers elle. Je regardai son assiette composée de viande et de légumes, le tout accompagné d'eau minérale en bouteille de verre.

Son compagnon était alarmé. Il lui donna des tapes dans le dos, pensant qu'elle s'étouffait. Je lui touchai le bras avec précaution tout en la rassurant. Ma magie commençait à se déverser en elle, traquant la moindre anomalie. Ses yeux se braquèrent sur moi. Elle était incapable de parler, comme asphyxiée.

Je sentis Kanine se poster derrière moi pour me protéger. Une grande agitation s'élevait autour de nous. Quand elle perdit l'équilibre, son compagnon et moi l'installâmes du mieux possible au sol. Je soutins sa tête et tentai de l'apaiser par mes paroles.

Malheureusement, je devinai que son sort était scellé. Son cœur s'affolait. Je passai mes mains au-dessus de son corps pour sentir ce que je pouvais. Des picotements dans mes paumes m'indiquaient qu'un toxique mortel œuvrait. Mais ce poison était déjà en train de se dissiper. Cela me mit hors de moi de le sentir s'échapper comme ça. Il filait entre mes doigts, pendant que je ne pouvais rien faire pour cette femme qui perdait la vie comme ça, brutalement.

Qui pouvait bien nous en vouloir à ce point ?

Qui pouvait tuer aussi facilement au hasard ?

Je me sentais abusée et vulnérable. Non pas pour ma vie, mais pour tout ce que le clan Duroy avait construit. Nous avions mis beaucoup de choses en place pour améliorer les conditions de vie et la santé des humains. Quelqu'un nous démontrait que nos actions étaient vaines, que les humains étaient toujours aussi fragiles et tellement faciles à tuer malgré tout ce que nous voulions faire pour préserver notre garde-manger. Car finalement c'était un moyen de montrer que notre suprématie était virtuelle, que notre situation de prédateurs tout en haut de la chaîne alimentaire était fragile.

Alors, plutôt que de continuer à m'appesantir sur notre condition vampirique et la colère, j'envoyai une grande vague de béatitude à cette femme en train de mourir.

Elle n'avait plus beaucoup de temps, je forçai donc la dose. Je voyais ma magie blanche scintiller autour de nous, comme en lévitation, suspendue dans le temps. La jeune humaine relâcha ses tensions musculaires d'un seul coup. Un beau sourire apparut sur son visage cadavérique. Ses yeux brillaient de mille feux. J'en étais très heureuse pour elle.

Je continuai d'envoyer des vagues constantes de félicité, comme une mer qui allait et venait interminablement.

Le compagnon de la mourante se détendit aussi, ainsi que tous les humains et vampires présents dans le restaurant. L'heure était grave. Cependant, ce moment de plénitude lui permettait de partir en paix. Ce qu'elle fit. Elle ferma tranquillement les yeux. C'était fini.

Son compagnon s'effondra en pleurant sur elle. Je lui effleurai le dos pour l'apaiser, lui donnant toutes les capacités d'accepter ce terrible événement. J'étais atterrée. Que pouvais-je faire ?

Les larmes aux yeux, toujours à la contempler, je sentis une main se poser sur mon épaule avec tendresse.

Je levai les yeux. Eiirin était là. Tout son amour m'envahit, m'aidant à faire face à la situation. Mais pourquoi m'aimait-il à ce point ? Notre lien de sang me polluait de bien des façons, j'avais du mal à faire le point sur mes sentiments.

Quand je revins dans le moment présent, *Dernière Danse*(1) sortait des enceintes. Chanson poignante qui faisait écho à cette terrifiante catastrophe.

Kanine s'était mis en mode protection pour nous préserver, avec notre Senseï. Le restaurant était bouclé, personne ne pouvait entrer ou sortir. Eiirin me releva.

— Ça va aller, Ismérie ? J'ai besoin de tes capacités.

Mes capacités ?

J'avais été incapable de poser un sort efficace.

Je m'étais laissé envahir par la colère plutôt que de mettre tous les moyens au plus vite pour détecter ce toxique foudroyant.

Malgré tout, je hochai la tête pour lui assurer mon aide. Il pouvait me demander tout ce qu'il voulait, je le lui donnerais.

Les secours entrèrent... trop tard. Ils ne pouvaient

malheureusement que constater le décès.

Nos deux inspecteurs arrivèrent. Des policiers avaient bouclé la rue, empêchant les curieux de s'approcher.

Eiirin proposa immédiatement aux inspecteurs d'évaluer simplement les clients avant de les laisser sortir. Il leur assura qu'il ne manipulerait aucun humain. Nos deux inspecteurs se regardaient, sceptiques, ne sachant que répondre. Eiirin insista.

— Nous avons tous intérêt à résoudre cette enquête au plus vite. Cela fait déjà plusieurs meurtres sans que l'enquête avance.

L'inspectrice hocha la tête.

— Très bien, faites. Je vais noter leur nom avant leur départ.

Ils s'installèrent à côté de nous, coopérants.

— Sondons les clients avant qu'ils ne sortent, me chuchota Eiirin.

Ce dernier s'adressa calmement aux clients en leur expliquant qu'ils allaient pouvoir sortir, ils ne craignaient rien.

Les dîneurs semblaient totalement affolés. L'hystérie était retombée grâce à la béatitude que j'avais lancée autour de nous ; cependant, leurs yeux restaient terrifiés.

Eiirin écoutait leurs pensées et moi, j'évaluais leurs émotions, nous pouvions détecter plus ou moins de choses.

Eiirin fit signe aux inspecteurs que les clients pouvaient sortir.

— Très bien, annonça l'inspectrice. Sortez un à un calmement et montrez-moi une pièce d'identité.

Ils passèrent donc devant nous un à un avant de sortir. Nous captions tout ce que nous pouvions sur leur passage.

Pour ma part, je vis que terreur et désolation régnaient

parmi eux. Eiirin, entendant mes pensées, me fit signe qu'il n'avait rien détecté non plus. Je ne savais pas ce qu'il pouvait entendre clairement.

Les inspecteurs notaient l'identité et les coordonnées des clients. Ils en avaient pour un moment.

Les secours s'occupaient d'emmener la victime et son compagnon.

Nous nous tournâmes vers l'ensemble de notre personnel humain et vampire. Il y avait fort à parier que l'un d'entre eux avait empoisonné cette cliente, mais lequel ?

Une garde rapprochée autour de nous avait grandi pour que nous puissions nous occuper des employés.

Eiirin était concentré. Je le sentais. Mes fourmis s'agitaient à côté de lui, sentant son champ électromagnétique se déployer. Elles voulaient le rejoindre pour communier avec sa puissance. Je les exhortais au calme.

Je sentis Eiirin sourire. Il savait qu'il me déstabilisait. Il fallait croire que ça l'amusait.

Je me concentrai, envoyant mes fourmis à mes pieds, d'un signe de main, comme si je les poussais vers le bas. Kanine grommela à côté de moi. Il devait lui aussi sentir mes pouvoirs se déployer et diminuer mon lien de sang temporairement.

Je fermai les yeux. Kanine se rapprocha encore et frôla mon bras. Il souhaitait que je me sente totalement protégée afin que je puisse exercer mon pouvoir en toute confiance. C'est ce que je fis.

Je traquais les émotions que je pouvais ressentir. Je faisais très attention à n'en projeter aucune pour ne pas influencer nos employés. Nombreux étaient ceux qui avaient peur. Ils s'épiaient les uns les autres, conscients qu'il y avait un coupable parmi eux. Beaucoup d'affolement dans l'assemblée, mais aussi de la colère, de l'injustice...

On me mit une feuille dans les mains. J'ouvris un œil et compris immédiatement que c'était la liste des prénoms de chaque personne. Eiirin avait la même feuille que moi. On nous tendit aussi un crayon. Ils devaient donc avoir pour consigne de ne pas bouger.

Okkaayyy... Je repris mon investigation mentale et émotionnelle. Je notai simplement ceux qui ressentaient le plus de peur, de colère, de perversité ou de cruauté. Il aurait été bien plus facile de les manipuler tous pour que le coupable se désigne. Mais hormis lors des missions commandées, Eiirin nous l'avait interdit et nos deux inspecteurs nous observaient.

Quand j'ouvris les yeux, ces derniers nous examinaient, ne sachant pas trop s'ils devaient cautionner tout ça. Ils sentaient bien que nous utilisions une partie de nos dons.

Notre Senseï demanda à ses vampires de le rejoindre dans la cuisine. Ils n'étaient pas nombreux. Pour eux, il n'y avait pas de promesse à tenir. Je savais que grâce à son lien de sang, il les manipulerait pour découvrir peut-être de nouveaux éléments.

Je restai avec les inspecteurs. Ils souhaitaient commencer à interroger les humains. Nous organisâmes un coin du restaurant.

Eiirin revint rapidement en me faisant « non » de la tête. Mince. Il n'avait rien découvert. Ses vampires le suivaient comme des canetons derrière leur maman, totalement groggy, les yeux dans le vague. Ils reprenaient tranquillement leurs esprits.

Notre Senseï demanda à participer à l'interrogatoire. L'inspectrice allait refuser quand je sentis une pointe de manipulation de notre maître pour convaincre nos deux policiers. Alors, lui aussi, parfois, ne suivait pas le règlement ? Je rangeai ça dans un coin de ma tête.

Les restes du dîner de la victime avaient déjà été emportés pour analyse, mais nous savions que rien ne serait trouvé, hélas.

Et le défilé commença. Les vampires avaient fait deux lignes de défense en se mettant dos à dos. Certains étaient tournés vers l'humain interrogé, les autres vers ceux qui attendaient. Avant de rejoindre Eiirin et nos inspecteurs, chaque personne était fouillée pour que l'on fût sûr qu'elle ne cachait ni arme, ni pieu. Vu où nous en étions, nous nous devions de rester extrêmement vigilants.

Tout humain, non charmé par un vampire, pouvait mentir comme un arracheur de dents. Je n'entendais pas les questions d'Eiirin. Je le voyais simplement prendre des notes, très concentré sur les paroles et les pensées qu'il entendait.

Les inspecteurs posaient aussi régulièrement des questions. Ils semblaient avoir totalement repris leurs esprits et se comportaient naturellement.

Pour ma part, je devais comprendre pourquoi mon sort d'éloignement de nos ennemis n'avait pas fonctionné.

Je décidai d'appeler Aveline pour échanger avec elle et tenter de comprendre. Elle était la seule avec qui je pouvais en discuter. Mais elle ne répondit pas.

Déçue, je souhaitai me poster devant notre restaurant pour détecter ce que je pouvais. Je fis part de ce que je m'apprêtais à faire à Kanine. Mais ce dernier se braqua tout de suite. Il m'interdit de sortir, ayant peur qu'il y ait du danger dehors. Dégoûtée, j'insistai tout de même. Je devais me rendre utile. Il soupira en grognant, s'approcha d'Eiirin pour lui demander son avis. Notre Senseï avait dû lui passer des consignes très strictes.

Mon amant l'écouta, puis leva son regard vers moi pour planter ses yeux dans les miens. Il voulait s'assurer que je ne ferais pas de bêtise. J'acquiesçai pour lui faire comprendre que je serais le plus raisonnable possible... Enfin, selon mes valeurs à moi. C'était ça qui clochait souvent entre nous et faisait monter la colère. Nous n'avions pas la même échelle de valeurs concernant la raison. Il accepta et c'est en pestant que Kanine et une flopée de gardes m'accompagnèrent dehors.

J'arpentais le bitume devant la vitrine du restaurant, songeuse. Pourquoi ça ne marchait pas complètement ? J'avais vu des piétons obligés de traverser pour ne pas sentir la nausée, d'autres dans l'impossibilité de pousser la porte.

Alors, quoi ?

Y avait-il encore un sorcier ou une sorcière là-dessous ?

La descendance de ma sœur, Lucien, était définitivement morte. Mais d'autres sorciers vivaient plus ou moins incognito, même s'ils n'étaient pas légion. J'entendis Kanine grommeler je ne sais quoi, mais je préférai l'ignorer et le laisser à ses propres frustrations.

Je m'arrêtai face au bâtiment. Je fermai les yeux, me centrai, me connectai à ma magie.

Kanine se tut... enfin.

Une fois consciente de mon pouvoir, j'évaluai le sort que j'avais posé en début de nuit. Il était bien là. Je voyais bien ma magie blanche scintiller de bas en haut, sur toute la hauteur du bâtiment. Cela dépassait même un peu le restaurant. J'espérais que nos chers voisins n'étaient pas anti-vampires, sinon cela allait leur compliquer la vie. Je haussai les épaules avec nonchalance : tant pis pour eux.

J'ouvris à nouveau les yeux, dans l'incompréhension totale.

Mon téléphone sonna. Enfin, Aveline m'appelait.

— Salut, Aveline, je suis très heureuse que tu m'appelles. Comment vas-tu ?

— Très bien. J'étais avec Miguel, dit-elle, hésitante.

Mmmm... Comment devais-je prendre ça ? Incertaine, je lui demandai :

— Et... C'est bien ?

Je l'entendis sourire immédiatement.

— Oui, c'est bien !

J'étais soulagée du son de sa voix.

— Très bien, alors. Mais s'il se comporte mal avec toi, dis-le-moi.

— Oui, ne t'inquiète pas. Je suis une grande fille et je ne manque pas de ressources. Et toi ? Comment ça va ?

— Tu le sais peut-être par Miguel ou les infos, mais nous avons des humains qui meurent Aux Mets Verts régulièrement.

— Oui, je sais tout ça. C'est bien triste. J'ai posé des sorts de protection sur les Mets Verts de Biarritz. La clientèle a un peu baissé, mais nous n'avons pas eu de nouveaux graffitis.

— Tant mieux, c'est une bonne chose. Fais bien attention à toi et à Emma.

— Oui, oui.

— J'ai posé un sort de protection sur nos deux restaurants de Paris. J'ai observé des humains incapables de pousser la porte ou obligés de traverser. Mais malheureusement, ça n'a pas suffi. Une cliente est morte dans mes bras ce soir.

— Oh, je suis vraiment désolée. Cela m'attriste, autant de méchanceté.

— Mon sort est toujours en place. Je ne comprends pas pourquoi il n'a pas complètement fonctionné.

— Tu le vois ?

— Oui, il est toujours là. Est-ce que quelqu'un pourrait être immunisé ?

— Oui, tu sais bien que oui. En recourant à la magie, par exemple.

Cela confirmait mes doutes et ça ne m'arrangeait pas.

— Il pourrait y avoir une autre forme de protection que la magie ?

— Que veux-tu dire ?

— Je ne sais pas trop. J'essaie d'explorer toutes les pistes.

— Dans l'absolu, je suis convaincue que tout est possible, répondit-elle sagement.

— Aurais-je oublié quelque chose ? Ça faisait tellement longtemps que je n'avais pas fait ça !

— Eh bien, tu dois te connecter à ta magie, bien la mobiliser, poser le sort avec ton pouvoir de l'intention et le verrouiller. Comme tu as observé des humains repoussés par ton sortilège, on peut supposer que ça s'est bien passé.

— Je ne suis pas sûre de l'avoir bien verrouillé. Je me suis arrêtée quand j'ai senti qu'il était bien en place et qu'il y avait des réactions autour de moi.

Manu avait systématiquement éternué et Kanine avait grommelé plus que d'habitude. Étaient-ce de bons signes ? Bien malin qui pouvait le savoir et d'un seul coup je me sentis plutôt bête de me lancer dans des trucs que je ne maîtrisais pas. Totalement démunie, je repris la parole.

— Eh bien, j'ai fait mon possible. Dommage que tu sois trop loin pour évaluer ce que j'ai fait.

— Quand je t'ai fait le soin, Ismérie, j'ai constaté que ta magie était puissante. Prends confiance en toi. Tu n'es bridée que par les limites de ton imagination.

— Si tu le dis !

Je ris. Elle aussi.

— Je dois te laisser, Ismérie.

— Ça m'a fait plaisir de t'entendre.

— Moi aussi. Je vais réfléchir à ton problème et je te rappelle dès que possible.

Nous nous embrassâmes et je rangeai mon téléphone. Je soupirai. J'avais tout de même bien jeté un sort. Mais lequel exactement ?

Finalement, je regardai nos employés sortir un à un après l'interrogatoire d'Eiirin, même si nous ne devions pas l'appeler comme ça. Ils franchissaient la porte, heureux de ne pas s'être fait mordre par le croquemitaine.

Cependant, un homme sortit précipitamment en se pinçant le nez. Je récupérai vite fait le papier du personnel de ma poche et frappai le plus doucement possible à la vitrine pour attirer l'attention du gérant. Je souhaitais savoir qui était cette personne. Je lui montrai donc à travers la vitre mon torchon gribouillé. Je notai ses indications.

Les autres continuaient de franchir la porte du restaurant. Jusqu'à la dernière, qui se plia en deux sur le perron comme si elle avait une crampe.

— Ça va ? demandai-je.

— Oui !

Puis elle décampa. Le gérant nous observait. Il m'indiqua immédiatement son nom. Au point où nous en étions, toute piste était bonne à prendre.

J'entrai de nouveau pour rejoindre Eiirin. Je l'avais rarement vu aussi blasé. Même s'il donnait parfaitement le change, vêtu de toute l'apparence de calme et de maîtrise dont il était capable, mes fourmis m'indiquaient toute l'impuissance qu'il pouvait ressentir et tout le désir qu'elles avaient de le consoler. Ce n'était pas gagné pour reprendre le contrôle intégral de ma vie. En attendant, ça m'annonçait une belle fin de nuit en perspective.

Pour l'heure, notre Senseï finissait de conclure avec nos inspecteurs. C'était rassurant de constater que ces derniers n'étaient pas affectés par mon sortilège de repoussement. Ils étaient donc bien sincères en voulant résoudre les affaires des vampires.

Cependant, je demeurais inquiète : les empoisonnements se rapprochaient, je craignais que ça ne soit l'escalade.

Le lendemain, j'avais un long message vocal d'Aveline, m'annonçant qu'un membre du personnel des Mets Verts de Biarritz avait carrément démissionné. Miguel avait déjà de sérieux doutes sur cette personne. Il avait reçu des résultats d'investigations qui le confortaient dans l'idée de redoubler de vigilance. Un réseau anti-vampires était en train de se monter sur Biarritz. Les autorités avaient été informées dans une certaine mesure, les vampires ne manquant pas de ressources. Des surveillances... illégales étaient organisées en parallèle. Les systèmes de sécurité avaient monté d'un cran et tous les mots de passe avaient été changés. D'ailleurs, un tri avait été fait de nouveau dans le personnel de sécurité. Chacun avait été manipulé par Miguel et ensorcelé par Aveline pour assurer son allégeance. Rien moins que ça !

J'étais sidérée de la place qu'avait prise ma descendance dans les affaires des vampires. Cela me faisait chaud au cœur et en même temps m'inquiétait terriblement. Je ne voulais pas que l'on s'en prenne à elle. Malheureusement, ma lignée était fragile.

J'étais la seule vampire éveillée. Je la remerciai de toutes ses informations. Je ferais écouter tout ça à Eiirin dès que possible.

Puis je laissai un message à Miguel, lui assurant que je respectais ses intentions envers Aveline. Je n'avais pas de doute sur leur noblesse. Par contre, je le suppliai de mettre en place une protection pour Aveline et Emma. Il ne me restait plus qu'elles.

Je me mis toute seule une grande claque mentale

quand je fis le constat que je me comportais en maître, exigeant des mesures sans leur demander leur avis.

(1) Chanson d'Indila.

13 – Cachotterie

Pour une fois, j'étais là au réveil d'Eiirin. Je faisais tranquillement du yoga face au lit, le guettant. J'avais senti son champ électromagnétique augmenter. Il allait se réveiller d'ici quelques instants.

Dès qu'il ouvrit un œil, je lui sautai dessus.

— Que me vaut l'honneur de ta présence à mon réveil ?

Je lui fis un sourire éblouissant, prête à le taquiner. Mes fourmis étaient transportées de joie à l'idée de ne pas avoir quitté leur maître.

— Mon Senseï vaut bien que je lui tienne la main à son lever.

Je tentai de prendre un air faussement soumis mais échouai lamentablement. Eiirin enroula mes boucles autour d'un de ses doigts.

— Prends garde, je vais te prendre au mot. Je t'attacherai à ce lit et ne te libérerai qu'à mon réveil.

— Mais tu te rends compte que tu me paierais inutilement pour de nombreuses heures ? Je suis ton vampire le plus rentable en termes de volume horaire. D'ailleurs, je souhaite renégocier mon salaire. Je me suis largement fait avoir !

Eiirin rit. C'était rare. Son sérieux était légendaire. En même temps, depuis que je le connaissais, nous accumulions les attaques ! Je n'avais pas eu l'occasion de lui demander s'ils vivaient déjà dans une période de trouble avant mon arrivée à Paris.

— Je te paie déjà largement en sang, vu ce que tu me bois toutes les nuits !

Je me léchai les babines, mes crocs s'allongeaient rien que d'y penser. Eiirin le sentit immédiatement. Il redevint sérieux, tentant de dompter la soif qu'il avait de moi. Ah ! C'était donc réciproque. Je n'étais pas la seule à lutter contre cet appétit insatiable.

— Non, confirma-t-il à mes pensées.

— Mmmm... Je n'aime pas que tu m'écoutes sournoisement. Ferme tes antennes, immédiatement. Je veux rester libre de penser. Déjà que je me sens enchaînée à toi !

Mon beau samouraï rigolait de tous ses crocs.

— Et j'en suis très heureux. Dans le cas contraire, je sais pertinemment que tu te serais déjà sauvée. Nos sangs s'entendent divinement.

Je sentais bien que ça l'attristait de penser que j'aurais pu partir.

— Alors, tous ces échanges que tu m'offres, c'est une séquestration sanguine ?

— Oui !

Et il était hyper sérieux.

— Allez, levons-nous, dit-il en me claquant la fesse et me relevant. Assez flâné pour l'instant, je t'enchaînerai à ce lit dans quelques heures !

— Et la tendresse, bordel ?!

Je massais la fesse qui me piquait.

— Désolé, ça ne fait pas partie de mon éducation, déclara-t-il d'humeur espiègle.

— Mmmm... Je te le rappellerai dans quelques heures ! Passons aux choses sérieuses. Écoute ça !

Je mis le haut-parleur sur le message d'Aveline. Eiirin écoutait avec attention. Paris... Biarritz... Tout partait à vau-l'eau.

— Très bien. Je prends une douche et j'appelle Miguel.

Ah ! Rien de pire qu'un vampire amoureux ! On va au-devant d'ennuis !

Il me planta un baiser sur la bouche et disparut dans la salle de bains. J'en profitai pour me faufiler derrière lui, toute cette conversation m'avait donné faim.

Je retournai sur les lieux du drame de la nuit dernière avec mes Golgoths, sentant toute la puissance d'Eiirin circulant dans mes veines. Kanine me reniflait, un peu comme un animal. Je fronçai les sourcils. Il devait sentir le sang de son maître circuler en moi. Je m'écartai. Se rendant compte de ma réaction, il recula en grommelant.

Nous avions toujours le droit d'ouvrir nos restaurants, mais pour combien de temps ?

Je vérifiai mon sort avant d'entrer. Il était toujours là et toujours aussi fort.

— Je le sens, me dit Kanine.

— Ah ouais ?

— Mmmoé...

— Et tu sens quoi exactement ?

Ça allait lui faire beaucoup de mots à rassembler.

— Difficile à dire.

— Mais encore ?

J'attendais patiemment.

— Je sens comme un moment magnétique.

— Un quoi ?

— Tu sais, c'est le moment où l'aiguille est attirée par l'aimant. Je me sens comme attiré pour passer cette barrière. J'imagine que nos ennemis se sentent repoussés et qu'en plus, ça les rend malades tant qu'ils sont trop près.

— Incroyable ! Donc c'est bon signe !

— Mmmoé...

J'étais très heureuse, voire soulagée, que malgré tout, mon sortilège ait une certaine efficacité.

— Bien, alors entrons et voyons ce qu'il va se passer.

Ma garde rapprochée me suivit et nous nous postâmes de manière à bien observer sans gêner le service.

Nous étions tous très concentrés quand un homme se leva brusquement en se tenant la gorge.

Ça recommençait ! J'étais horrifiée. Ce coup-ci, je me précipitai sur lui, Kanine me retenant, car il ne voulait pas que je prenne de risque inutile. Comme je m'étais lancée, il m'arrêta quand je m'agenouillai auprès de la victime. Je fermai les yeux et la scannai immédiatement avec mes mains au-dessus de son corps. Une illumination me vint tout de suite.

Je savais ! Je connaissais ce toxique mortel.

Je me connectai à ma magie de sorcière, la fis grossir. La puissance d'Eiirin me permettait d'aller plus vite, plus loin, plus haut. Je déversai un tsunami de guérison sur cet homme au sol. Je me devais de tenter le tout pour le tout. Dans le pire des cas, sa mort serait accélérée. La victime cria de douleur. Sa respiration fut coupée, il virait au bleu.

Puis, d'un seul coup, je vis ses poumons inspirer, je sentis son cœur se relancer, son visage redevint rose. J'exultais. J'avais réussi à faire quelque chose, mais quoi ?

Je n'eus pas le temps de le découvrir : la vitrine du restaurant explosa sous des coups de mitraillettes. Je sentis quelqu'un s'effondrer sur moi. Une douleur effroyable jaillit dans mon bras. Ma chair explosa, le sang gicla. Manu glissa à côté de moi, mort. Kanine se jeta sur moi, nous faisant un rempart du corps de Manu. De nombreux clients tombèrent, des vampires aussi. Le sang giclait sur les murs, les tables, inondait le sol. Des rafales d'hémoglobine refaisaient toute la déco. Tout n'était que gémissements ou hurlements selon le degré de blessure ou de terreur.

Un bruit de moteur hurla. Le véhicule repartit en trombe. Kanine me traîna au sol comme il pouvait. Il paraissait blessé. Je gémis de douleur, d'horreur. Mon bras déchiqueté glissait lamentablement pour me suivre. Au prix d'un effort survampire, je l'attrapai avec ma main valide. J'avais peur de le perdre. Je ne savais pas si on pouvait rattacher un membre perdu.

Je pleurais lamentablement de souffrance mais j'avais la chance d'être sauve. J'étais terrorisée, incapable de réagir. Kanine me poussa dans un coin plus ou moins à l'abri. Il respirait difficilement et ne pouvait pas aller plus loin. Sa cuisse était en compote, sa chair éclatée. Il perdait beaucoup de sang. Ce n'était jamais très bon, même pour un vampire. Il sortit difficilement son téléphone, fit un simple code et le lâcha. En retour, un unique bip résonna.

— La cavalerie arrive, m'annonça-t-il.

Mes pleurs redoublèrent, mais de soulagement cette fois-ci.

Je l'aidai à comprimer sa blessure pour éviter l'hémorragie. Il perdait beaucoup plus de sang que moi.

— Appuie sur ta blessure, m'ordonna-t-il.

Je lui fis non et appuyai sur sa cuisse aussi fort que je pouvais. Il devenait livide. Le sang d'Eiirin me guérirait. Ce n'était qu'un mauvais moment à passer. Encore !

Le peu de gardes valides qui restait s'était posté devant nous. Beaucoup de victimes devaient encombrer le restaurant. Les sirènes hurlaient de plus en plus fort, signe que les secours arrivaient.

Eiirin arriva, majestueux. Je sentais son sang. La soif me prit à la gorge. Mes fourmis, furieuses, étaient impatientes.

— Thallium ! annonçai-je.

— Pardon ?

— Eiirin, le poison, c'est du thallium.

Il fit simplement un signe de tête et nous fit embarquer rapidement pour nous ramener à l'hôtel de Lauzun. Léo restait là à gérer la situation.

— Léonard, dis bien aux inspecteurs qu'Ismérie et Kanine pourront être interrogés dans quelques heures ou demain.

— Eh bien, Isie, tu n'es pas sortable ! Tu t'es encore mise dans un bel état, dit Léo en souriant tristement. Fais attention, si tu continues, notre Senseï va t'enfermer !

Je lui fis un petit sourire pitoyable en guise de réponse.

Kanine fut installé à l'avant avec notre chauffeur à crocs.

Eiirin se mit à l'arrière avec moi. Il inspecta ma blessure.

— Ce n'est pas joli ! Tu devrais garder une cicatrice.

C'était le cadet de mes soucis. La situation était dramatique et j'étais encore blessée. Je regardai mon bras à peine rattaché au reste de mon corps. J'avais perdu beaucoup de sang. Mes instincts bestiaux reprirent le dessus, faisant passer au second plan cet attentat. Ma gorge me brûlait, signe indéniable d'un besoin urgent de sang. Mes fourmis voraces me menaient la vie dure, sentant l'énergie vitale de leur maître à mes côtés. Mes crocs descendaient malgré moi. Je tentai de me retenir tant bien que mal. Mais je commençai à gémir devant la faim d'Eiirin qui me tenaillait. Ce dernier se mit à frémir contre moi. Kanine sortit son téléphone et nous brancha sur du metal. *Cum On Feel The Noise*(1) hurla dans nos oreilles. Il ne nous en fallut pas plus pour qu'Eiirin guide ma bouche vers sa carotide et que nos vampires à l'avant poussent des cris tels des bêtes. Je rugis de plaisir et enfonçai mes crocs dans Eiirin. Si je n'avais pas eu confiance en notre chauffeur, j'aurais cru que cette voiture m'emmenait tout droit vers l'enfer. Le sang d'Eiirin caressait ma langue, coulait à grandes goulées dans ma gorge. C'était un véritable enchantement. Je sentais l'excitation d'Eiirin. Il me caressait discrètement la poitrine. Nos cœurs se calaient dans un pas de deux que nous étions les seuls à connaître, battant à l'unisson. Puis tout s'arrêta. Je sentis du mouvement à l'avant.

— Ismérie, nous sommes arrivés.

Je retirai mes crocs, confuse, me léchant les lèvres dans un goût de trop peu. Je me sentis d'un coup honteuse de m'être laissée aller à un tel comportement. Je n'étais qu'une bête ! Eiirin m'aida à m'extirper de notre véhicule. Il m'accompagna dans nos appartements, me soutenant. Je me sentais complètement sonnée. Le mélange entre la blessure, le traumatisme et le sang d'Eiirin s'activant dans mes veines me donnait de drôles de sensations.

— David va commencer par examiner Kanine. Son état est pire que le tien et tu commences à te régénérer. Sacha va passer te voir.

J'acquiesçai simplement. Notre docteur vampire, David, était très efficace pour nous soigner. En même temps, il avait la tâche facile vu notre pouvoir de régénération. Je savais que Sacha, infirmière vampire, était en train de finir médecine. Je ne savais pas trop où elle se formait et comment elle avait pu faire son internat mais notre Senseï avait dû trouver une solution pour que cela soit possible.

J'étais à peine allongée quand Sacha arriva. Elle paraissait grande et vigoureuse. Je me sentais toujours chétive à côté d'elle, même quand je n'étais pas blessée.

— Alors, qu'est-ce qu'on a ? demanda-t-elle.

— Un bras, répondit sérieusement Eiirin. Je vous laisse. Je vais voir où en est Kanine et je retourne au restaurant.

J'étais affligée de voir ma bouteille de sang sur pattes s'éloigner de moi. Ça ne plaisait pas non plus à mes maudites fourmis.

Sacha était toujours d'une grande douceur. Elle examina mon bras sous toutes les coutures.

— Tu as une grosse partie à reconstruire.

Elle était très concentrée mais ne paraissait pas inquiète plus que ça. J'attendais sagement.

— Je vais te faire un pansement très lâche. L'hémorragie est terminée. Tu as déjà bu du sang ?

Je lui fis « oui » de la tête. J'avais honte d'avoir craqué dans la voiture. Pauvre animal que j'étais.

— C'est bien ! Le processus de cicatrisation est en cours. Reste calme. Les tendons et l'os sont à peine touchés. Tu vas tout reconstruire, mais tu devrais garder une marque un moment.

Elle m'aida à m'installer confortablement et alla aider David à soigner Kanine.

Bon, bah, je n'avais plus qu'à me reposer ou réfléchir… voire les deux. Eiirin m'avait plantée là. J'étais sûre qu'il s'était sauvé pour ne pas que je lui pompe une bonne partie de son sang. Pourtant, j'étais généreuse, je lui en aurais donné en retour. J'étais surprise qu'il n'ait pas pu résister pendant le trajet du retour. Quand j'y repensais, nous avions dû allumer un tel champ électromagnétique, à nous quatre, que notre véhicule devait émettre des éclairs. Je souris toute seule comme une imbécile.

Je savais maintenant que le poison était du thallium. Difficile à prouver puisqu'il était très volatile, mais nous avions une nouvelle piste. Nous pouvions peut-être nous renseigner en douce sur les acheteurs de ce type de produit. Je regardai ma montre. Une heure avait passé depuis que j'étais allongée. La nuit était loin de se terminer.

Me sentant mieux, je m'assis, testant ma forme. Délassée, je pouvais me lever. Mon bras blessé me grattait énormément. C'était le processus de cicatrisation, très désagréable mais redoutablement efficace. Il n'avait pas son pareil.

J'allai voir Kanine.

Il semblait rester peu de vampires à l'hôtel de Lauzun, cependant la sécurité était maximale. Je savais que toutes les ouvertures avaient été blindées dernièrement et les systèmes de verrouillage multiple étaient renforcés. Quand tout était fermé, nous étions comme dans un cercueil géant hermétique. J'avais cru comprendre que le mur donnant sur la rue avait été consolidé. Je ne savais pas comment car la déco intérieure semblait d'origine et le mur extérieur paraissait aussi vieux qu'il semblait l'être. Les vampires étaient très forts et le clan Duroy ne manquait pas de ressources.

Je frappai à la chambre de Kanine. J'attendis son grognement pour entrer et ouvris la porte.

Il était allongé, mal en point, deux grands gobelets de sang vides trônant sur sa table de nuit. Il était encore très pâle et très fatigué.

— Comment te sens-tu, Kanine ?

— Jamais senti aussi bien.

— Tu veux que j'aille te chercher du sang ?

Il me fit non de la tête.

— Une charmante vampire m'en a donné et j'ai bu ça.

J'étais soulagée pour lui.

— Ah ! Très bien.

— Ce n'est pas le sang d'Eiirin, mais tu avais déjà dû trop en boire quand il est passé me voir.

Il me taquinait, c'était bon signe.

— Désolée.

— Il m'a envoyé une jolie vampire en échange. C'est

toujours comme ça entre vous ? C'était terrible, ce que vous dégagiez !

Je rougis jusqu'aux oreilles. Je n'osais pas lui dire que finalement, ça avait été très calme par rapport à d'habitude.

— Mmmoé... Ne dis rien, surtout. Quand vous êtes ensemble, vous dégagez un champ électromagnétique phénoménal. Faites gaffe, vous allez faire griller les lampadaires du quartier !

— Tu as reçu un choc à la tête ?!

— Mmmon...

— Allez, fais-moi un peu de place à côté de toi que je me repose !

Il se poussa en grognant.

— Le poison est du thallium ! annonçai-je.

— Mmmoé... ?

— Ouais !

Il m'observait, surpris.

— Tu es forte !

— Merci.

— Qu'est-ce qu'on va faire ?

— Bonne question, dis-je en haussant les épaules. Faudrait qu'on trouve qui est le complice Aux Mets Verts.

— Mmmoé...

— Faudrait qu'Eiirin nous autorise à manipuler notre personnel.

— Mmmoé...

— Faudrait qu'on enquête sur les achats de thallium.

— Mmmoé...

— À quoi ça sert, hormis empoisonner les humains ? Ça doit bien avoir d'autres utilités ?

— Mmmoé...

— Ça t'arrive d'être en désaccord ?

— Mmmoé...

Je rigolai. Finalement, Kanine n'était pas un vampire compliqué !

Nous nous tûmes, regardant ses anges au plafond. Ses chérubins semblaient songeurs eux aussi, nous observant nous débattre dans nos combats pour la vie. Il y en avait qui semblaient même moqueurs.

Mon téléphone bipa. Je venais de recevoir un texto d'Eiirin.

Où es-tu ?

Chez Kanine.

— Eiirin arrive, dis-je à Kanine.

Je n'avais pas besoin d'avoir une réponse par texto pour savoir qu'il allait se précipiter ici. Il frappa et entra dans la foulée. Il fronça immédiatement les sourcils et soupira quand il nous vit tous les deux allongés côte à côte.

— Alors, on en est où ? demandai-je.

Il s'assit à côté de moi sur le lit.

— Dix morts et vingt-deux blessés, dont sept avec un pronostic vital engagé. Nous avons retrouvé une seringue par terre, dans la salle de service. Elle a dû tomber de la poche de notre empoisonneur. Peut-être du thallium et nous espérons trouver des empreintes. D'ailleurs, les empreintes de tout le monde ont été prises sur place cette fois-ci, vivants comme morts.

Il semblait désemparé. Je lui pris la main pour le consoler.

— Allez, viens, laissons Kanine se reposer.

— Mmmoé !

Nous abandonnâmes Kanine à son triste sort. Le jour allait bientôt pointer le bout de son nez.

J'avais besoin de me régénérer et Eiirin d'être consolé.

Le lendemain, nous avions confirmation du fait qu'il s'agissait bien de thallium. Les empreintes trouvées sur la seringue menaient à l'un de nos serveurs. Un que nous n'avions pas soupçonné. Nous étions même étrangement surpris. Le gérant du restaurant parlait de lui en des termes très positifs : poli, serviable, jamais un mot plus haut que l'autre. Dans toutes les enquêtes que nous avions faites sur notre personnel, rien n'était ressorti pour celui-ci.

Par chance, il n'était pas mort. Les deux inspecteurs qui enquêtaient sur nos affaires nous avaient autorisés à lui parler en leur présence, pendant qu'il était à l'hôpital. L'hiver jouant en notre faveur, nous avions rendez-vous avec eux le lendemain pour 18 h 30 à l'hôpital.

L'accusé était mal en point mais vivant. Ils nous informèrent aussi qu'il serait sous bonne garde.

Ceux qui avaient tiré avaient été retrouvés morts dans leur camionnette dans une impasse. Le tout avait brûlé pour faire disparaître un maximum d'indices. L'identité des assassins n'était pas encore connue. Un maximum de prélèvements avait été réalisé. Il n'y avait plus qu'à attendre de recevoir les résultats.

Nos policiers cherchaient à démasquer des ennemis pour trouver de nouvelles pistes. Eiirin leur rappela les difficultés rencontrées ces derniers temps avec les Merconi. Nous soupçonnions que l'explosion du laboratoire de sang empoisonné fût de leur fait, pour faire disparaître toute preuve de complicité. Il n'y avait pas eu de suite sur l'explosion du laboratoire et tout avait été malheureusement classé, tout comme les preuves que nous avions apportées. Je me sentais tellement triste et déçue que certaines grosses entreprises puissent se trouver au-dessus des lois. C'était consternant.

J'avais hâte d'aller rencontrer le suspect qui assaisonnait nos mets au thallium.

En attendant, je me penchai sur ce poison.

J'empruntai une tablette à Eiirin après le départ des inspecteurs et m'affalai sur son canapé. Il fronça les sourcils quand il vit ma position, mais s'abstint néanmoins de tout commentaire.

Je trouvai un certain nombre d'informations intéressantes, qui me donnaient des directions pour enquêter.

Le thallium était surtout utilisé pour éliminer les rats, mais aussi d'autres mammifères comme les lapins. Ce n'était pas trop un poison utilisé pour l'homme. Il était cependant parfaitement soluble dans l'eau, donc très facile d'utilisation. Par contre, cela signifiait aussi qu'il contaminait rapidement les eaux souterraines. J'étais choquée de lire que sa dose létale pour l'homme était de seulement un gramme. En fait, il remplaçait le potassium et bloquait les communications du système nerveux et les échanges cellulaires. Cela allait donc très vite et de manière irrémédiable. Une fois dans le sang, il devenait indétectable. Notre suspect avait décidé de l'injecter dans les aliments, mais il était aussi grave de le respirer ou d'être en contact avec la peau. Il ne restait plus qu'à savoir comment il se l'était procuré.

Eiirin m'avait donné l'ensemble des achats du serveur empoisonneur sur les derniers mois. Rien. Peut-être avait-il un autre complice ?

Je découvrais de nouvelles informations au fur et à mesure que notre équipe de vampires geeks déposait des données dans une boîte aux lettres électronique. Ils avaient réussi à trouver l'ensemble des acheteurs de thallium en France. Ces listes mettaient en évidence pas mal d'agriculteurs, probablement pour éliminer les rongeurs. Les noms de sociétés s'accumulaient au fil des pages, augmentant ma morosité. J'étais écœurée de tout ce thallium se promenant dans la nature. J'épluchai tout ça une bonne partie de la nuit en vain.

Totalement insatisfaite, j'allai me coucher. Mon bras allait beaucoup mieux. Il avait repris sa forme normale. Cependant, sa couleur était encore rouge. Je n'avais plus mal et les démangeaisons avaient cessé. Je dormais déjà quand Eiirin me retrouva.

Il était encore en pleine régénération quand je me réveillai. Je profitai du calme de l'hôtel de Lauzun pour prendre du temps pour moi.

J'accomplis mes rituels avec bonheur pour m'évader et revenir ici et maintenant, à un moment où finalement tout allait bien.

À peine les vampires réveillés, je partis avec Eiirin, Léo et des gardes du corps pour l'hôpital.

Nos deux inspecteurs étaient déjà sur place à nous attendre. Leur suspect avait avoué avoir utilisé le thallium, mais son discours et son attitude étaient extrêmement surprenants.

Ils nous invitèrent à entrer dans la chambre d'hôpital.

Un grand gaillard était couché. Il avait les traits tirés et un gros pansement autour de l'abdomen. Je n'allais pas le plaindre. Il l'avait bien mérité. Cependant, il paraissait calme et détendu et non angoissé de l'attente de son arrestation.

Eiirin commença à lui parler courtoisement.

— Bonsoir, je suis Eiirin Kinoshita, le propriétaire des restaurants où vous travailliez.

Notre ex-serveur posa les mains bien à plat sur les draps de chaque côté de lui, les doigts bien tendus. On aurait dit qu'il prenait une position de combat.

— Bonsoir.

Sa voix était neutre. Il ne semblait ni ému, ni contrarié de nous rencontrer ou de ce qu'il avait fait.

— Pouvons-nous connaître vos motivations ?

— Je ne souhaitais que sauver des humains.

— Sauver des humains ? En les tuant ?

— Oui, les sauver de vous. Des... vampires.

Son visage restait paisible, sans tension apparente. Seul son œil gauche s'était fermé un peu quand il avait prononcé « vampire ». Mais cela était peut-être dû à la fatigue. Son comportement insensible me faisait froid dans le dos. On aurait dit un robot.

— Des vampires ?

— Oui. Au moins, ceux qui sont morts ne seront pas saignés à blanc par des... vampires, comme celui de la chapelle expiatoire.

Quand il disait « vampire », il avait tout de même une espèce de tic. Il hésitait à dire ce mot et finissait par se mordre la lèvre et cligner de l'œil. Je me demandais s'il avait une maladie mentale.

— Pourquoi être venu travailler chez nous, alors ?

— C'est le moyen le plus sûr de trouver vos partisans. Je ne voulais pas tuer au hasard.

Je fis la moue : c'était une façon curieuse de voir les choses. Il souhaitait que nous pensions ses meurtres légitimes.

— Est-ce vous qui avez injecté le thallium dans nos deux restaurants ?

— Oui, c'est moi à chaque fois qui les ai sauvés. Je fais partie des serveurs polyvalents. Je vais où l'on me dit d'aller et c'est le hasard ou Dieu, je ne sais pas, qui guide ma main.

Ses mains étaient toujours posées bien à plat. Il n'avait pas bougé. Son corps restait parfaitement immobile, ses traits imperturbables face aux monstruosités qu'il racontait.

— Et vous aviez un objectif ?

— En sauver le plus possible, jusqu'au sacrifice de ma personne s'il le fallait. Ce n'est pas moi qui décide. Je suis en paix avec moi-même.

Autant d'horreur me donnait la nausée. Comment était-ce possible de dire des choses pareilles ?

Il paraissait entraîné. Globalement, il restait imperturbable face aux atrocités qu'il racontait. Comme s'il s'était préparé de nombreuses fois à raconter tout ça. Il s'était imaginé tuer jusqu'à son arrestation ou peut-être même sa mort. Il était fier de ses actes ! Au moins, les clients morts n'avaient pas été saignés par des vampires. Ils seraient finalement sauvés grâce à leur empoisonnement. Il essayait de nous avoir avec nos émotions pour se poser en tant que sauveur.

Je sentais tout le monde choqué autour de moi. Eiirin fit un signe de tête aux policiers et nous sortîmes tous. Il n'y avait rien de plus à ajouter.

En sortant de la chambre, nous étions tous secoués par cet échange. Un policier nous attendait et tendit un papier à l'un de nos inspecteurs. Ce dernier le déplia et nous annonça :

— Il est bien coaché par un mentaliste… depuis trois ans ! Tout était donc bien prémédité.

C'était pour cela qu'il avait été indétectable. Il avait simplement une haine contre les vampires et nos partisans. Il s'était fait faire un bon lavage de cerveau pour maîtriser son comportement et œuvrer en douce aussi longtemps que possible.

En rentrant, le gérant des Mets Verts encore ouvert nous annonça qu'il n'avait eu aucun client. Eiirin lui proposa de fermer et de mettre le personnel en congés payés en signe de deuil.

Nous avions besoin que l'enquête policière progresse et que nos propres investigations avancent pour communiquer à nouveau sur nos valeurs et faire revenir les humains. Ces restaurants étaient d'une grande importance pour nous. Ils étaient symboles d'alimentation saine, équilibrée, alliant le plaisir gustatif et une bonne santé. Nous voulions être des modèles dans ce domaine.

(1) Chanson reprise par Slade.

14 – Entourloupe

À la tombée de la nuit, nos deux inspecteurs étaient déjà là. Ils s'occupaient maintenant de l'ensemble de nos affaires si l'on pouvait appeler ça comme ça. Ils avaient été élus pour résoudre les enquêtes concernant les bêtes à crocs. Ils me semblaient impartiaux. L'homme, comme à son habitude, observait et la femme parlait.

Ils n'avaient pas avancé sur le meurtre de la chapelle expiatoire. Les vampires présents lors du crime avaient été très prudents. Nous étions vraiment convaincus qu'ils étaient plusieurs. Aucune empreinte relevée, hormis celles de la victime. À croire que tout le monde portait des gants. Les échantillons de sang concernaient uniquement le mort. Ce dernier était un commercial sans soucis, d'une trentaine d'années, qui travaillait énormément. Selon ses amis, il sortait régulièrement pour se détendre. Nous pouvions supposer qu'il aimait les sensations fortes pour s'être laissé entraîner dans un tel traquenard, dont l'appât avait sans doute été une belle vampire.

Les entretiens avec les membres du clan Duroy n'avaient rien donné. Eiirin et Léo avaient pris le temps d'échanger les paroles des uns et des autres. Quelques sons de cloche différaient. Mais rien d'important.

Par contre, nos inspecteurs avaient identifié les cadavres dans la camionnette brûlée. Ce n'étaient que de petits délinquants qui ne seraient jamais payés pour leur mission. Leurs armes, des kalachnikovs, étaient restées dans la camionnette. Ces dernières avaient été achetées au marché noir par ces mêmes délinquants. Leurs numéros d'identification étant rayés, ce serait difficile d'en savoir plus.

Ce qui était inquiétant, c'était que nos ennemis cherchaient à faire disparaître les témoins. Et nos inspecteurs nous le confirmèrent. Les tireurs avaient été liquidés. L'enquête ne donnerait malheureusement pas grand-chose.

Notre empoisonneur du restaurant, lui, avait survécu. Nous craignions pour sa survie. En même temps, il ne serait pas d'une grande aide vu son état d'esprit et la maîtrise de son mental. D'ailleurs, la police nous informa qu'il plaidait la folie sur conseil de son avocat. Nous étions certains qu'il convaincrait son jury.

Il nous restait à trouver le fournisseur de thallium pour avancer dans l'enquête et vérifier qui se cachait derrière tout ça. Même si nous avions une idée, nous n'avions aucune preuve. Et franchement, ça me faisait enrager. Nous ne pouvions que subir la situation... Enfin, pour l'instant.

Au clan Duroy, nous étions dans l'incompréhension.

Quelqu'un de suffisamment malveillant tuait des humains pour nous faire du tort alors que nous tentions de mener une existence paisible tout en aidant les humains à faire de meilleurs choix pour leur santé et leur survie. Évidemment, avoir un garde-manger mieux nourri nous assurait d'avoir de l'hémoglobine de meilleure qualité. Le sang pollué nous régénérait autant que le sain. Le goût, par contre, changeait considérablement. La saveur de la pourriture n'avait rien d'agréable, ce qui nous enlevait beaucoup de plaisir.

Finalement, depuis que je buvais le sang d'Eiirin presque toutes les nuits, je n'avais pas bu d'humain et je n'en éprouvais pas le besoin. Maxence l'avait accepté. Par contre, mon danseur, un autre donneur attitré, me demandait régulièrement par texto quand il aurait le plaisir d'être bu. Car c'était effectivement une grande source de plaisir pour mes humains.

Mmmm... Maxence avait un sang très sain, très savoureux. En y repensant, je me léchai les babines. Eiirin gronda, entendant mes pensées. Ce qui fit sourire Léo, devant mon air béat et celui plus renfrogné de mon amant. Léo connaissait mon goût en matière de sang. Les bouteilles, les poches, les verres et les gobelets n'étaient réservés qu'aux périodes de famine pour moi. Rien de tel qu'une bonne veine gorgée de sang pur. Pour toute réponse, je leur fis un petit sourire penaud et un haussement d'épaules. Je n'étais qu'une vampire après tout. Je rassurai mentalement mon Senseï sur le fait que je n'avais jamais bu de meilleur sang que le sien. Ça faisait fayot, mais c'était vrai. Son sang était un nectar divin.

Je m'étais laissé distraire en pleine réunion avec nos inspecteurs et prendre en flagrant délit par mon employeur. Pfff... C'était la honte. Sans doute mes instincts de prédateur, une petite faim, un besoin de plaisir ou de sensation forte ?

Quand je revins ici et maintenant, nos inspecteurs nous avouaient ne rien avoir trouvé sur le thallium. J'espérais que, de notre côté, nous aurions de bien meilleures nouvelles.

Après leur départ à tous, je restai avec Eiirin. Le temps qu'il s'installe derrière son bureau, je me précipitai pour lui piquer les enveloppes posées dessus. L'équipe de jour nous avait peut-être remis des résultats d'enquête.

— Ne te gêne pas ! Tu veux peut-être devenir ma secrétaire particulière en titre ?

— Tu me laisseras regarder tout ton courrier ? demandai-je avec mon air espiègle.

Il m'observa attentivement, sans doute pour savoir comment il allait me manger.

— Pourquoi pas ? En ce moment, tu as tendance à éplucher mon courrier avant moi.

— Eh bien, tu n'as qu'à te réveiller encore plus tôt !

— Tu as remarqué que je me réveille plus tôt ?

— C'est vrai ? demandai-je distraitement en épluchant les enveloppes.

Eiirin me les prit toutes des mains pour attirer mon attention. Il était d'un coup très sérieux.

— Oui, c'est vrai. Je me réveille pendant le crépuscule. Bien avant le coucher du soleil, Ismérie !

Je le regardai, ahurie. Les battements de mon cœur s'accéléraient. C'était effectivement incroyable. Le cœur d'Eiirin s'accorda au mien. Je sentais le sang pulser dans ses veines. Tous les vampires ne se levaient normalement qu'une fois le soleil couché. C'était pour cela que certains s'installaient dans des régions où les nuits étaient beaucoup plus longues même si le climat était moins clément. Par contre, en se régénérant moins d'heures, ils étaient souvent moins puissants. À ma connaissance, j'étais la seule à ne pouvoir dormir que huit heures et à être autant en forme.

— C'est incroyable, Eiirin. Tu penses que c'est mon sang ?

Il hocha la tête.

— Et tu as senti du changement à l'aube ?

— Oui. Quand nous prenons de l'âge, il est courant de nous éteindre à l'aurore même si nous ne pouvons pas nous exposer. Je m'endors maintenant à l'aube !

J'étais vraiment émue pour lui. Il devait être galvanisé par ses changements même s'il restait imperturbable en apparence. J'observai mes fourmis en train de s'exciter de joie à l'idée que le temps que leur maître gagnait était du temps à partager avec lui.

— As-tu testé la lumière du jour ?

— Hélas, je ne peux pas m'exposer. Mais depuis que nous nous consommons toutes les nuits, de subtils changements s'opèrent en moi. Donc, je ne perds pas espoir, dit-il avec un clin d'œil, car je compte bien te boire pour l'éternité ! As-tu senti des différences, Ismérie ?

Pour l'éternité ?! L'affolement me gagna... puis l'excitation.

Nous nous observions tous les deux, nous évaluant pour détecter des indices que l'autre n'aurait pas vu. J'étais captivée par ce qu'il me disait. Je sentais son sang extrêmement puissant, mais le mien semblait l'être tout autant finalement. Et l'alchimie résultant de cette fusion avait de quoi nous enflammer.

Je haussai les épaules.

— À bien y réfléchir, les changements sont minimes pour moi. Je dois être probablement plus puissante. Mais c'est subtil. Et je me régénère plus vite en cas de blessure. Mais cela faisait tellement longtemps que je n'avais pas été blessée à ce point, c'est peut-être ma mémoire qui me fait défaut.

— Je suis sincèrement désolé pour tout ce que tu as subi depuis que tu nous as rejoints. Mais en même temps, je suis tellement heureux que tu sois venue à Paris. Tu as mis du piment dans ma vie, c'est sûr. Tu m'as ouvert des perspectives sur des émotions que je ne pensais pas ressentir un jour.

— C'est-à-dire ?

Il réfléchit un moment.

— Pour tout dire, tu m'offres beaucoup de tendresse et de câlineries. Je n'ai pas été élevé comme ça et je n'avais jamais connu ça. Et nos ébats sont passionnés à un point que je n'aurais pas pu imaginer.

— Pourtant, tu as eu Etsuko ?

— Etsuko est japonaise. Elle a été éduquée pour distraire ses clients ou son Danna. Elle n'a pas grandi avec des démonstrations affectives, elle non plus. L'éducation des geishas est très dure.

— Mais tu as bien eu d'autres maîtresses.

Il eut un petit sourire satisfait.

— Bien sûr ! À mon âge, c'est impossible autrement !

Il s'arrêta net pour m'observer comme une expérience scientifique incompréhensible. Je voyais les rouages se mettre en place dans sa tête et devinai sa prochaine question.

— Mais toi, Ismérie, tu es magnifique. Comment se fait-il qu'aucun vampire ne t'ait courtisée ? Tu es restée abstinente longtemps si j'ai bien compris ?

— J'ai eu un amant humain pendant vingt ans. Je suis restée avec lui jusqu'à sa mort. Mais je le charmais tellement qu'il ne savait pas que j'étais vampire. Cela remonte à si longtemps. C'est grâce à Pavlin que je suis encore là et que je suis devenue ce que je suis. Après, ma vie a été un désert sentimental. Je n'ai jamais pu faire confiance aux vampires que je rencontrais. Bien sûr qu'ils étaient très attirés. Même si je me sens comme une demi-portion, je suis consciente d'avoir certains charmes. Le problème survenait systématiquement quand ils se rendaient compte que je pouvais sortir au soleil. Certains ont essayé de m'exterminer, m'accusant d'être un démon. Mon salut était toujours dans la fuite. Alors, j'ai évité les vampires autant que possible. Tu as pris de gros risques, Eiirin, avec moi. Comment cela se fait-il ?

— Eh bien, tu ne me paraissais pas être une menace ! Même si j'ai su tout de suite que ta magie vampirique était puissante. Tu devenais un sacré atout pour mon clan si tu voulais bien rester avec nous. Et puis, je dois bien avouer que j'avais sacrément envie de te croquer. Tu n'imagines pas ma déception quand j'ai dû attendre une nuit de plus pour sceller notre accord. On ne m'avait encore jamais fait ça !

Je lui fis un clin d'œil espiègle. Je me sentais totalement dépassée par ses aveux. Que devais-je en penser ?

Comme je n'aimais pas me torturer l'esprit, je revins aux nombreux problèmes du moment.

— Et si on revenait à ces satanées enveloppes ?!

Eiirin reprit de la distance et me regarda de haut. Un mélange curieux de scepticisme et de courroux se battait en duel en lui. Mes fourmis ruaient pour que je lui saute dessus afin de le rassurer sur toute la déférence que nous lui devions. Maudites fourmis ! Ce n'était pas en mélangeant le sang et le sexe que nous allions lui montrer tout le respect que notre maître méritait. Quoique ? Elles se comportaient comme de vraies chattes en chaleur.

Je pris une grande inspiration pour les repousser le plus bas possible, loin de mon cœur et de mon intimité. À mes pieds, là était leur place ! Mon amant savait que je contrôlais notre attache sanguine dans une certaine mesure. Mais il ignorait que c'était plus qu'éphémère. Et je ne comptais pas le lui avouer, donc je n'y pensais même pas.

Mon samouraï fronça les sourcils, sentant la facilité avec laquelle j'étais capable de reprendre le contrôle sur moi-même et sur notre lien de sang. Irrité, il poussa un soupir, n'insistant pas sur son pouvoir. J'étais sûre qu'il pourrait me contrôler s'il le voulait vraiment.

— Bien sûr, répondit-il suavement.

Mmmm... Je ne savais pas s'il répondait à ma question concernant les enveloppes ou ma pensée sur son ascendance. C'était extrêmement dérangeant d'avoir un amant télépathe. Franchement, je le déconseillais.

Il me tendit la moitié du paquet. Nous nous assîmes face à face de chaque côté de son bureau, découvrant les enveloppes.

Elles avaient été ouvertes et triées par son secrétariat. Mince, il m'avait donné les factures. Je le soupçonnais de l'avoir fait exprès. Son ricanement me le confirma.

— Tu sais que c'est mal poli d'écouter les gens penser !

— C'est très distrayant de te capter. Tu me fais beaucoup rire.

Il n'avait pourtant pas l'air de rigoler. Il restait imperturbable en digne samouraï comme d'habitude.

Frustrée, j'attendais qu'il veuille bien me donner les informations nécessaires à la poursuite de mon travail.

— Tiens, je mets fin à ton supplice.

Je sautai sur les enveloppes. La liste des acheteurs en thallium était encore assez longue mais moins qu'avant. Nos enquêteurs avaient croisé un certain nombre d'éléments.

J'allai m'installer sur son canapé. C'était curieux, il avait gardé tout le mobilier baroque dans son bureau, sauf le canapé. Celui-ci était tellement confortable qu'il ne m'incitait qu'à me vautrer. Je tentai cependant de garder un peu de dignité. Mon samouraï n'était pas dans le vautrement, hormis dans son lit.

J'étalai toutes les feuilles sur la table basse. J'avais récupéré mon dossier avec l'ensemble des conclusions.

À force d'étudier mes papiers épars contenant les commandes de thallium et les fournisseurs de nos restaurants de Paris, mon attention fut attirée par un éleveur qui venait de se lancer dans le bio. Étonnant de constater qu'il commandait toujours autant de ce toxique. Ce n'était pas un moyen de lutte très écolo.

Du coin de l'œil, je voyais Eiirin m'observer

régulièrement.

— Tu te laisses distraire, Senseï. Reste concentré !

Sa réponse consista en un grognement de mécontentement.

Je pris une tablette pour en apprendre davantage sur notre éleveur. Avant de se lancer dans le bio, il travaillait pour une des entreprises agroalimentaires de Merconi. C'était peut-être un lien intéressant et qui méritait d'être creusé.

C'était dingue, tout ce que l'on pouvait trouver comme informations sur la toile. Qu'elles soient passées, présentes ou même futures, elles étaient là sous nos yeux.

J'allai voir où était l'exploitation de cet agriculteur douteux et vérifiai les implantations des bâtiments via les vues satellites et internet. J'en fis le tour grâce à la vision 3D. De nombreux bâtiments s'étendaient sur les plans. C'était une grosse exploitation. Avait-il autant de problèmes de rongeurs que ça ? Son chiffre d'affaires, consultable sur internet, était plutôt bon. Cependant, j'étais sceptique. Mon intuition m'indiquait que je devais aller voir de plus près.

Eiirin devait sentir mon inquiétude car il demanda :

— Que se passe-t-il ?

Je lui fis part de mes conclusions et du fait que je voulais rendre une petite visite demain dès mon réveil à notre fournisseur pour lui parler.

— Je n'y suis pas favorable. Kanine ne pourra pas venir avec toi. Il fera encore jour. C'est trop dangereux. Et puis je dois te trouver un nouvel humain pour assurer ta sécurité !

Je fis la moue, réfléchis un moment. Si nous ne tentions rien, nous n'aurions rien non plus. Évidemment, j'étais très triste que Manu soit mort. Je m'étais attachée à lui. Mais à mon âge, je m'étais habituée à la mortalité. Je réalisai soudain que l'apathie commençait à me gagner. Après la mélancolie, c'était notre deuxième maladie.

J'insistai tout de même.

— Ce ne sera qu'une visite de courtoisie. Je le charmerai si nécessaire. Et s'ils sont plusieurs, je les charmerai tous !

Je lui fis mon plus beau sourire, pleine de confiance. Il m'observait comme si j'allais me transformer. Mais en quoi ? Pas en chauve-souris, c'était certain.

— Ce n'est pas en toi que je n'ai pas confiance. Malgré tout, je ne suis pas sûr non plus que tu sois suffisamment prudente.

Eh bien, ça, c'était dit. Il était vrai que je n'avais pas non plus la zénitude d'un samouraï. Il avait grandi en apprenant à être dans le détachement, à ne jamais montrer ses émotions, à réfléchir aux meilleures stratégies et à se battre. En matière de stoïcisme, on ne pouvait guère faire mieux.

Moi, j'avais grandi un peu livrée à moi-même. Comme j'étais plutôt sage et boudais naturellement la magie noire, ma mère m'avait laissée expérimenter mes pouvoirs et n'en faire qu'à ma tête.

Ma vampirisation m'avait plongée dans la colère et la rancœur. Il m'avait fallu des dizaines d'années pour trouver l'apaisement. Ma rencontre avec Eiirin m'avait tout de même montré que je n'étais pas totalement guérie. Autant ma vie à Genève avait pu me convaincre que j'avais atteint le degré de sérénité recherchée, autant mes aventures avec ce magnifique samouraï m'avaient indiqué que j'étais loin de la sagesse de Maître Yoda.

— Malheureusement, Manu est décédé. Alors, je te l'accorde, j'ai besoin d'un autre garde du corps. Laisse-moi y aller tout à l'heure. Je serai prudente et je te promets d'être là à ton réveil.

Eiirin réfléchissait sérieusement à ma proposition. Je préférai me taire et ne plus rien penser afin de ne pas commettre de maladresse. Je me concentrai sur la petite gomme au bout de mon porte-mine pour ne pas laisser mon mental divaguer.

Il acquiesça simplement. Il se leva et appela Léo. Celui-ci devait organiser ma sécurité pour ma promenade.

Et c'en fut vraiment une. Nous avions un très beau soleil d'hiver. Je promenai Paul, mon nouveau garde du corps, dans mon roadster « eternal red ». Il était un peu à l'étroit et il boudait. J'avais dû ardemment le convaincre que JE conduisais. Il n'allait pas m'enlever mon plaisir. Cela faisait tellement longtemps que je n'avais pas piloté mon bolide et il me manquait.

La danse me manquait. Léo me manquait. Il avait perdu son ton taquin dans sa pénitence. Je ne savais pas trop comment il s'accommodait de sa punition et de son éveil spirituel. Je n'avais pas eu beaucoup de temps à lui consacrer dernièrement.

Et puis tous ces humains qui étaient morts dans la fusillade, cela m'attristait. Manu, mon ancien garde du corps, laissait une femme et des enfants. La colère montait en moi. Il fallait arrêter tout ça.

Pour l'instant, je profitais des routes de campagne pour aller rendre une petite visite à notre éleveur. Bien sûr, je ne l'avais pas prévenu. La chanson angélique *Bet Ain't Worth The Hand*(1) se déversait dans les enceintes pendant que mon garde du corps restait concentré sur la route. Je devais prendre soin de celui-là. Il semblait tout aussi dévoué et costaud que Manu. Il était même plus baraqué, mais il avait beaucoup moins de cheveux puisqu'il se rasait. Je le laissais ronchonner tranquillement pendant que je me concentrais sur les courbes et les chansons.

En arrivant chez notre éleveur, je me garai dans la cour. Un type en tenue de travail verte sortit immédiatement pour venir à notre rencontre. Paul était posté à côté de moi, prêt à passer à l'action. Je l'invitai à se détendre avec une once de magie. Ses épaules s'affaissèrent... Mission accomplie.

Plus notre éleveur s'approchait et plus j'étais inquiète de voir ses traits graves, ses cernes sous les yeux et ses tics nerveux. Je concentrai ma magie dans mon pouce afin de le mettre à mon diapason dès que je lui serrerais la main. Je voulais vraiment rester dans une visite de courtoisie de la part d'un de ses fidèles clients.

— Enchantée, Monsieur Charant. Je suis Ismérie Fleury des restaurants Aux Mets Verts.

Il se crispa davantage. Je lui tendis la main et il n'osa pas la refuser. Je le touchai avec ma magie et lui envoyai un charme de vérité pendant qu'il parlait.

— Ah ! Les restaurants des vampires. Enchanté, Madame Fleury. Que me vaut votre visite ?

— Vous n'êtes pas sans savoir que nous rencontrons des difficultés en ce moment ?

— Oui et c'est moi qui fournis le poison à ce serveur afin qu'il fasse ce pour quoi il est payé !

Monsieur Charant était totalement imperturbable. On aurait pu croire qu'il parlait simplement de la pluie et du beau temps. Paul écarquillait les yeux. Il avait la bouche grande ouverte. Pour le taquiner, je lui touchai le menton afin qu'il ferme la bouche. Il me jeta un regard totalement choqué. Moi, je me sentais totalement en confiance. Mon charme fonctionnait et notre interlocuteur n'avait pas du tout l'air d'être un ennemi.

— Je m'en doutais un peu, Monsieur Charant. J'ai vu que vous aviez fait une grosse commande de thallium ces trois derniers mois. C'est curieux pour un éleveur converti dans le bio.

— Vous avez entièrement raison. Les Merconi m'ont obligé à en acheter. Ils nous font chanter. Le fait que la loi sur le putrésherbant ne soit pas passée les a mis hors d'eux. Leurs gains ont encore diminué et c'est bien le seul truc qui compte pour eux. Alors, ils sont partis en guerre avec leurs anciens agriculteurs pour les reconquérir.

— Ils vous font chanter ?

— Chanter ? Oui ! Mais, pire, ils ont pris mon enfant. Ils ne nous le rendront que si nous leur obéissons. Mon épouse est morte d'inquiétude.

— Pourquoi n'êtes-vous pas allés à la police ?

— Ils ont menacé de le tuer. D'ailleurs, nous sommes très inquiets. Je ne connais pas le nom du serveur qui venait régulièrement chercher le thallium mais je sais qu'il s'est fait arrêter. Nous craignons pour notre enfant, maintenant. Les Merconi viennent cette nuit. Nous ne dormons plus. Nous vivons dans la terreur.

— À quelle heure viennent-ils ?

— Minuit ! Ils ne viennent que la nuit, tous phares éteints pour ne pas être repérés. Ils nous tirent du lit et nous traitent pire que des chiens.

Je réfléchis. Paul se contentait d'observer.

— Nous allons vous laisser, Monsieur Charant. Nous allons voir ce que nous pouvons faire.

Je lui tendis de nouveau la main pour lui retirer mon charme de vérité et l'invitai mentalement à oublier totalement notre visite et rentrer chez lui voir son épouse. Notre éleveur se figea quelques secondes, hagard, le regard totalement absent. Il fit demi-tour et partit sans rien dire.

Paul me regardait, sidéré.

— M. Kinoshita ne veut pas que vous utilisiez vos pouvoirs.

— Je sais, Paul. Cependant, il ne m'aurait rien dit si je ne les avais pas utilisés. La situation est suffisamment critique comme ça. Rentrons.

Il hocha la tête et nous montâmes en voiture.

— OK, mais ne faites pas ça sur moi !

— Promis ! répondis-je en lui faisant mon plus beau sourire et un clin d'œil.

Je poussai le moteur pour rentrer vite. J'avais promis à Eiirin d'être là à son réveil. Je devais donc me dépêcher. D'autant plus que j'avais désobéi. Non seulement j'avais pris ma voiture, alors qu'il me l'avait expressément interdit, mais en plus, j'avais charmé notre éleveur. Paul avait juré allégeance, il ne mentirait pas pour moi. Évidemment, mon amant me pardonnerait encore. Cependant, nos colères étant aussi passionnées que nos ébats, elles menaient souvent à des situations critiques.

J'arrivai juste à temps et courus dans nos appartements. Je m'allongeai et lui pris la main. Je sais, je faisais du zèle, mais des fois, il valait mieux mettre toutes les chances de son côté.

Il fut heureux de me voir là. Je l'embrassai puis je sentis son trouble. Il regarda nos mains.

— Ismérie, tu as fait des bêtises !

Ce n'était même pas une question. J'éclatai de rire devant sa clairvoyance ou ma transparence. Ce fut plus fort que moi. Mauvaise réponse de ma part.

— Et ça te fait rire ? Qu'as-tu fait ?

— Je suis là, Eiirin, et en bonne santé. C'est bien l'essentiel, non ? Et puis j'ai plein de choses à te raconter. La situation est critique. Nous devons intervenir.

Je lui racontai tout, sauf le fait que j'avais conduit mon roadster. Il ne fit aucun commentaire sur le fait que j'avais usé de charmes. D'ailleurs, il l'avait fait lui-même la veille. Il réfléchit un moment quand j'eus fini.

— Je convoque une équipe d'intervention dans mon bureau à 21 h. Tu en feras partie. Viens. En attendant, va voir comment Kanine s'est remis.

J'y allai de ce pas. J'avais de toute façon prévu de lui rendre une visite ce soir-là pour savoir s'il allait bien.

Je frappai à sa porte et attendis patiemment. Quand il m'ouvrit, il me fit un grand sourire et m'invita à entrer. J'en étais très contente.

— Tu vas bien, Kanine ?

J'étais une des rares à connaître son vrai prénom, Albert, mais je respectais le fait qu'il ne veuille pas que je l'utilise.

— Mmmoé.

Il n'avait pas gagné de mots.

— Es-tu assez en forme pour une petite expédition cette nuit ?

— Mmmoé... J'ai reçu le SMS de notre Senseï. J'allais faire un peu d'exercice et me nourrir.

— Très bien, alors je te laisse à tes occupations.

Je passai voir Léo pour prendre de ses nouvelles.

Je le trouvai très occupé dans son bureau. Il était en train de préparer l'intervention chez notre éleveur. Il me fit un mince sourire pour s'excuser et me tendit tout de même un papier. C'était le plan comptable des Mets Verts à Biarritz. Le chiffre d'affaires baissait. Les premiers mois avaient été exceptionnels. Depuis, cela diminuait très nettement. On pouvait même voir une cassure au moment où Aveline avait posé son sortilège pour repousser nos détracteurs. Nous allions devoir faire le point sur cette situation-là aussi. Au moins, nous savions les vampires Duroy à l'abri du danger. Mais pour l'heure, il y avait plus urgent. Je le laissai travailler.

J'allai dans ma salle de méditation pour me recentrer. Je ne savais pas trop ce que nous allions trouver cette nuit. Mais pour l'instant, je profitais du fait d'être ici et maintenant.

(1) Chanson de Leon Bridges.

15 – À tire-d'aile

Je m'étais changée pour enfiler une tenue de « mission ».

J'admirais le reflet de cette combinaison noire, thermorégulatrice, moulant mon corps. Sa souplesse incroyable me permettait de lever la jambe très haut sans aucune gêne, garantissant une liberté totale de mouvement. Et pourtant, elle paraissait extrêmement robuste.

Eiirin me l'avait déposée dans nos appartements. Je ne connaissais pas cette matière mais elle était très agréable à porter. J'avais des renforts au niveau des coudes, genoux, avant des cuisses, ventre, poitrine et une bonne partie du dos. Des mailles métalliques souples protégeaient mon cœur et mon cou contre les pieux et la décapitation. Tous les matériaux étaient très légers. C'était davantage une protection qu'une tenue de combat. Contre toute attente, notre Senseï s'était fait à l'idée que je ne deviendrais pas une guerrière. Même si physiquement je n'étais pas très forte, je courais très vite et pouvais sauter à plus de trois mètres, à condition évidemment qu'on ne me plombât pas d'une armure de dix kilos. Cette tenue était donc sur mesure à tout point de vue pour moi.

Mon charme vampirique et mon pouvoir de sorcière augmentaient de plus en plus mon potentiel. J'étais capable de charmer une trentaine de personnes à la fois, s'il le fallait. Quant aux sortilèges, je n'étais limitée que par mon imagination. Certes, pour l'instant, je n'allais pas très loin, ne pensant pas à utiliser cette partie de moi. J'avais perdu le réflexe. Je ne sentais plus la magie m'habiter en permanence comme quand j'étais pleinement sorcière. Ma rencontre avec ma lignée avait ouvert mon champ des possibles, mais la précipitation des événements à Paris m'avait empêchée de continuer à explorer mes possibilités. Mais après tout, j'étais immortelle, j'avais le temps de les découvrir.

Pour compléter ma tenue, j'avais des espèces de mi-baskets, mi-bottines noires. Elles avaient des semelles de chaussure de course, souples, et se laçaient jusqu'à mi-mollet. Un mélange de cuir et de textiles résistants les rendait très confortables.

Je coupai mes cheveux à peu près à hauteur des épaules pour pouvoir en faire une toute petite queue de cheval. Je ne voulais pas être gênée et laissais le moins de prise possible à nos ennemis. Si je survivais, demain soir, ma tignasse aurait retrouvé son intégralité.

Et là, je me sentis parée pour conserver mon immortalité.

Je continuai de me contempler dans le miroir avant de descendre. J'avais un look tout à fait *Underworld*. Les protections faisaient davantage ressortir ma poitrine. Ma taille paraissait fine mais mes cuisses semblaient bien plus musclées qu'elles ne l'étaient en réalité. Le col montait jusqu'à ma mâchoire, en corolle comme une fleur pour épouser mon cou et la forme de mon visage. Curieusement, ça ne gênait en rien mes mouvements. Je ne savais pas si j'avais l'air féroce, mais l'effet était assurément gothique.

Je descendis pour rejoindre le bureau de notre chef.

Le commando, restreint à une dizaine de vampires, attendait dans le couloir. Une seule femme parmi tous ces vampires mâles. Je me sentis moins seule au milieu de toute cette puissance gonflée à la testostérone. Toute l'assistance avait revêtu sa tenue de combat de cuir noir mettant en valeur sa musculature, hommes comme femme. Ils devaient tous avoir un abonnement à la salle de torture du sous-sol pour avoir de telles postures de combattants. Tous ces pectoraux anguleux me faisaient l'effet d'être une gringalette avec ma combinaison de surprotégée. Pourquoi n'avais-je pas hérité de toute cette masse musculaire vampire ? C'était vraiment trop injuste. Malgré tout, certains sifflèrent à mon arrivée. Je ne savais pas comment le prendre, vu que je ne me sentais déjà pas à la hauteur.

Un vampire s'approcha pour toucher mon bras.

— Elle est chouette, ta combi !

J'entendis le grondement caractéristique de Kanine pendant que la porte du bureau d'Eiirin s'ouvrait.

— Bas les pattes ! rugit mon amant. Entrez !

Le vampire, tout penaud, recula et baissa la tête comme un enfant pris en flagrant délit. Eiirin m'arrêta pour me regarder de la tête aux pieds d'un air appréciateur tout en vérifiant que j'étais bien protégée. Il tira sur la corolle qui protégeait mon cou pour vérifier qu'elle remplissait bien sa mission, puis il acquiesça et me poussa à l'intérieur de son bureau.

Léo était déjà là, magnifique. Entre ses boucles blondes et ses yeux bleus, je l'imaginais toujours débarquer avec un short de surfeur et une planche sous le bras. Mais bon, le cuir noir lui allait bien aussi.

Notre Senseï était splendide, comme d'habitude, dans sa tenue noire épousant son corps comme une seconde peau. Le voir comme ça éveilla la faim de mes maudites fourmis. Ses cheveux étaient parfaitement coiffés en man bun. Ses yeux sombres m'exploraient sous toutes les coutures, augmentant son pouvoir sur mes insatiables locataires. Je dus les réprimander mentalement pour revenir à notre sujet de préoccupation : sauver la famille de notre éleveur.

Eiirin et Léo nous exposèrent le plan. C'était simple. Nous nous approcherions de la ferme en voiture. Nous laisserions les véhicules à deux kilomètres pour ne pas éveiller l'attention. J'étais sceptique sur le fait que nos ennemis n'entendraient pas les moteurs. Puis, nous irions jusqu'aux bâtiments en chauve-souris. Bon, bah, pas moi évidemment, je n'avais pas hérité de cette particularité, mais j'avais des qualités non négligeables que d'autres enviaient. Nous ne savions pas exactement ce que nous allions trouver. Alors, Eiirin et Léo avaient décidé de laisser les armes dans les véhicules. Notre Senseï m'avait prévu un petit sac à dos très astucieux avec une vingtaine de shuriken. Il avait des ouvertures de la taille d'une main pour prendre facilement les armes bien accrochées. Ils avaient environ deux shuriken chacun. Personnellement, je ne savais pas m'en servir et ça m'allait bien comme ça. Je rassurai mon amant sur le poids à porter.

Aucun vampire ne semblait étonné de ma présence ce coup-ci. J'étais même reconnaissante qu'ils paraissent aussi rassurés. Leur déplacement en chauve-souris était très pratique mais une fois arrivés, ils seraient nus sous leur forme vampire. Je trouvais le choix assez curieux. Je comprenais cependant qu'Eiirin souhaitait préserver un semblant de sécurité à nos éleveurs puisque Merconi voulait les éliminer. L'effet de surprise serait total.

Nos armes étaient prêtes à faire feu, approvisionnées et chargées. Nous pouvions y aller.

Alors, je pris le sac à dos et nous partîmes dans la foulée pour rejoindre la campagne et la ferme de notre éleveur. Nous avions de gros 4x4 sept places, très spacieux, hybrides. Arrivés aux alentours de notre destination, nous passerions en mode électrique pour être le plus silencieux possible. Je comprenais mieux pourquoi personne n'était inquiet du bruit des véhicules.

J'étais avec Eiirin à l'arrière. Léo, Kanine, la vampire et notre chauffeur paraissaient tous plus redoutables les uns que les autres.

Kanine, à l'avant avec le chauffeur, en profita pour nous mettre une playlist motivante. Elle commença très calmement par *Wasting Love*(1) pour mieux nous surprendre sur la suite à venir. Puis le rythme s'accrut et la guitare électrique nous prépara au combat qui nous attendait.

Nous quittâmes la route pour emprunter les chemins qui menaient à la ferme. Un halo de lumière apparaissait à plusieurs kilomètres. Ce devait être notre destination. Nos trois véhicules éteignirent leurs feux et nos chauffeurs vampires continuèrent de progresser tranquillement avec leurs yeux de prédateurs. Nous étions tous nyctalopes. Une proie, quelle qu'elle soit, ne pouvait pas nous échapper.

Arrivés à destination, nos chauffeurs firent demi-tour, prêts à repartir. Je n'étais pas vraiment rassurée. Je ne savais pas trop ce qui nous attendait, mais je n'avais pas besoin de combattre. Je devais, cependant, être prête à appréhender ce qui se présentait et utiliser mes dons.

Nous descendîmes tous. Les trois chauffeurs resteraient sur place, prêts à rejoindre la ferme en moins de deux minutes avec les armes s'il le fallait.

Tous les autres vampires émirent un champ électromagnétique puissant qui me hérissa les poils, me tendant les muscles malgré moi. Et les combinaisons tombèrent par terre dans un bel ensemble.

Je resserrai les bretelles du sac pour qu'il épouse parfaitement mon dos pendant que nos chauffeurs commençaient à ramasser les tenues de nos combattants.

Je partis en trottinant en direction de la ferme. Les chauves-souris étaient juste au-dessus de moi. Je sentais leur excitation face au combat à venir. Nos instincts de prédateurs reprenaient leurs droits. C'était très curieux de les sentir voler autour de moi. Elles s'écartaient de temps en temps mais n'allaient jamais très loin. Une restait au-dessus de mon épaule. Je sentais que c'était mon amant. Son sang émettait de puissantes ondes et mes fourmis s'étaient localisées au plus près de lui.

Il faisait frais. Je sentais le vent sur mon visage. Mon corps se réchauffait et je sentais que ma combinaison commençait à réguler ma température. Ma fine musculature de danseuse me permettait de rebondir. Mes bottines-baskets épousaient parfaitement mes pieds comme avaient pu le faire mes chaussons de danse. Ma foulée était dynamique, aérienne, me donnant l'impression de m'envoler à tire-d'aile. Mmmm... J'avais hâte de voir mes chauves-souris reprendre forme. Ils allaient tous être nus, beaux comme des dieux, évidemment. La vampire aussi serait fabuleuse. J'étais cependant assurée de moins regarder. Une chauve-souris rua vers moi pour me mordiller l'oreille.

— Aïe, chuchotai-je.

Cela ne pouvait être qu'Eiirin. Même en chauve-souris, il entendait mes pensées. Pas de chance. Évidemment que j'allais le regarder lui en priorité. Je faisais la maligne, mais je me sentais stressée. Une tension s'était formée dans mon thorax et mes épaules étaient nouées. Je ne savais pas trop ce qui allait se passer et l'angoisse me faisait peut-être trop divaguer.

Deux chauves-souris éclaireuses étaient parties en reconnaissance pour faire un point de situation. Elles revenaient déjà et piaillaient autour de moi.

Des phrases mentales m'arrivèrent. Eiirin m'indiquait que je devais me diriger vers la ferme à gauche. La famille y avait été séquestrée.

Ça tombait bien finalement car ce bâtiment avait plusieurs ouvertures en hauteur. Mes chauves-souris pourraient entrer, sortir sans difficulté et se cacher facilement dans les ombres de la toiture afin d'analyser la situation avant de passer à l'action.

Quand nous arrivâmes aux abords de la grange, mes accompagnateurs volants prirent de la hauteur et pénétrèrent dans le bâtiment.

Une porte était entrouverte.

J'entendais un enfant pleurnicher et une femme gémir de douleur. J'étais inquiète de ce que j'allais trouver. Il fallait que je me concentre sur les autres bruits.

Je repris mes esprits, me recentrai, ouvris tous mes sens. L'odeur métallique du sang m'assaillit. Je m'enveloppai d'un voile d'invisibilité afin de pouvoir entrer en toute discrétion sans que personne ne s'intéressât à moi. Mon appréhension me submergeait. Je me sentais un peu dépassée par la situation mais je n'étais pas seule. Après tout, j'avais juste à charmer l'assistance et mettre à disposition les shuriken, afin que mes coéquipiers fassent le plus difficile.

Je pris une grande inspiration, m'emplis de courage.

Une fois parée, je m'approchai pour découvrir le spectacle.

C'était l'horreur !

Un petit garçon tout amaigri était par terre en train de pleurer.

Une femme, probablement sa mère, se faisait frapper et violer pendant que plusieurs hommes la tenaient. Pauvre femme.

Son mari ensanglanté, ficelé sur une chaise, regardait

ce sinistre spectacle d'un œil, l'autre étant fermé par sa paupière trop gonflée.

Merconi, que je reconnus immédiatement, parlait à notre éleveur d'une voix calme et posée. Son costume de soie noire moirée, taillé sur mesure, était totalement déplacé au milieu de toute cette violence. Il lui expliquait le prix à payer pour sa trahison, pendant que l'un de ses sbires frappait sa victime à chaque signe de son chef.

Un vampire, rallié à leur cause, s'amusait à brûler des brins de paille qu'il tirait des bottes entassées. Il était hypnotisé par le feu. La moitié de la grange était remplie de paille. Tout partirait en fumée avec les corps et les preuves.

L'odeur du sang activa mes sens de prédateur et fit tordre mon estomac. La colère monta en moi devant toute cette cruauté. Il fallait arrêter définitivement ces sadiques.

Je commençai à envoyer des vagues de magie pour les étourdir. Il n'était pas dans ma nature de faire du mal. J'allais cependant les arrêter pour que le clan Duroy leur règle leur compte. Mon don s'insinuait en eux, les engourdissant. Ils commencèrent à montrer des signes de faiblesse. Leurs mains lâchèrent leurs armes, qui tombèrent au sol. Ils ne parvenaient plus à maîtriser leur système musculaire.

Ma magie blanche scintillait pour les envelopper. Je mis la dose pour le vampire. Il était le plus dangereux. Quand ce dernier se rendit compte qu'il se passait quelque chose d'anormal, il planta ses yeux dans les miens, tous crocs dehors, prêt à bondir. Il m'avait découverte.

Une chauve-souris descendit à tire-d'aile sur moi pendant que les autres venaient se partager entre nos ennemis.

Un champ électromagnétique s'intensifia et Eiirin

apparut à mon côté, nu, dans toute sa splendeur. Kanine reprit son apparence juste à côté de notre ennemi à crocs. Je restai concentrée sur ce dernier et ne jetai un œil ni à mon amant, ni à mon garde du corps.

Je tendis mon bras à l'horizontale et mis ma main à la verticale lui jetant un sort d'immobilisation pour l'arrêter net. Eiirin et Kanine me regardèrent, surpris, pendant que notre assaillant était en équilibre sur une jambe, suspendu dans le temps, un pieu à la main, prêt à me l'enfoncer dans le cœur. Mes cheveux se hérissèrent sur ma tête pendant que je poussais un cri de bête féroce. Je restai totalement centrée sur ma magie ; mon immortalité en dépendait.

Eiirin réagit très vite. Il arracha le pieu des mains du vampire et le lui planta dans le cœur. Notre ennemi tomba en cendres à nos pieds. La combustion spontanée était redoutable et irrémédiable.

Le champ électromagnétique avait grossi et toutes nos chauves-souris avaient repris forme vampirique, chacune à côté d'un ennemi. J'avais sous les yeux une scène totalement invraisemblable. Quasiment chaque vampire nu tenait la tête d'un membre de l'équipe de Merconi, prêt à lui briser la nuque. Dans un ensemble parfait, un crac retentissant se fit entendre et ils tombèrent tous comme des poupées de chiffon, sauf leur chef. Merconi regarda autour de lui, interloqué. Il n'avait rien vu venir et tout avait été extrêmement rapide pour ses yeux humains. Il était le seul à avoir encore une arme à la main. Léo et la vampire le saisirent chacun par un bras et cette dernière le désarma en lui cassant les doigts. Merconi était dur au mal car nous entendîmes à peine son gémissement, pendant que ses genoux cédaient sous la douleur.

J'étais la seule à être vêtue parmi le clan Duroy : comme toujours, différente. Notre équipe avait fière allure, tout en muscles.

Merconi gardait son air bravache, ne voulant pas s'avouer vaincu.

La maman avait récupéré son petit pour le consoler, pendant que je détachais notre éleveur. Mon clan n'avait plus besoin de moi.

Je me sentais submergée par la haine de Merconi, tellement elle irradiait de lui. Eiirin s'approcha, tourna autour de sa proie, imperturbable, fier, enveloppé de toute sa prestance et sa droiture. Je sentais que sa justice serait terrible, ce soir. Il n'y aurait pas de demi-mesure. Mon samouraï ne faisait pas les choses à moitié. Il se devait de respecter son code d'honneur et ses valeurs.

Merconi commençait à ricaner.

— Alors, voilà cette bande de sangsues ! Vous ne me faites pas peur ! Je vous remettrai tous dans vos cercueils. Vous n'arrêterez jamais mes activités !

Eiirin l'observait sans rien dire, la tête penchée. Il devait l'évaluer, écouter ses pensées pour voir si elles reflétaient son discours.

Puis il bougea la tête en signe de négation. Le sort de l'homme était scellé. J'admirai son détachement. Le visage impassible, il prit son menton dans une main, sa tête dans l'autre, tourna d'un coup sec, puis lâcha. Merconi s'effondra à nos pieds, les yeux ouverts.

Notre éleveur, enfin libéré, rejoignit sa famille. Ils pleuraient tous les trois dans les bras les uns des autres. Je plantai mon regard dans celui d'Eiirin. Nous devions leur laisser le bénéfice du doute, nous ne savions pas à quel point ils étaient investis dans les affaires de Merconi. Ils avaient tout mis en œuvre pour sortir de l'industrie agroalimentaire en s'installant dans une agriculture biologique. Notre Senseï approuva d'un signe de tête mes pensées et marcha vers cette malheureuse famille à terre. Il posa délicatement la main sur l'épaule de l'éleveur. Ce dernier sursauta. La terreur sortait de ses yeux.

— Voulez-vous porter plainte ? demanda Eiirin.

Notre éleveur terrifié fit non de la tête.

Eiirin acquiesça. Ça arrangeait le clan Duroy. Comment expliquer aux autorités que nous avions fait justice nous-mêmes ?

— Nous pouvons vous aider à faire disparaître tout ça ! Êtes-vous prêt à vous séparer de votre grange et de tout ce qu'elle contient ?

Notre homme acquiesça simplement. Il était tellement choqué qu'il avait perdu la parole.

— Sortez maintenant, leur ordonna Eiirin d'une voix douce. Ismérie va vous accompagner pour vous soigner.

Eiirin me demanda mentalement de leur faire oublier tout ça.

J'acquiesçai, les aidai à se lever et les soutins pour aller chez eux.

Leur habitation était bien éloignée de la grange. Comme ils peinaient à avancer, j'eus le temps de voir notre clan empoigner les corps pour les balancer en haut des bottes de paille. L'un d'entre nous ramassait le briquet de notre ennemi tombé à terre. Ils allaient faire une belle flambée et s'arrangeraient pour qu'il n'y ait aucune preuve. Tout disparaîtrait. Il était étonnant de les voir exécuter les ordres d'Eiirin nu. On se serait cru dans une scène fantasmagorique. J'étais captivée par leur manière d'interagir les uns avec les autres.

Une odeur de brûlé me vint aux narines.

Notre éleveur fronça les sourcils. Je posai une main sur son épaule. Mon autre main était déjà sur sa femme. J'envoyai toute ma puissance magique pour commencer à les charmer. Les faire avancer tranquillement, sereinement pour rentrer chez eux. Leurs yeux devinrent troubles. Comme ils tenaient leur enfant, mon pouvoir vampirique l'atteignit aussi bien par leur contact que par mes ondes cérébrales. Ils commençaient à être groggy et marchaient comme des robots.

Nous allâmes dans leur salle de bains pendant que derrière nous, un brasier gigantesque illuminait toute la propriété. Je leur demandai de se laver. Ils agissaient telles des marionnettes. Ils se frottèrent les uns les autres consciencieusement dans leur douche à l'italienne immense pendant que je me concentrais sur leurs blessures. Je les gardais sous mon contrôle mental afin que leurs cerveaux se reposent et récupèrent de ce traumatisme. Et puis, je leur envoyai des sortilèges de guérison. J'étais parfaitement connectée à ma magie guérisseuse qui enflait dans mon ventre. Je la diffusais sereinement. Petit à petit, ils se redressèrent, étant de plus en plus alertes. Le visage de notre agriculteur commença à dégonfler, lui permettant d'ouvrir les deux yeux, maintenant.

Leur petit avait faim, mais n'était pas blessé. Ses parents, par contre, étaient salement amochés. Je canalisai ma magie sur leurs blessures internes et externes. Une fois qu'ils furent lavés, séchés, je les invitai à se mettre en tenue de nuit. Ils ne me regardaient même pas. Pour eux, je n'existais pas. Je leur demandai de nourrir leur enfant avant de se coucher.

Une fois cela fait, je les invitai à rejoindre leur chambre à coucher pour qu'ils s'allongent tous ensemble.

Je me sentais apaisée. Ils avaient retrouvé forme humaine. Leurs traits étaient plus doux, leurs corps détendus.

Je sentis qu'Eiirin m'avait rejointe. Mes fourmis gambadaient gaiement dans mon corps, sentant leur maître près d'elles. Mon amant posa une main sur mon épaule pour me soutenir dans toutes ces épreuves. Je nous sentais totalement en harmonie. Je laissai sa puissance m'envahir. Je fermai les yeux, me redressai, tout en gardant le contact avec nos victimes. Je sentais son énergie m'irradier, envahir chaque cellule de mon corps, chaque parcelle de mon esprit, tout mon être global.

Tous mes sens étaient parfaitement ouverts. Même les yeux fermés, je percevais tous les décors autour de moi alors que je ne connaissais pas cet endroit. Les ondes cérébrales que j'émettais me reflétaient tous les reliefs, les obstacles. J'avais peut-être un héritage de chauve-souris finalement. Je sentais toutes les odeurs familières de cette famille, de cette maison. En fond, un mélange de brûlé, d'élevage, une légère brise qui se levait... J'entendais les battements de leur cœur, le sang affluant dans leurs veines, le tic-tac de l'horloge dans la salle de séjour, les bêtes affolées que nos vampires calmaient en les charmant, la paille qui finissait de crépiter... Je sentais la chaleur de leur corps, le coton très doux de leur couette et les plumes qui la garnissaient. J'utilisai cette communion d'énergie harmonieuse que nous formions, Eiirin et moi, et je laissai déferler une dernière vague de guérison et d'oubli. L'élastique de mes cheveux cassa et ces derniers se dressèrent sur ma tête. Mon corps se redressa. Mes fourmis ardentes bouillonnaient de passion, sentant la flamme d'Eiirin. J'écarquillai les yeux devant toute cette énergie du cosmos qui me traversait.

Nos éleveurs se réveilleraient dans quelques heures pour appeler les assurances et déclarer l'incendie. Ils n'auraient que le vague souvenir de Merconi déposant leur enfant dans la cour et repartant dans la foulée.

Je laissai la vague se calmer, puis se dissiper.

Je me sentais totalement apaisée. Eiirin m'aida à me relever. Il m'embrassa délicatement sur le front.

— Ta magie est sensationnelle, m'avoua-t-il, émerveillé.

Nous partîmes main dans la main, heureux que les événements se soient bien terminés pour le clan Duroy et nos fournisseurs. Nous partions le cœur léger, satisfaits malgré les exécutions que nous n'avions pu éviter.

Nos vampires nous attendaient dans la cour. Ils avaient tous revêtu leur combinaison de combat, tout comme Eiirin. Je ne m'en rendais compte que maintenant.

Nous trottinâmes vers nos véhicules, où nos chauffeurs nous attendaient.

En passant devant la grange où le drame avait eu lieu, je découvris qu'il ne restait plus grand-chose. L'incendie avait été maîtrisé. Je ne savais pas comment, mais le clan Duroy était redoutablement efficace pour gérer un drame, faire disparaître nos ennemis et effacer toute trace. Plus loin, les bêtes étaient aussi calmes que leurs propriétaires.

Pour le chemin du retour, j'étais entourée d'une nuée de vampires très calmes.

Une fois en voiture, je choisis la musique. Je connaissais un album tout à fait adapté à la situation, qui permettrait à tous ces cœurs de retrouver la sérénité. Et c'est comme ça que *Cold Little Heart*(2) s'éleva dans la voiture. Les chœurs angéliques révélaient la douleur du chanteur sur une ambiance psychédélique. Cette chanson nous lava du drame de cette nuit. *Love & Hate*(3).

Arrivés à l'hôtel de Lauzun, nous étions prêts à reprendre une vie normale. Chacun s'éloigna pour terminer la nuit.

Nous aurions le temps de débriefer le lendemain à la

première heure. La conclusion était vite faite. Le méchant numéro UN était mort mais il avait, sans nul doute, assuré sa relève. Les éleveurs étaient peut-être encore en danger.

Léo semblait plus détendu. L'action l'avait probablement défoulé.

Maintenant que notre serveur empoisonneur était à l'hôpital et que le fournisseur de thallium avait été libéré du chantage, nous pouvions espérer reprendre une activité normale Aux Mets Verts.

J'avais hâte de passer un peu de temps avec Léo et de voir où il en était dans sa pénitence. Mais pour l'heure, je suivis Eiirin dans nos appartements. Une bonne douche nous ferait le plus grand bien à nous aussi.

À peine entrée, j'enflammai toutes nos bougies avec ma magie. Du coup, Eiirin alluma uniquement les lampes tamisées de chaque côté de notre lit. Toujours avec mes dons, j'ensorcelai notre enceinte musicale pour qu'elle nous chante des musiques romantiques. L'ambiance était agréable, nous changeant les idées.

Quand j'arrivai dans la salle de bains, Eiirin faisait couler un bain avec des sels de verveine. Il avait découvert depuis bien longtemps que j'affectionnais particulièrement cette odeur. Sa baignoire n'était pas immense, mais je ne prenais pas beaucoup de place. Et comme elle était profonde, je m'installerais sur lui. Eiirin se plongea dedans.

— Je reviens.

Il fronça les sourcils, se demandant ce que j'allais encore fabriquer.

Ici aussi, on avait besoin de lumière tamisée.

Je fermai les yeux, me centrai pour me connecter à mes dons. Je devais faire une nouvelle expérience.

Je me concentrai sur la vasque de bougies la plus

proche pour l'amener à moi. Je lui envoyai mes ondes blanches scintillantes pour la soulever et l'acheminer tranquillement dans la salle de bains. Je gardai les yeux fermés. Je la sentis vaciller de-ci, de-là, mais elle avançait. Je n'osais pas ouvrir les yeux, de peur que mon esprit lâche et que tout tombe par terre. J'entendis un juron dans la salle de bains qui me fit sourire. Reste concentrée, Ismérie ! Le travail n'était pas terminé. Je posai mentalement, délicatement, ma vasque avec mes bougies allumées sur un meuble japonais de la salle de bains. J'ouvris les yeux, très fière de moi. Mes mains me démangeaient, je me retenais de m'applaudir. Je repoussai la vasque du bout des doigts pour la mettre au milieu. J'éteignis la lumière et admirai mes bougies flottantes à la surface de l'eau, envoyant des reflets lumineux dans toute la pièce.

J'étais étourdie du résultat. Une fois remise de mes émotions, je me tournai vers Eiirin, enlevai enfin ma combinaison et plongeai pour m'installer sur lui, mes formes épousant parfaitement les siennes. Je sentais sa chaleur, sa puissance irradier dans mon sang. Mes fourmis étaient en train de succomber totalement.

(1) Chanson de Iron Maiden.
(2) Chanson de Michael Kiwanuka.
(3) Album de Michael Kiwanuka.

16 – Mortel danger

La nuit tomba à nouveau. Nos deux inspecteurs étaient déjà à notre porte. J'avais passé du temps dans ma pièce de méditation pour revenir au calme, me ressourcer et me reconnecter à l'essence de la vie. La plénitude m'envahissait, chassant le drame de la nuit dernière.

J'avais été immédiatement convoquée dans le bureau d'Eiirin avec Léo pour accueillir les policiers. Ils avaient commencé la conversation d'un ton badin, curieux de savoir où nous en étions de notre côté. Comme nous n'étions pas censés enquêter ou résoudre quoi que ce soit, Eiirin leur annonça seulement que notre restaurant serait à leur disposition le temps de l'enquête. Nous avions bon espoir d'ouvrir la semaine prochaine le restaurant qui n'avait pas été endommagé.

L'incendie de la ferme était déjà relayé par les médias. Nous ne fîmes aucun commentaire, puisque rien ne nous liait à cet événement. Inutile d'attirer l'attention sur le clan Duroy.

Nos inspecteurs nous observaient assidûment, évaluant un hypothétique mensonge ou un signe leur indiquant que nous leur cachions quelque chose.

Nous restions imperturbables comme tout bon vampire que nous étions, l'expérience des décennies, voire des siècles, nous permettant de prendre de plus en plus de détachement concernant les problèmes des humains.

De leur côté, ils avaient une mauvaise nouvelle à nous annoncer. Notre serveur empoisonneur avait été assassiné, avec le chauffeur et les gardiens, lors d'un transfert vers l'hôpital pénitentiaire de Fresnes.

Nous hochâmes simplement la tête. L'inspectrice prit la parole.

— Vous ne semblez pas surpris ?

Eiirin les observa à son tour.

— Non, nous ne sommes pas surpris de toutes ces morts. La personne qui a orchestré tous ces événements a fait tuer de nombreux humains au hasard. La fusillade Aux Mets Verts devait probablement supprimer tout témoin. L'empoisonneur n'ayant pas été tué sur le coup, il est logique qu'ils aient cherché à l'éliminer par la suite. Notre ennemi ne manque pas de ressources.

— Qui est votre ennemi ?

— C'est votre enquête. Nous avons des soupçons parmi nos détracteurs mais nous ne pouvons rien prouver.

L'inspectrice se tut et réfléchit.

— Nous n'avançons pas. Quelle est votre théorie ?

— L'entreprise Merconi est notre principal ennemi. Nous avons des intérêts opposés. Il y a quelques mois, ils avaient organisé l'empoisonnement des poches de sang à l'aconit. Nous avons donné tous les éléments de preuve que nous avions.

— Oui, il est regrettable que ces preuves aient été archivées trop vite. Depuis, elles ont malheureusement disparu, ce qui nous porte à croire que nous avons une taupe à la solde des Merconi si ce sont bien eux les responsables. Est-ce que vous pensez que cette même entreprise vous cause du tort aujourd'hui ?

— Nous menons un combat permanent contre les Merconi et leurs poisons industriels. Alors, il n'y aurait rien de surprenant qu'ils soient mêlés à cette affaire. Une vingtaine d'humains ont perdu la vie dans nos restaurants. Cela nous impacte forcément.

— Votre théorie sur les Merconi ?

Il est mort, me murmurai-je mentalement.

Eiirin me jeta un coup d'œil, comme si de rien n'était, envoya un stimulus vers mes fourmis afin que je me concentre sur autre chose. La canaille. Il jouait de notre lien de sang pour me distraire. C'était le seul à être télépathe dans notre assemblée. Que craignait-il ?

— Nous n'avons aucune preuve contre les Merconi. L'empoisonneur est mort avant d'avoir révélé quoi que ce soit. Il n'aurait sans doute pas parlé vu le lavage de cerveau qu'il avait subi. Et le fournisseur de thallium ? demanda innocemment Eiirin.

— Pas d'élément nouveau. Nous n'avons que des présomptions.

Et cela n'irait pas plus loin, pensai-je. Eiirin acquiesça.

— Les Merconi sont nos fidèles ennemis car nous contrecarrons toutes les lois qu'ils essaient de faire passer. Nous les touchons au porte-monnaie. Cependant, il est possible que nous ayons un nouvel ennemi. Si c'est le cas, il finira par se découvrir.

Nous étions sûrs que Merconi avait prévu sa relève, même s'il ne pensait pas mourir si vite. Je me demandais comment ils allaient camoufler sa disparition car ses proches ne pouvaient pas avouer les conditions de son meurtre. Ils avaient tout de même kidnappé un enfant pour faire chanter les parents et ils étaient en train de les achever quand nous étions arrivés.

— Concernant le meurtre à la chapelle expiatoire, avez-vous trouvé de nouveaux éléments ?

Eiirin secoua la tête, déçu de ne pas en savoir plus.

— Malheureusement, non. À votre avis, inspectrice,

est-ce lié aux actions menées contre les Mets Verts ?

Elle réfléchit avant de répondre.

— Je ne sais pas. En tout cas, aucun élément ne nous permet de faire le lien.

La conversation s'arrêta sur ce constat d'impuissance. Nos inspecteurs prirent congé.

Une fois la porte refermée, Eiirin se tourna vers Léo.

— Léonard, peux-tu éplucher tous les dossiers que nous avons sur les Merconi concernant la descendance ou le cercle rapproché pour évaluer qui va prendre la relève ? Nous devons découvrir qui sera notre nouvel ennemi.

— Oui, Senseï.

— Je veux bien entendre tes théories si tu en as.

— Ce n'est pas parce que le dirigeant est mort que nous en avons fini avec eux. Nous savons pertinemment quelle éducation ont reçue ses enfants pour sauvegarder l'empire familial. C'est encore une des rares familles à faire des mariages d'affaires et à sélectionner la descendance pour assurer de garantir leur fortune.

— Tu confirmes ce que je pense.

— Et puis, il avait réussi à rallier plusieurs vampires à sa cause. Il y a eu les trois agresseurs d'Isie et le vampire d'hier soir. Il y en a peut-être d'autres... Je me demande même s'il ne va pas recruter dans nos rangs ou si ce n'est pas déjà fait.

Eiirin était songeur. Il soupira.

— Tu as malheureusement raison. Nous nous devons d'être prudents. Nous allons ressortir de vieux garde-fous pour assurer nos arrières.

— C'est-à-dire ? questionnai-je.

Mes deux congénères m'observèrent. J'étais horrifiée qu'ils puissent me soupçonner. Puis, sentant mon émoi, Eiirin m'avoua :

— Nous allons de nouveau cloisonner l'information

afin que personne ne puisse tout savoir, hormis Léonard et moi.

J'étais blessée de ne pas être suffisamment digne de confiance. Je fronçai les sourcils, commençant à bouder. Léo rigola devant ma réaction.

— Ne fais pas l'enfant, Isie. C'est pour te protéger que tu ne sauras pas tout. Tu as pris trop d'importance pour notre Senseï. Nous allons devoir rajouter des mesures de protection spécialement pour toi.

— Encore ?! Mais je suis déjà surprotégée.

— Non, crois-moi... ricana Eiirin.

— Quoi ? Vous allez me séquestrer ?

— Ce n'est pas l'envie qui me manque, parfois. Tu serais magnifique, accrochée à ma tête de lit !

Léo pouffa, puis dit en sortant :

— Je vous laisse, je ne veux pas savoir où tu vas l'attacher ! Le devoir m'appelle.

J'examinai mon amant, consternée, me demandant à quel point il était sérieux. Je redoutais de le découvrir. Il était peut-être temps que je repense à mes projets de fuite.

— N'y songe même pas ! tonna Eiirin, écoutant mes pensées.

— C'est vilain d'écouter aux portes ! Tu sais, ça me saoule que tu espionnes tout ce qui se passe dans ma tête et puis toutes mes fourmis qui ne pensent qu'à toi, ne voient que par toi, ne désirent que toi ! Tu m'as totalement envahie.

Ma moue boudeuse le fit rire.

— C'est mon charme naturel ! Quelle est cette histoire de fourmis ?

— Ça ne te fait pas ça ?

Il me répondit non de la tête.

— Eh bien, depuis notre premier échange de sang, j'ai l'impression d'être envahie de fourmis qui gambadent dans mon corps et ne cherchent qu'une seule et unique chose : toi ! J'ai perdu mon libre arbitre, que je sois près de toi ou loin de toi. C'est un combat perpétuel.

— C'est plutôt fantastique !

— Parle pour toi !

Il réfléchit à ce que je venais de dire.

— Je comprends mieux tes résistances et tes débordements.

Il représentait le digne samouraï dans toute sa sagesse en ce moment. Il s'approcha de moi, me prit dans ses bras.

— Que ressens-tu, toi ?

— Beaucoup d'amour, ta puissante magie et ton sang qui me donne le tournis. D'ailleurs, si tu veux me faire un don, là, tout de suite, je suis preneur. Je n'en ai jamais assez. Si la baignoire n'était pas en argent, je serais capable de t'emmener à l'hôtel de la Païva pour me baigner dans ton sang tellement il représente un puissant nectar vital pour moi.

— Ah oui !? Heureusement que la baignoire est en argent, alors.

Nous ne pouvions pas être en contact avec l'argent et j'en avais fait la triste expérience grâce à Lucien quand il m'avait séquestrée dans sa cave.

— Mes fourmis sont apparues dès notre premier échange de sang. Et depuis, elles ne m'ont plus quittée, avouai-je, désespérée.

— Ça te console si je te dis que ça a été une vraie torture de patienter jusqu'à ce que tu veuilles bien te donner à moi ?

— Pas vraiment. Et maintenant, c'est comment ?

— Ce serait parfait si tu acceptais d'être obéissante ! rigola-t-il. Pour moi, c'est un vrai bonheur, tu m'enivres tant que tu restes à mes côtés. Ton éloignement, par contre, devient vite une torture. C'est bien pour cela que je songe à t'attacher dans nos appartements. Tu es mon élixir de vie, maintenant. Tu es condamnée à rester à mes côtés pour l'éternité. Il va te falloir composer, Ismérie.

Je fis la moue.

— Je ferai de mon mieux, mais ne m'attache pas, sinon dès que je peux je me sauve !

Il acquiesça.

— Je veux que tu t'exerces à ta magie de sorcière. Elle est là, je la sens. C'est indéfinissable mais palpable. La nuit dernière, quand je te touchais pendant que tu lançais ta dernière vague de guérison et d'oubli, c'était divin ! Je voyais tout, j'entendais tout, je sentais tout. Nous étions dans une osmose parfaite. Tout scintillait autour de toi.

— J'ai ressenti la même chose. Je pensais que c'était dû à ta puissance, Eiirin.

— Non, Ismérie, c'est l'essence de ta magie.

Nous étions plongés les yeux dans les yeux, en sublime harmonie.

— Bon, pour le don de sang, tu vas patienter quelques heures encore, tu m'as bue tout à l'heure.

— OK, dit-il, déçu. Alors, au travail !

Et il s'écarta pour aller s'asseoir à son bureau. Mince, j'étais bien contre lui et mes fourmis partageaient totalement cet avis. Nous nous sentions abandonnées, maintenant.

— Allez, file ! Je t'entends, avec tes fourmis ! N'empêche pas ton maître de travailler !

— Mon maître ?! Tu es bien imbu de ta personne !

Nous rigolâmes tous les deux, puis je filai. Il me paierait ça. La vengeance est un plat qui se mange froid.

Je filai voir Léo. J'avais hâte de discuter avec lui. J'espérais le trouver en paix avec lui-même après toutes nos mésaventures et son choix impulsif d'avoir vampirisé Mathilde, son ancienne maîtresse. Cela faisait d'ailleurs un moment que je ne l'avais pas vue. Quand on parlait du loup…

J'arrivai devant le bureau du second du clan Duroy : Mathilde était là à tourner comme une lionne en cage. Elle rongeait son frein et râlait de ne pas pouvoir faire tout ce qu'elle voulait et d'avoir trop de travail. Elle exigeait de pouvoir sortir davantage.

Comme la porte était entrouverte, je pouvais assister au spectacle de ses lamentations. Léo l'écoutait, impatient qu'elle sorte. Il avait deviné ma présence. Il avait probablement entendu chanter mon sang. Mais Mathilde était tellement concentrée sur sa petite personne que l'hôtel de Lauzun aurait pu s'écrouler autour d'elle sans qu'elle s'en rendît compte. Eh bien, nous n'avions pas le cul sorti des ronces avec Vampirette.

Léo me fit un petit sourire, ce qui n'échappa pas à Barbie gothique. Elle me dévisagea, ses yeux lançant des pieux, puis elle sortit.

J'étais dépitée. Je doutais de plus en plus de cette nouvelle recrue. Elle n'apportait que des soucis à Léo. Mais que nous réservait-elle ? Elle ne semblait pas s'accommoder de son nouveau mode de vie et surtout pas de son intégration dans le clan Duroy.

Léo me sourit tristement et m'invita à entrer d'un hochement de tête. Comme à mon habitude, je m'écroulai dans mon fauteuil de prédilection.

— Bon, c'est pas la joie ! dis-je, ennuyée.

— Non. Elle est terrible. Son violon commence à jouer du crincrin, elle m'écorche les oreilles.

— Comment vas-tu, Léo ?

— Comme quelqu'un qui a fait une regrettable bêtise. Ma punition est bien trop légère. J'aurais mérité un châtiment bien plus lourd.

— Ou peut-être aurais-tu eu l'impression que ça te lavait de tes actes ?

— C'est possible. Je comprends mieux la demande d'Eiirin concernant mon éveil spirituel. Je dois de toute façon vivre avec ça, maintenant. Et limiter au mieux les dégâts.

— Oui, j'ai bien entendu qu'elle était insatisfaite.

— Insatisfaite ? Elle est en pleine rébellion. Et ça m'inquiète. Je ne peux pas être en permanence avec elle pour la surveiller. Je vais devoir contrôler tout de même ses actes et ses fréquentations.

— C'est une très jeune vampire. Je me souviens avoir eu un démarrage très difficile.

— Probablement comme nous tous !

— Probablement. Alors, la belle Mathilde n'est plus la jeune femme pétillante avec qui tu avais beaucoup de complicité ?

— Non ! Cette partie d'elle est morte Aux Mets Verts. Et il aurait mieux valu que je sois mieux inspiré.

— As-tu trouvé des solutions pour te remettre de tout ça ?

— Non, Isie. Je n'ai pas eu le temps. Entre tous nos ennuis et Mathilde à gérer, c'est un peu compliqué. Mais je suis optimiste ! Il me reste onze mois avant qu'Eiirin ne lève ma pénitence !

J'étais très heureuse de le voir sourire joyeusement à sa blague. Je rigolai aussi. Nous poursuivîmes sur une discussion plus légère. Je me réjouissais de retrouver notre complicité. Puis, il m'invita à l'aider à lire ses dossiers sur les Merconi.

Pfff... Je me sentais de plus en plus mal au fil de ma lecture.

Leurs valeurs éducatives étaient fondées essentiellement sur le pouvoir de l'argent. La descendance Merconi était déjà installée à des postes stratégiques. Leur tactique financière montrait que leur éducation était bien ancrée. Il n'y avait que l'embarras du choix pour avoir une relève. Avec un peu de chance, ils allaient tous s'entretuer pour être le big boss, ce qui serait un gros avantage pour nous.

Nous avions réussi à avoir des informations sur les nouveaux pesticides qu'ils étaient en train d'expérimenter et les courbes de ventes qu'ils avaient prévues partout en Europe.

Nous découvrîmes aussi qu'une des filles Merconi était l'épouse d'un député très écouté. Ce dernier était à l'initiative de la loi qui repoussait l'arrêt de la fabrication et de l'emploi de pesticides jusqu'en 2025. Comme par hasard.

Nous mîmes quelques dossiers de côté, à surveiller de plus près, et relançâmes quelques enquêtes. Le clan Duroy avait beaucoup de ressources vampires ou humaines à disposition pour avancer en sous-marin et récupérer des informations. Les Merconi étaient sûrement beaucoup plus forts encore.

La nuit était bien avancée. Je repassai par le bureau d'Eiirin pour voir où il en était. Sa porte était entrouverte, signe que l'on pouvait le déranger. Je ne me gênai pas et poussai la porte.

— Ah ! Te revoilà, Ismérie. As-tu bien employé tes compétences ?

— Tu veux savoir si tu ne me paies pas uniquement pour coucher avec toi ? demandai-je, narquoise.

Il fit un mince sourire, ce qui était déjà énorme pour un samouraï.

— Oui, c'est un peu ça !

— Rassure-toi, j'ai passé mon temps avec Léo. Nous avons épluché les dossiers Merconi. Leur relève est assurée ! D'ailleurs, je te propose de suivre les dossiers de près et de seconder Léo dans ce domaine.

Mon Senseï réfléchit longuement. Je voyais tous les rouages tourner dans sa tête, curieuse de découvrir ce qui en sortirait.

— C'est d'accord... Allez, viens, montons, j'ai une surprise pour toi.

Je n'étais pas sûre d'aimer les surprises. Et si ça ne me convenait pas ?

En pénétrant dans nos appartements, Eiirin se dirigea directement vers un panneau japonais, qu'il glissa pour révéler une porte. Il me considérait avec attention, épiant chacune de mes réactions.

Nous pénétrâmes dans un temple bouddhiste, mon sanctuaire.

C'était totalement surréaliste. Quand nous entrions dans notre salon, nous quittions le style baroque de l'hôtel de Lauzun pour pénétrer dans le Japon. Et là, nous sortions du pays du Soleil-Levant pour découvrir l'Inde et ses déités. C'était fabuleusement zen.

Ma pièce était très grande, un véritable temple. La déesse Tara, richement colorée, trônait au milieu d'un des murs. Eiirin souhaitait probablement me faire passer un message. J'étais persuadée qu'il avait choisi cette bodhisattva avec grand soin car son nom sanskrit signifiait « Libératrice ». D'autres statuettes divines bouddhistes étaient mises en valeur de-ci, de-là. Des tapisseries indiennes étaient tendues sur les murs blancs. Des frises de courroucées avaient été peintes en haut des murs et aux angles. Les bleus, verts, rouges se mélangeaient à l'or de ces dragons protecteurs. Sans doute mon amant espérait-il continuer à apaiser mon esprit quand trop de colère s'accumulait ?

J'étais totalement subjuguée par ce décor somptueux. Des tapis invitant à la méditation, au yoga, recouvraient le parquet. Mon zafu était déjà là, à m'attendre. Une partie d'un mur était recouverte de magnifiques bambous luxuriants.

J'avais tout de même un coin incitant au repos. Un canapé en coton tissé crème, très doux, recouvert de moelleux coussins multicolores invitait à s'étendre. Cependant, il était clair que ce n'était pas pour dormir. Non, Eiirin me faisait bien comprendre que mon sommeil n'était pas prévu dans cette pièce mais dans son lit, que je devais considérer comme le nôtre. Il m'offrait juste la liberté d'avoir ma pièce.

Trois portes dissimulées au milieu de ce sanctuaire éveillèrent ma curiosité.

L'une donnait sur une petite salle de bains tout aussi zen, avec une douche spacieuse.

L'autre sur un dressing déjà bien fourni. Pourtant, j'avais déjà mes vêtements dans une armoire de son appartement, non ?! De NOS appartements. J'aurais beaucoup de choses en double. Était-ce bien raisonnable ?

Et puis, la dernière donnait sur une pièce de travail au style très épuré. Un petit bureau avec fauteuils, canapé, de grands tapis moelleux. Mon employeur avait compris que je travaillais surtout par terre. Peut-être que cette pièce deviendrait mon atelier de sorcellerie. Eiirin avait raison, je devais prendre le temps de redécouvrir mes capacités.

Je me tournai vers mon amant, fascinée et reconnaissante. Il faisait tellement d'efforts pour que je m'intègre à sa vie. Il était évident que je n'avais pas le choix. Cependant, ça m'allait très bien, finalement. Malgré ce lien puissant qui m'enchaînait à lui, je savais que j'avais des sentiments pour lui. Je n'en connaissais pas la profondeur car la pollution de mes maudites fourmis ne me permettait pas d'y voir totalement clair. Je finirais peut-être par les dompter.

Eiirin me tendit une clé.

— Voici ta clé, à ajouter sur le trousseau de nos appartements.

Je le regardai, avide de la prendre et sceptique quant à ma semi-liberté. Je la pris tout de même.

— Et la porte de communication ?

Il me répondit simplement d'un non de la tête, hautain.

— Impossible que tu t'enfermes quelque part où je ne puisse pas pénétrer. Et je n'ai pas envie de faire réparer cette porte à chaque fois que je l'aurai défoncée parce que tu étais en colère.

Je commençai à froncer les sourcils, une pointe d'agacement montait. En même temps, c'était une confiance énorme qu'il m'accordait car il posait sa vie entre mes mains. Deux panneaux coulissants permettaient de le garder à l'abri de la lumière.

Je n'eus pas le temps de répondre.

— Ismérie, je respecterai tes besoins d'isolement à chaque fois que tu les manifesteras. Je suis samouraï dans l'âme. Je sais à quel point il est important d'être en paix avec son mental.

Surprise, je l'examinai, comme si je découvrais une nouvelle facette de lui.

— Tu médites, Eiirin ?

— Bien sûr. Tu n'as pas vu mon banc de méditation ?

Maintenant qu'il le disait, effectivement, je l'avais vu, bien rangé sous son petit autel dans son bureau. Dans nos appartements, une magnifique statue de Bouddha japonais trônait dans le salon. Il était bien probable qu'un banc de méditation fût rangé quelque part. Eiirin m'avait expliqué qu'il pratiquait le bouddhisme zen, la religion par excellence du samouraï, et que ça l'avait bien aidé à rester du bon côté et poursuivre son chemin. Et puis, il avait Etsuko pour garder le lien avec ses racines et rester en harmonie avec ce qu'il souhaitait être.

Je débordais de gratitude à son égard. Je me lovai dans ses bras pour l'embrasser langoureusement. Il ne lui en fallut pas plus pour m'enlever et m'emmener dans NOTRE chambre.

Comme tous les jours, je me réveillai avant que la nuit ne soit tombée. J'allai dans ma pièce de sérénité. J'en profitai pour accomplir mes rituels.

Je sentis la nuit tomber. En plein hiver, les vampires avaient de plus grandes plages d'éveil.

Je retournai assister au réveil d'Eiirin. Mon samouraï serait content. Je n'allais tout de même pas l'habituer à ça. Mais pour l'heure, un petit câlin ne nous ferait pas de mal.

Nous prîmes le temps de profiter de nous, puis de nous préparer. La réalité allait bien nous rattraper à un moment ou à un autre.

Nous descendîmes dans son bureau pour travailler. Même si j'avais une pièce de travail, mes maudites fourmis n'entendaient pas les choses comme ça. Elles avaient horreur d'être séparées de leur maître. Je n'avais pas envie de lutter ce soir. Elles seraient satisfaites et j'aurais l'esprit libre. Je me sentais en paix et souhaitais le rester. Nous avions eu assez d'événements dramatiques à assumer.

J'étais installée par terre sur ses tapis moelleux, au milieu d'un tas de feuilles quand mon téléphone sonna. Aveline. J'étais très heureuse d'avoir de ses nouvelles. Cela faisait un moment que nous n'avions pas eu le temps de parler. Je décrochai, tout excitée.

— Ismérie ?!

Une douche glacée m'envahit au son de sa voix en pleurs. Une horrible nouvelle allait venir. Aveline était une sorcière très posée. Elle ne s'emballait pas comme ça.

— Oui, Aveline.

Eiirin sentit toute la tension dans mes paroles et vint s'asseoir sur le canapé à côté de moi, m'invitant à monter d'un cran.

— C'est Emma !

— Que se passe-t-il ?

— Elle est dans le coma !

Ses pleurs redoublèrent, elle reniflait régulièrement. Je la laissai reprendre ses esprits.

— Raconte-moi, Aveline. Prends ton temps.

Elle attendit que ses sanglots se calment avant de poursuivre.

— Elle surfait de plus en plus tard, le soir, malgré la tombée de la nuit. Elle s'est fracassé la tête contre les rochers du spot de la côte des Basques.

Toute sa douleur m'envahissait. Je me sentais submergée.

— Quel est le pronostic ?

— Très mauvais, dit-elle en pleurant à nouveau. Elle a un trauma crânien sévère. J'ai essayé tous les soins de guérison dont j'étais capable. Elle est sortie du bloc opératoire. Ils ont traité tout ce qu'ils ont pu. Elle reste inconsciente et son pronostic vital est engagé... Ismérie, je veux que tu la transformes !

Le choc me terrassa. Mes poumons arrêtèrent de respirer. Eiirin gronda. Je n'avais pas pensé à mettre le haut-parleur. Mais il n'en avait pas besoin.

— Aveline, je ne sais pas si j'en ai la capacité. Tu sais très bien que je n'ai pas tous les pouvoirs des vampires.

Il était inutile de lui dire que Lucien n'avait pas été transformé par mon sang. Les hoquets d'Aveline étaient déchirants. Toute sa douleur de perdre sa fille m'envahissait. J'étais moi aussi maintenant accablée de souffrance. Alors, ma descendance allait s'arrêter comme ça ? Aveline n'enfanterait plus. Emma était au bord de la mort. Je me sentais coupable de mon immortalité à cet instant.

Je levai les yeux vers Eiirin, qui m'avait prise contre lui en signe de soutien. Il savait ce que j'allais exiger.

— NON ! hurla-t-il.

Je comprenais qu'il ne voulait pas me perdre. Le sang de sorcière tuait les vampires. Et même si Emma ne voulait pas utiliser la magie, il y en avait en elle. Je l'avais senti et tous les vampires de Biarritz gardaient leurs distances avec ma descendance. Sauf Miguel. Ce dernier semblait aimer jouer avec le feu.

Et puis, si le sang d'Emma ne me tuait pas, rien n'indiquait que le mien l'amènerait à la vie vampirique.

*** Fin du tome 2 ***

Table des matières

Vous avez aimé *Sangs éternels* ?

1- Publiez un commentaire sur Amazon, en vous rendant à l'adresse suivante :

http://www.amazon.fr/Florence-Barnaud/

2- Inscrivez-vous à ma newsletter pour être informé de la suite de la saga :

http://www.florencebarnaud.com

3 - Retrouvez Florence Barnaud sur

Mon site :
http://www.florencebarnaud.com

Facebook :
https://www.facebook.com/FloBarnaudRomanciere

Instagram :
https://www.instagram.com/florence_barnaud/

Par e-mail : florence.barnaud@gmail.com

Remerciements

À mes lectrices et mes lecteurs : vous êtes merveilleux ! Quelle joie de voir avec quel plaisir vous vous êtes jetés dans mon histoire. Merci pour tous vos retours qui m'enrichissent et me nourrissent pour aller plus loin. Je n'avais pas rêvé si fort !

À toutes les chroniqueuses qui ont accepté de lire le premier roman d'une inconnue. Vous avez fait un travail inestimable. Partager votre passion, faire découvrir des lectures, des auteurs… Quel enrichissement.

À mes lecteurs VIP, qui me soutiennent et m'aident à faire connaître mes romans.

À mon mari et son œil de lynx. Ton soutien est précieux.

À mes grands chéris : vous ouvrez mon champ des possibles. Je suis très fière d'être votre maman.

À Folco, qui m'accompagne et partage nos bonheurs de bookleaders.

Aux Bookleaders, pour leurs retours d'expérience. Cultivons nos partages.

À mes bêta-lecteurs : Samantha, Virginie, Florence, Aurélie. Votre lecture est indispensable pour prendre confiance et accepter que cette histoire vaille le coup d'être publiée.

À Caroline Sheila, qui continue de me créer de magnifiques couvertures.

À Florence, ma correctrice. Excuse-moi si je rajoute des fautes après ta correction ! Tu fais un travail formidable ^^.

À Laurence, qui devient la voix ensorcelante d'Ismérie et à Cyril qui concrétise ce projet d'audio book. Le son... c'est magique ! Que de très belles rencontres pour sublimer toute cette aventure.

À ma famille qui me soutient et une pensée particulière pour ma maman, merci pour tous tes partages ;-)

Cette année aura été riche en émotions : trois tomes écrits (enfin presque... j'arrive à la fin), deux publiés, un audio... et l'aventure continue.

Biographie

Florence Barnaud est une passionnée. Riche de nombreuses expériences, elle a trouvé son équilibre entre l'hypnose pour accompagner les personnes qui souhaitent avancer et l'écriture d'aventures fantastiques, pleines d'émotions et de suspense. Au travers de ses lectures, elle aime vivre des histoires rocambolesques où elle est totalement transportée. C'est cette flamme qui l'anime pour écrire ses romans.

De la même autrice :
Sangs Eternels, Tome 1 – La Reconnaissance
Sangs Eternels, Tome 2 – L'Eveil

Publication

Impression : BoD – Books on Demand,
12/14 rond-point des Champs-Élysées, 75008 PARIS
Imprimé par BoD – Books on Demand, Norderstedt

ISBN broché : 978-2-3220197-8-6
Dépôt légal : juillet 2019
Première édition : juillet 2019

****

Couverture : 99 Design – Sheila
Correction : Florence Clerfeuille

Les erreurs qui peuvent subsister sont le fait de l'autrice.